读客®图书

关于民主国家的真实生活，你又知道多少？

“民主”的奇形怪状

翻开本书，听来自15个国家的39个普通人，向你讲述他们的政治、经济与日常生活。有些匪夷所思，有些似曾相识，有些恍然大悟，有些莫名其妙，但都真实而日常，无一不是民主制度下生活的自然状态。

陆人 著

人民日报出版社

图书在版编目（CIP）数据

“民主”的奇形怪状 / 陆人著 .
-- 北京 : 人民日报出版社 , 2013.5
ISBN 978-7-5115-1858-3

Ⅰ . ①民… Ⅱ . ①陆… Ⅲ . ①文化事业—概况—世界
Ⅳ . ① G11

中国版本图书馆 CIP 数据核字（2013）第 115692 号

书　　名	“民主”的奇形怪状
作　　者	陆　人
出 版 人	董　伟
责任编辑	林　薇
特约编辑	龚　珏　赵晨凤
封面设计	读客图书
出版发行	人民日报出版社
出版社地址	北京金台西路 2 号
邮政编码	100733
发行热线	（010）65369527 65369512 65369509 65369510
邮购热线	（010）65369530
编辑热线	（010）65369526
网　　址	www.peopledailypress.com
经　　销	新华书店
印　　刷	北京盛兰兄弟印刷装订有限公司
开　　本	680mm x 990mm 1/16
字　　数	200 千
印　　张	17.25
印　　次	2013 年 9 月第 1 版　2013 年 9 月第 1 次印刷
书　　号	ISBN 978-7-5115-1858-3
定　　价	32.00 元

目录

前 言

“沙发旅行”（couchsurfing）和“沙发客”(coushsurfer)已经不是什么新鲜事物了，越来越多的人开始知道这个出门旅行时不花钱住到当地人家里的玩法。想想也是啊，世界上有这么多空屋子，为什么不能好好利用起来呢？再加上廉价航空公司的存在，这使得环球旅行变得不再那么梦幻和遥不可及，周游世界最大的成本反而是时间。所以，现在充斥在世界各个角落的背包客们，大多不是有钱人，而是有闲阶级。

最新的数据是，到2013年3月，Couchsurfing网站的全世界注册用户已达到六百万，我有幸也是其中之一。其实我在2004年这个网站一开办时就注册了，当时只是因为好奇，注册之后就成为了“僵尸账户”。既没有人来住我的沙发，我也从来没去住过任何人的沙发。因为只有极其简短的自我介绍，加之没有照片辅助，找地方住的“沙发客”对我提不起兴趣也是可以理解的。同样的情况放在今天，就算有这样的一个“沙发客”向我发出入住请求，九成我也是会拒绝的。

因此直到去年之前，“沙发旅行”从来不是我生活的一部分，我根本也没关注过它。

但是一次偶然的机会，我丰富了我在“沙发旅行”网上的资料，放上去了五六张亲切的照片。而且我的条件还是相当不错的：离市中心很近，自己一个人住，有一个单独的小间可给沙发客，平时任何时间都可以接待——于是一下子门庭若市了。

在这样的旅程中，不仅是环球旅行者要花费很多时间，就是接待者花费的时间也不少，所以我参与的“沙发旅行”也是从我辞职在家专心写作之后开始的。在这一年多里，我在我那个简陋的小房间里大概接待了五六十位“沙发客”。绝大多数来自外国，并且是发达、民主国家，这倒不是我有意的选择，概率本身如此——虽说是穷游，也要先出得了国门才行。外国“沙发客”们收获了免费住宿和来自我“一家之言”的对中国的解释，我则收获可短暂排解寂寞的陪伴和诸多我听到看到的，对外国的各种“传言”的证实或证伪。

有时候窃以为应该付他们点费用才是——嘘，别让他们听见了。

毫无疑问，人在肉体上的差别不是很大，比尔·盖茨也同意我的看法，他说“人和人之间的区别主要在脖子以上的部分”。构成人与人差异的关键，是看个人在成长过程中接受过什么信息，意识如何作出反应，形成固有的反应模式后就是性格。外国人和中国人成长中接受的信息无疑有巨大的不同，甚至大多数时候可以说是相反的。“发达”可以简化为“物质极大丰富”，“民主”实际上则是一种人际关系，即人与人之间相对“平等”。

就我所接触到的这几十位“发达”“民主”国家的人，到底和中国人有多大的不同呢？在各种不同的环境下成长、生活的外国人，究竟会长成一些什么奇形怪状的样子呢？我也充满期待与好奇。

比利时：
没有政府，日子照样过

第一个来的是一个比利时老小伙，四十岁出头，高而瘦，他准备从中国西部开始，巡游整个丝绸之路（从西安至罗马）——这让他看上去更像那些一百多年前到敦煌探险的老外。他很讲究，每天换衬衣，而且必送到洗衣店清洗。一个小包里有修面的所有工具，从电动刮胡刀到各种小剪子，就像外科医生一样，装备齐全。我在沙发客网上对他的评价是“他是我见过的最有礼貌的人”。跟你说话时，打个呵欠他都要说对不起；第二天早上起床先过来问好，握手；晚上回来了也要亲切地问候一下。后来的沙发客证明，其实礼貌这回事，也是因人而异。

这个比利时人说法语，英语也说得不错。他是一个很有教养的绅士，与他相处很愉快。说到比利时，我听说之前一段时间都没有政府。他说：“平时人们该怎么过还是怎么过，有没有政府关系不大。”

老外可能是在外国干净惯了，跟他一起在外面吃饭的时候，饭掉到桌子上他用手捏起来就吃，筷子不用就放到桌面上。有一天我问他中午吃的什么，他说在街边买了一大块葱油饼，老板看见他很高兴，好像还多给了他一些。我告诉他，街边的东西凡是带油的尽量不要吃，因为有些油可能是从垃圾里提炼出来的。他开玩笑地用手捂着肚子，做出一个难受的表情。

初次接待沙发客，有时也把握不了什么该问，什么不该问。所以与这位比利时来客的聊天并不深入，值得记录的地方也不多。权当这是一次练手吧。在接待多位沙发客之后，才有种渐入佳境的感觉，也慢慢了解来自不同国家的沙发客眼中的民主、政治、经济和日常生活……

加拿大：
有钱人就一定是绅士吗？

一开始来的欧洲人居多，其中说法语的也不在少数，连这个来自加拿大的小伙子，也是来自魁北克这个说法语的地方。他是个哲学教师，又自称“分裂主义者”，所以对社会问题比较有见解。

我问他：“魁北克人认为自己是法国人吗？”

他说：“不，就是魁北克人。”

他们的法语跟法国人的法语也不太一样，语言中保留了不少古语，相对来说法国的法语更现代一点——这倒像台湾“国语”保留了更多古汉语成分一样。魁北克的法语人口觉得自己受到了英语人口的压迫，他们对加拿大的贡献大，却被别的地区拖累了。

期间，我和他说到中国最近出了一些开车撞人之后又故意杀人灭口的事。他很吃惊，说：“这在加拿大不可想象。在加拿大，你撞了人，如果是因为你违反交通规则，比如喝酒闯红灯，那你就进监狱；如果是意外，那你大可以拍拍屁股走人（当然前提是先要把伤者送到医院）。至于伤者的医疗，有保险负责，谁也不用管。”

我说：“在中国，撞死了人，司机反而赔偿的钱少。”

“怎么会这样呢？怎么形成这样的制度呢？”

谁知道。

关于中国人一些臭名昭著的驾车习惯，我求证他们那儿的做法："你们平时开车按喇叭吗？"

他说："除非是有别的车犯了错，影响了自己，造成了危险，才会按喇叭。我自己从来也没有按过喇叭——never。"

谈到在中国的旅行，他回忆起在广东住在一个当地人家里时，刚好赶上了一场婚礼，一场"非常非常有钱"的婚礼。新郎好像是一个省级高官的儿子，主人在珠江上包了游轮巡游，他也跟着一起去了。宴席非常丰盛也非常浪费，婚礼后每位客人还得到了一张五星级酒店的房卡，可以住一天。

我问他："你觉得那些有钱人是绅士吗？或者说他们客气吗？"

他说："不，非常傲慢无礼。"

"比如说？"

"他们对着上菜的服务员大吼大叫。"

他是一名教师，在说到加拿大学生的课本时让我印象深刻。

我问："你们教师用的课本都是统一的吗？"

他说："当然不是，都是教师自己指定的。"

"哦？随便怎么指定都可以吗？"

"可以。比如说，这个教师喜欢柏拉图，他就可以多让学生们看柏拉图的书，那个喜欢笛卡尔，也是一样。当然会有一些基本原则，比如一些必要的哲学常识要让学生学到。"

除此之外，对于身外物，这些老外也不是我们想象中的那样崇尚奢侈豪华。第一天，加拿大教师穿了一双硕大无比又满是泥泞的户外鞋来到我家。他说："我晚上要去买一双鞋。"

我问他预算是多少，他说也不一定。我说那咱们到超市里看看。

因为他脚大，46码，在几个国内品牌的运动鞋专柜看了半天，好像是一个也没看上。问售货员女孩有没有46码的，女孩找了半天，居然找出来一双。我看他的神色倒有点失望，好像本来是希望没有的。后来才明白，两百多元的价格他嫌贵。我明白了，就带他去看特价鞋，他一看价格，也要几十块钱，还是不满意。他问我，有些中国人穿那种绿色的帆布鞋，哪有卖的——原来想要“解放鞋”。我突然想起来，我们楼下的小杂货店就有。在小杂货店里，他看到还有卖那种轮胎底的黑布鞋。我说，这种布鞋在中国只有老头和民工才穿。他如获至宝，穿上一试，正合适。十块钱，老板报价。加拿大老师爽快地付了钱，高兴而归。

第二天他就穿上黑布鞋上街，说：“我现在像一个真正的中国老家伙了。”

晚上回来他手里多了几件衣服，说是在超市买的背心，白色的。他强调了一下，“最便宜的”。穿上一看，效果还不错，款式也挺时髦。再出去的时候就是这一身了：小背心，黑牛仔裤，老头鞋，两手空空一个包也不带。我仔细端详了一阵，说：“路易，你像一个丢了所有东西的外国人。”他大笑。

自然，没有理由不谈到房价。他说自己在魁北克的房子有七百平米！——当然不是在闹市，是在小城郊区。他对我说：“有一个事情会让你吃惊的。我有一个朋友，花了相当于人民币一百万元的价钱买了一块两平方公里的产业，这产业里面包括房子，还有一个小湖！”

加拿大教师在北京旅游的时候，还跟我发短信抒发感慨，说在北京毛主席纪念堂前排队，看见纪念堂卖花给参观的人，这是“把社会主义的老祖宗都资本主义化了”。后来，我请他描述一下来中国旅游后的总印象，只用一个词。过了会儿短信回过来了：“噪音”。

法国：
在东方能成为超人的“巴漂族”

那位加拿大老师的七百平米让我惊羡不已，也让后来的一个法国小伙有点流口水。这个法国小伙是个程序员，很沉静很温柔的那一种类型，个头不高，圆脸儿，有点忧郁的样子。法国小伙说是准备在亚洲转一年，感觉像是在寻求异国情调的心理安慰。

法国小伙来的那天正好加拿大教师离开，所以来了个三对面。他是法国南部人，在巴黎跟人合租一个小公寓，有点“巴漂族”的意思，不过生活应该过得也不错。头一天吃了我们楼底下六块钱一碗的面，居然惊呼：“这么便宜！”所有外国人都觉得中国餐馆里吵，特别是跟这个法国小伙一起吃饭，你会真正感受到背景声的分贝有多高，当他用一种嗫嚅和耳语般的声音跟你说话时，简直就像在枪炮大作的战场上念朦胧诗。

外国人有素食的，有爱吃肉的，这个法国小伙子就是后者。说到西方人吃的牛排，有的只煎几分钟，他证实了这点。

我问他：“那你看到肉铺里的生肉，会不会流口水？”

他想了一下，说：“会的。”

“中国人看见生肉只会觉得恶心，尤其是上面还有苍蝇爬来爬去。”我补充道。

他说：“那种肉我也恶心，可是法国的肉铺里是不会有苍蝇的。”

说到环保问题，我说：“法国应该没有环境污染吧？”

他说：“也有，我父母所在的法国南部老家门口的河就被污染了，气味还挺大，好像也没有人管。”

巴黎有诸多神话，很多是关于巴黎女人的。我问他：“你平时经常能看到那些打扮得非常漂亮的女人吗？”

他说：“有的，可是有些也许是会打扮，穿的衣服可能也挺便宜的。”

这个“巴漂族”的小伙子不知道是不是像中国的“北漂族”一样感到了一些内心的伤楚，所以来东方寻求慰藉。他说在北京的时候，在天坛公园里碰到一群中学生，一个女生对他很感兴趣，还问他结婚没有。“她好像很喜欢我，”他眼神里泛起一点光，“在北京的时候我觉得我是超人。”——我希望他能找到他要的内心安慰。

澳大利亚：
这里的生活不需要工作，也不需要——钱！

外国人的确都很有礼貌，当然也有寄居人下的原因，但我相信对有些人来说，礼貌已经成为本能。比如，一打嗝就必说一句“对不起”；在卫生间里洗澡，我一般放十分钟的水量，告诉他们可以洗十分钟，可大多数人都只用四五分钟。不过，这个澳大利亚的女孩还真是不拘小节，十足的异类。

这女孩是个华裔，个子不高，健康的黑，不算漂亮，但精神饱满，没有中国人那种容易受挫折的感觉。她能说汉语，但说得不好，家里平时说广东话，不过更多的时候是说英语。我也不知道澳大利亚的本地人会怎么评价她，是自然纯真，还是不文明。

她过的是一种很奇怪的生活。在悉尼郊区的一座桥底下，有一个空间，她就把那地方据为已有，放了点家具（捡来的）进去，就住在那儿。不光是她一个人，还有她的男朋友以及世界各地去澳大利亚沙发旅游的人，有时候几十个人就同时住在那里。她曾经做过许多零零碎碎的工作，现在连这些零碎的工作也不去做了。那怎么生活呢？

她说：“在澳大利亚，只要你愿意，就不用花钱。”

据她所说，吃的，可以每天到超市的垃圾箱里去刨。有一个词

“dumpster”，就是指翻垃圾的人。可是此垃圾非彼垃圾，外国超市扔掉的食品也许比我们货架上的还要新鲜，有很多只是包装坏了一点。他们在垃圾箱里什么都能捡到：整瓶的红酒、新鲜的鱼虾，圣诞节的时候还有火鸡，毫不夸张地说，比她家里吃的都好。——没错，她是有家的，父母都是普通人，对于她这样的行为她父亲很生气，嫌她给家里丢脸，可是她一点也不这么认为。很多去澳大利亚上学的外国学生就是靠捡这种垃圾吃饭度日，还专门有人编小册子指示什么时间什么超市会扔什么。当地电视台把这种行为拍成新闻，倒也不是说捡垃圾有多丢人，而是说扔食品太浪费。有一次，她姐姐也去捡，结果被拍到了新闻里。老爸训斥她们，她姐姐不服气地说：“下次我捡垃圾的时候就穿一个T恤，上面写‘我是谁谁谁的女儿’，看你们还觉得丢人不丢人。”

我问这个华裔女孩：“你们住那地方没人管吗？”

她说：“如果有一个房子空着没人住，不是浪费了？”——这是什么理论？

她又补充说：“在澳大利亚，这是合法的，还有一个专门的词，叫‘squatting’，就是指废弃的空屋你可以去住，据为己有。”

我一查字典，还真有这个词，在西方，这成了一种被社会认可的行为。我问她：“那些人都不锁门吗？”

她说：“房子有锁的，你不能破坏锁，不然就成了‘闯入’了。可是如果锁坏了，门已经打开了，你就可以进去。如果已经有人闯入过一次，那你再进去也算是合法的了！”

真是匪夷所思。“Squatting”之所以在西方能存在，首先还是因为地广人稀，有废弃的房子。这对买了房不住的人也是一种打击，如果中国有“Squatting”一族，那些买房闲置的人也许就要担心了。

华裔女孩去墨西哥学过一年的西班牙语。去学的理由很简单，她喜欢一个西班牙男孩。她对爱的观念似乎自然而然，喜欢了就爱，不喜欢了就分开。跟她一起在外面转，看到街上那么多按摩店，我问她："澳大利亚有吗？"

她说："没有。因为找女朋友太容易了，就没有多少人找妓女了。"——也不知是不是这样。

我们说到中国人的婚姻，说是现在没房没车就找不到老婆。她说："我有一个表哥，跟一个来自中国大陆的女孩本来都准备结婚了，可是这个女孩说要一个多少多少钱的钻戒，还要一个什么什么车，表哥一听干脆和女孩分手了，他说世界上还有那么多女人，为什么要找一个想卖自己的呢？"

我看过她的驾驶执照，上面的照片，笑得有十二分满，龇牙咧嘴，好像刚刚捡了一百万美元一样，我几乎没见中国人这么笑过。那是一点都不担心、不收敛的笑。

俄罗斯：
特权人物出门坐救护车

有一个话题我一直很有兴趣，就是，中国人不管在哪，一看那张脸我就立马能认出来，世界上其他国家有没有一样的情况？

在一个俄罗斯女孩和一个荷兰小伙子那儿，我居然得到了肯定的回答。

这个俄罗斯女孩，是假小子类型的。有一天晚上我们一起到“台湾小吃一条街”转悠。

我对她说：“这些是中国台湾人，和大陆人不一样，我可以一眼就认出来，因为他们看上去更自信一点。你可以在外国人里认出俄罗斯人来吗？”

她说：“可以。”

在外国，比如法国的旅游点，她也可以一眼就把俄罗斯人认出来。接着，个性活泼的她做了一个佝背缩肩的姿势，说：“俄罗斯人总是这样。”我们不禁会心地笑了。

她是圣彼得堡人，月薪大概有一千美元左右，跟北京也差不多。不过，我想圣彼得堡的生活水平应该比北京高一点，因为她说他们那儿没有这么多的小饭馆，外面的饭馆一般条件都不错，而中国的餐馆实在不够卫生。的确如此。

我问她："俄罗斯现在真正有民主了吗？"

她说："有一些。现在报纸电视上也可以批评批评，可是批评完了还是那样。"

我说："普京这个人看上去很凶的样子，他以前是克格勃[①]出身啊，现在如果有人批评他，他会不会让那人消失呢？"

她说："这不是笑话。"

俄罗斯人的一些笑话中国人很能会心地感受。

她说："圣彼得堡有些特权人物，给他们的车上加一个蓝色的标志。加了这蓝色标志的车有时候就乱开车，闯红灯、逆行比比皆是。不过后来有这种标志的车越来越多，真正的特权人物就升级换代，出门改坐救护车了……"

这女孩是个实诚人，走之前我送她等公共汽车的时候，她挺高兴地说："昨天我报仇了。"我问怎么回事，她说："我第一天坐车投币，投了两块钱，司机也没告诉我多投了一块钱，昨天坐车我就只投了九毛钱，嘿嘿……"

不知道这是不是典型的俄罗斯人。

---

① 简称К Г Б，克格勃是此三个俄文字母的音译，即苏联国家安全委员会，是1954年3月13日至1991年11月6日期间苏联的情报机构，以实力和高明而著称于世。

荷兰：
会说“对不起”的人更有尊严

荷兰小伙子说他也一眼就能把荷兰人认出来。我倒是有些好奇，荷兰人是一个很特殊的民族吗？

这位荷兰小伙子本人倒真和典型的西欧人不太一样，我认为他的眼睛有一点东方人的样子。

“那为什么能认出来呢？”我问他。

他说：“也许是衣服吧，总是穿得不一样。”

我有点疑惑，欧洲人穿得都差不多啊，都是那一身休闲服。

他说：“还是不一样，具体是什么也不好说。”

我看他，上身穿的T恤比较紧身，下面牛仔裤倒有点宽，并且上身衣服的颜色花哨一些，不知荷兰风格是不是这种样子。他还说：“我一眼就能认出波兰人，很多人穿一身阿迪达斯的运动服，身体很壮，有一个很漂亮的女伴。”——其实我想说，中国的黑社会也这派头。

这荷兰人在餐馆里说话的声音算大的，他也承认这一点。他说，和中国人相比，他的声音算小的，可是比其他欧洲人要高声一点。

由于他一开始送了我一包万宝路香烟，所以我也很高兴地想请他吃饭。但到了付钱的时候他的表现更像中国人——抢着付账。我问他："在荷兰，朋友吃饭平分账单会不会觉得不好意思？"他说："大多数人是平分的，可我是喜欢替人付账。"——真有中国人之风。

我们又说到了其他礼貌问题。我说中国人不给别人空间，比如去银行取钱的时候总是和别人站得很近。他很同意，当天他去参观了博物馆，正站在橱窗前看东西，旁边中国人就把他往前挤，也不说对不起，这让他很恼火。

我说："中国人不太会说'对不起'。一个人把另一个人碰了，不说对不起，另一个不高兴，往往过一会儿就打起来了。"

他问："为什么不说对不起呢？"

我想了想说："中国人可能认为一说对不起就没有尊严了。"

这时他脸上有一种真正困惑的表情："说'对不起'就没有尊严了吗？"又加上一句，"说'对不起'应该更有尊严才对啊。"

俄罗斯&韩国：
结伴的旅程，什么都会发生

忘了是哪个外国专家说的，俄罗斯人是长着西方人面孔的鞑靼人，也就是说俄国人骨子里是东方人。除了之前那个俄罗斯女孩，我还接待过一个俄罗斯男孩，行事的确和西方人有所不同。俄罗斯男孩身体结实，握手有力，笑容也很灿烂，不过有点过于灿烂，就像中国人了。俄罗斯男孩还带着一个女伴，是个韩国女孩，有点不痛快的样子，老撅个嘴。我们一起去吃饭，由于我是实在不好意思提出来“咱们各付各的吧”，就准备付钱。俄罗斯男孩热情地说：“我来我来。”我当然也像我们平时做的那样，虚意坚持一下，说我付吧。

结果俄罗斯人马上笑着说：“既然你坚持，那好吧。”——想不到他没有顺竿爬，就把我晾那儿了。没办法，只好我付了。

这俄罗斯男孩像一瓶摇晃了半天才打开的可乐，精力不断往外喷涌。我有一把吉他，他正好善于此道，拿过去就弹，又是摇滚又是俄罗斯民间小调，唱得弹得震天响，比我都自在，好像到了他家一样。

他和韩国女孩是在山东认识的，就此结伴而行，而且一路搭顺风车，连路费都省了。韩国女孩神色缓和了点后，也聊了聊，说她是素食主义者，不吃肉。后来得知是在中国不吃肉，怕肉有问题。

韩国女孩问我："有人说百分之五十的中国人不喜欢韩国人，是吗？"

我说："那不是还有那百分之五十喜欢韩国人吗？"

俄罗斯小伙也频频点头。

晚上睡觉的时候，因为我只有一张单人床，所以两人直接睡到了一张床上。

后来我才了解到俄罗斯小伙也不是真的装不懂让我付账，而是他每天的伙食标准就是十块钱。第二天再下去吃饭的时候他们跟我走了好一阵儿，看到超过六块钱的饭就问半天，好像是很关心营养啊卫生什么的，我倒挺同情。最后他们两个人还是合着吃了一份六块钱的炒米饭。我真有点替他担心，他看着脸色红润，肌肉结实，身手矫健，不知道每天吃那么一点是怎么过来的。他说他有机会就一次吃很多，我说那对身体不好。他说你看乌龟就是那样吃饭的，不是活得也很长。我说乌龟可没你活动这么多。

他们搭顺风车很顺利，方法是在一张纸上写着"我要去××"，然后举着这样的纸站在高速公路收费站口，基本上都能搭到车。事实证明一个白人加一个女孩是最好拦车的，单身女孩（比如那个澳大利亚女孩）拦车怕出意外，中国人拦车则成功率不高。

我不知道他是不是典型的俄罗斯人，或许他也是俄罗斯人里的异类。看他在网上的自我介绍，他去过世界上很多地方，喜欢在自然里生活，在北极圈附近的冰天雪地里露营，在热带的海岸悬崖边跳水，在西班牙潜水，玩的净是一些刺激的东西。

我也不知道他和这个韩国女孩是什么关系或将会是什么关系，是普通旅伴，还是露水夫妻。韩国女孩说，她在韩国有男朋友的。

半个多月后，那个加拿大哲学教师跟我聊天时，问我以前还有什么人来过，我说来过一个俄罗斯人，跟他一起的还有一个韩国女孩。加拿大小伙眼睛一亮，问那女孩是不是叫贞淑，我说是啊。他哈哈大笑，原来加拿大小伙在成都沙发游时住在一个老外家里，那个韩国女孩也住在那儿。说她被那个俄罗斯小伙甩了，哭哭啼啼地说本来是要跟他结婚的。但他们一到成都，俄罗斯小伙就自己跑了。加拿大教师还安慰韩国女孩，说不要太伤心，路上相逢的关系本来就不稳定。

后来俄罗斯小伙还给我发来了一些他在路上的照片。他后来又搭上另一个女孩（反正一看就不是中国女孩），还有一张那女孩在湖边草地上的裸照（照片上只看到肩膀以上部分）——我想他这一路可真够精彩的。

美国：发财致富的话题，只能和美国人聊

早期的沙发客以欧洲人居多。我发现，跟这些人谈发财致富的话题，基本上是鸡同鸭讲，真是“富贵于我如浮云”。问他们，你们想很有钱吗？你们想成为百万富翁吗？回答是：不。你们想成为名人吗？想当总统吗？回答是：从来没想过。那位澳大利亚女孩根本不挣钱也能在澳大利亚活得好好的，说挣钱有什么用呢？我说有钱了别人就能尊重你，她说没钱别人照样尊重她。我无话可说。

长着一双东方人眼睛的荷兰小伙说他在一个化学实验室工作，跟别人合住在一个独立的房子里，每天开车一个小时左右去上班。说到荷兰的最低工资，我说：“应该差不多有两千欧元吧。”

他说：“是的。”等了一下又有点不好意思地笑了，说，“我就是挣最低工资的。”

我问他：“你想挣很多钱吗？”

他说：“不想。”

我说：“你有钱可以买个游艇去度假。”

他说：“没有游艇也可以去度假啊。”——是啊，他不就正在环游世界吗？

我每个星期都能碰到有中国人说“我想挣钱都想疯了”，这种疯狂，外国人无法理解。我们所追求的目标——花园、洋房、美食、汽车，他们大多数人都实现了；我们以到风景如画的欧洲旅行为成功的标志之一，而他们就生活在风景如画的欧洲。但是他们更无法理解我们追求金钱所带来的心理安全感和满足。

关于接待沙发客的经济问题，在此，我来作个大致说明。接待沙发客当然是不收钱的，这是沙发旅游的精神。而最重要的是，你也可以白到人家家里去住。所以你不光是付出，你也有机会享受。

当然了，多一个人来住肯定会增加一点生活成本，所以，当沙发客初来时有小礼物相赠，或是主动邀请我去吃饭，我就会感到接待此人物有所值，往往会投桃报李。所以，我会请他们吃一顿饭。可是要一个年收入三万元人民币的人请一个年收入三十万元人民币的人吃饭，多少还是有点冤。

有些沙发客能意识到钱的问题，头天我请那加拿大哲学教师吃了一次，第二天他就主动掏钱，说：“昨天是你付的钱。”前面那个荷兰小伙，则很主动地请我吃饭，我也有心再请他吃。这里面有一个比较有意思的地方，大家都知道英语里“各自付账”是go Dutch，就是说“让我们像荷兰人那么办吧”，言下之意是荷兰人都是小气鬼。其实这是当年荷兰商人抢了英国人的全球贸易，英国人一生气给荷兰人泼的脏水。这回荷兰人出现在眼前，可是他却抢着付账，一点也不go Dutch，不知他是不是想洗脱荷兰人的“坏名声”。第二次吃完饭他又来抢着付账，我说：“让我们不要像荷兰人那样办了，我们像英国人那样办。”——我的意思是，咱们还是AA制，把这个名声让英国人背去。可是，意思过于复杂，他没能领会，也许以为我执意要请，就笑着退了回去。

有些人每天回来还会买点啤酒什么的，我也挺高兴，只要有那个意思就行了。

接待沙发客本就是个双方都有所得的事，你能见识到这些不同的人和生活方式，获得不同的信息。

那个加拿大教师说他在广西的时候还在一个英文学校里给学生们做“英语角”，不要工资，学校提供吃住作为报酬。我开玩笑说：“你在我这儿我也应该给你提供免费吃的，因为你在这儿也做‘英语角’了。”他大笑。

有时候我也和沙发客一起包点饺子，他们都觉得很不错，很好吃。老外既然决定穷游世界，就不会太在乎条件到底有多好或多坏。一起吃饭的时候，我家那些比我小不了几岁的家传木头筷子有些地方已经黑乎乎的，我反正不觉得什么，他们好像也不觉得什么。

加拿大小伙说，他知道中国的食品有安全问题，可奇怪的是他从前在国内还得的小毛病在中国居然一次也没得过。我想了想对他说：“可能是你从中国的食物里摄入了很多抗生素。”他有点愕然。

不过，美国人是这样的吗？我曾认为，欧美人都差不多，类似的人种，同源的文化，同一个上帝。尤其是加拿大和美国，我认为简直就没有区别。连语言都一样，我认为他们已经不分彼此了。

可是，后来我觉得，欧洲人和美国人还是不一样的。我有一个期望，希望美国人和中国人一样想发财成功，想出人头地，不然，中国人在世界上可太孤单了。

加拿大哲学教师说，加拿大没有死刑，美国有死刑，可是加拿大的犯罪率比美国低得多，这就是死刑无用的表现。加拿大全民公费医疗，看所有病都免费，而在美国看病是很贵的。

我对美国有太多的问题想要证实。美国是一个神话，看了那么多美国电影，里面的诸多情节到底有没有真实性？美国是不是家家都有枪？美国人回到父母家住是不是要掏房钱？美国高中生在毕业舞会后是不是都会结束处男和处女生活？各种互为矛盾、亦真亦幻的关于美国的消息，我太想找一个美国人求证一番了。

美国：
这里的青年学习也很刻苦

终于，有美国人上门了。

第一个来的美国人是一个在香港上学的大学生，看他的资料老家是爱达荷州——美国西部的一个州，位置相当于中国的甘肃吧。

他是早上坐火车来的。我事先已经通过短信告知路线，不过，好几位沙发客已经证明了在该站下车并非易事。果然，早上美国小伙的短信来了：我想我坐过头了。他找到马路上的路牌，把上面的拼音报给我，我一看，坐过头了五六站。我接着短信告诉他接下来该怎么走，解释了一番后我认为他并没有明白。他问我走路过来大概要多少时间，我说至少要20分钟。他说好吧，他要走路过来。

随后短信就不断地来了，几分钟一个，我好像坐在监视器前看着我的目标在移动。“到××路了”“到××路了”“路牌上写着×××和×××”。

最后一个短信来了：“我在ICBC对面。”ICBC当然不是廉政公署了，是我们楼底下的工行储蓄所。

看到他时，他站在一棵树底下，瘦高个儿，小脸，宽松的牛仔裤，膝盖上两大块土印，捧着一本厚厚的书低头在看。他主动向我伸出手，脸上带着轻松的笑容——美国人比其他国家的人爱笑，一点都不假。这是一种很自然的一点都不为难的笑。

他把书收起来，跟我往回走。美国小伙说昨天晚上坐了十几个小时的火车，我问他："现在累吗？"

他说："不累，我有一次在火车上站了二十个小时，一分钟也没坐过！"——比民工都强！

我说："你们外国人好像善于站着，不像我们中国人，到哪儿都要找地方坐下。"

他说："我曾经干过一份工作，老站着，就适应了。"

"那是什么工作？"

"商场保安。"他说。

又说到他在香港上学，问他以前在美国上的什么学校，他说是在加州大学伯克利分校学建筑。加州大学好像有好几个著名的分校，伯克利我也听说过，比较有名。我夸了他学历好，他也很高兴。然后我突然想到，就问他："你在伯克利分校学建筑，怎么会去商场做保安？这在中国是难以想象的事。"他笑了，说："那个是临时的，以后也不会去当保安的。"

到我那儿安顿下来，又简单地聊了聊，我问他："为什么要到香港大学留学，美国的大学不是很多吗？"

他说："香港大学也是请的世界各国的好教授，其中还有一个美国哥伦比亚大学的教授，在美国建筑界也是顶尖的。"

"在香港也待了一两年了，会说点中文吗？"

他的回答是基本不会："因为教授都是美国人，哪有机会说中文呢。"

我问他想不想喝点茶或咖啡，得到了意外的回答——"因为宗教原因我不喝任何改变人脑状态的饮料，像咖啡和酒之类的都不喝。”

我大为好奇：“什么宗教？”

他笑着回答：“摩门教[①]。”

关于摩门教我总算是知道一点，犹他爵士“男子篮球队”所在的犹他州是摩门教的老家，还有他们的一身黑衣、礼帽长须，另外就是福尔摩斯小说的开篇之作《血字的研究》。总之，摩门教是一个在世人眼里有点古怪的教派。

我说：“你又不是在犹他州，怎么会信仰摩门教？”

他说：“爱达荷州有一部分和犹他连着，这里的人都信摩门教。”

我问他：“你从来没有喝过酒吗？”

他说：“没有。”

“那你就不想喝吗？”我又问。

他笑着说：“有时候看着别人喝也想尝一尝是什么滋味。”

聊了一会儿，他就出门了，说是有一个在香港认识的法国女孩也要来这儿旅游，他们要去会面，出门前手点额头来了一个美式军礼。

那个小房间的门开着，我进去看到他居然带了很多书，都摊在桌子上放着，那本他早上捧着看的硬皮书原来是《摩门教的起源》。你旅游还带这么多书干吗？

第二天他又是早早出门，好在晚上回来得还算早，总算让我逮到机会求证了一些事情。

我想大多数中国人跟我一样，对美国既了解又不了解，了解是因

① 摩门教(MORMON)，即耶稣基督后期圣徒教会，简称后期圣徒，成立于1830年4月6日，由当时24岁的约瑟·史密斯在美国纽约州组建。该教会是后期圣徒运动里面最大且最为人知的一个宗派，并且认为自己教会是原始基督信仰的复兴。摩门教初期曾主张一夫多妻制。

为我们看了那么多的美国电影电视，我们对那些演员和球员是那么熟悉，可是我们对真正美国生活的细节却很陌生。

我们主要谈他在美国学校的一些事情。不知道怎么开始的，反正问到了这个问题：“美国教师也用粉笔在黑板上写吗？用不用电脑和投影之类的？”

他说：“投影和粉笔都用，大概是一半对一半吧。”

“那黑板是不是学生擦的，或者是有专人擦？”

他想了想说：“不是学生擦的，好像也没见过别人擦，可能是下一次来上课的教师自己擦吧。”看来美国顶级大学也还在用一些原始的教具。

说到美国大学上课的方式，我说：“你们教授一般都鼓励学生提问吧？”

他回答：“是的。”

我说：“要是学生问了一个教授不懂的问题，或者质疑教授的说法，教授会不会觉得被冒犯了？”

“好像不会的，教授已经很习惯学生在上课的时候随时提出问题，觉得没什么。”

我又问到了有钱的学生与没钱的学生。

他说：“美国大学里有钱的学生并不张扬，相反他们力求让自己显得普通一点，富学生和穷学生成为朋友完全没有问题，因为决定因素是共同的兴趣爱好。”

我问：“一个很钱的人，可以保证让他的孩子上顶尖大学吗？”

他想了想说：“要看这个学生本人的情况，学校和教授们不会为了钱就招一个不合格的学生进校。”

我问：“一定不会吗？”

“可能性不大，”他说，“因为学校要保护自己的声誉，那种行为名声很坏的。”

关于美国大学生吸毒玩乐不爱学习的“流言”在他这里被“终结”了：绝大多数人学习很努力。还有，大学生们几乎人人都有笔记本电脑，学校里也到处都有免费的无线上网，网吧是有的，不过很贵，其实算是咖啡馆的附属品，而现在最热门的网站就是facebook，人人都上。

我问他对中国建筑怎么看。他说：“上海有一些高层建筑颇为可观，比如金茂大厦和顶上有一个洞的环球金融中心。”

我说：“那个洞本来是圆的，后来改成方的了。”

他惊异地问：“为什么？”

“有人说圆洞就成日本国旗了，好像日本人又‘来了’。”

他明白了，说：“方洞倒是更有利于施工。”

我看他说起上海的建筑时望着远处，眼神里颇有一种憧憬和神往，就问他会不会来中国工作。他说：“很有可能，在中国能做很多事情。”他喜欢高楼。

虽然不能说明所有情况，至少这个美国人向往成功。

他说话时，是一种很柔和轻软的腔调，总是带着微笑，让人感觉非常轻松。

走的那天早上，他在洗澡的时候先插上电源后放的水，闻到了一点煳味，他说如果热水器烧坏了可以赔钱给我。我说没事没事，那东西很简单，就算有问题我自己也能修好。他是当天晚上的火车走，傍晚他把那个法国小胖妞也带回来了，肉肉的挺可爱。我们握手告别，他背上大背包，走之前又习惯性地微笑着来了一个美国军礼。

一个星期后，突然接到了他的一封邮件，说当时走的时候忘了问热水器到底是不是坏了，如果坏了他可以把钱从香港给我寄过来。我给他回信说："热水器后来我自己和一个法国女孩都用过，很好，没坏。咱们Discovery Channel（探索频道）见吧。"

我爱看探索频道的"伟大工程巡礼"这个节目，也许有一天他也能出现在里面。

美国：
人的一生不能由档案决定

第二个美国人也是个大学生，家在弗吉尼亚州里士满，美国南北战争期间南方邦联的首府。

他个子很高，一米九六，极瘦。和第一位美国沙发客一样，笑得也很轻松自然，我稍稍开一点玩笑他就很开心地笑。他只有十九岁，与同年龄的中国学生比起来，显得成熟不少，一些话题完全可以进行深入的讨论。

第二天他回来得不算早，正赶上我吃晚饭，于是我也就请他一起吃，新小米稀饭，黑芝麻酱凉面，鲜西瓜皮炒黄豆和一碟子红心咸鸭蛋。他说很好吃——我想应该是真话。

吃完了，就开聊。

他的专业是国际关系，在弗吉尼亚的一所大学，说是中学成绩很好，所以获得了全额奖学金，上学基本上不用家里出钱，包括来中国的费用也是参与教授的一个项目挣的钱。既然学的是国际关系，这方面知识就会多一点，我问他："对于美国人来说，中国是不是'敌人'？"

他说："对于一些中老年人是的，在年轻人看来好像就是另外一个国家而已。”

我问他：“你将来会干什么？”

他说：“想到美国政府里工作。”

我说：“美国人对从政的人看法都不好吧？”

他说：“是的，不少人认为从政的人爱说谎。可实际上大多数政治家是认真为美国民众做事的。”

说到利比亚，我说：“有人认为美国打利比亚是为了石油。”

他说：“当然不是。首先是——”

“人道主义危机。”我接他的话。

他说：“是的。”

我说：“很多中国人认为美国打完了伊拉克就可以不花钱地把石油拉回美国去了。”

“当然不是了，”他说，“当然还是要买的啊。”又补充说，“很多美国人也是那么想的。”

说到他的大学生活，他说自己爱打网球。不过我说我最喜欢的网球选手是桑普拉斯，他居然不知道，可见新老更替之巨。我问：“你们学校的体育馆游泳池收费不收？”

他说：“对于学生来说不收费，因为都包含在学费里边了，可是学生进去的时候也要拿学生证。最近先进了，摁指纹识别。要是非本校学生来，也是要买票的。”

看来美国也有点“外单位车辆进入一律交费”的意思。不过他说，学校图书馆对社会上所有人都是免费的。

美国也有盗版DVD，不过街上是买不到的，都是在网上卖，网站的服务器都是在外国，美国警察也管不了。美国还有一种租碟服务，一个月十美元，不限看碟数量——听上去很不错，可是他们都是邮寄服务，你收到碟看完再寄回去（用附带的信封，免邮费），人家收到后才能给你寄新碟，所以最快一个月也就能看将近十张碟。到电影院看电影要七美元，太贵了！他一般只看第二轮的，两美元。

鉴于他是大学新生，我问他："是不是美国的高中生在毕业舞会后都要结束处男或处女生活，像电影《美国派》里说的。"

他否认了："也不是啊，电影里很多东西都夸张啊。"

还有一个我很感兴趣的美国父母与子女关系的问题，他说："基本上所有的孩子在上大学后就离开家过独立生活了。很少有继续住在家里的。"

我问："如果你要再回家住的话你父母会不会问你收房钱？"

他说："住几天没问题，可是要长住的话就要交钱了！美国父母从孩子上大学起就不再给什么建议了，一切全由孩子决定。"

我说："那美国父母早就有心理准备——孩子一上大学就等于失去了他。"

他说："是的。美国的'空巢家庭'指的就是这个。"

我告诉他："在中国'空巢'通常指的是更老一些的父母，因为年轻人成家以前大多还是和父母一起住的。"

我问他："美国有没有档案？这种东西要跟你一辈子。"

他头回听说这回事，"美国人根本没有档案，你要找工作，写一个简历，有时要列出曾经工作过的地方的联系电话，有些雇主会去核实，可是通常也不会，完全相信你。"

我说："在中国你要是没档案你就进不了国家机构。"

他说："在美国如果你要进FBI的话也要审查你的背景，可是要FBI自己去查，因为并没有什么档案跟着你。"

至于有一点污点就贷不到款的说法，他说："这更可能指的是在银行方面的信用纪录，如果你开车超速、闯红灯什么的好像也不影响贷款。”

他的态度一样是非常亲切放松的，很爱笑。我问他：“美国学校有老师教给学生这些社交礼仪吗？”

他说：“没有，好像都是跟家里学的。”

我说：“美国人通常比别的国家的人更放松和爱笑。”

他想了想承认是这样，说：“你去见雇主的时候，多笑一点肯定能给你带来更多的机会。我们美国人可能都会在不想笑的时候笑，问题是怎么把这笑弄得更像真的。”说着，他做了一个职业式的咧嘴笑。

这种笑我并不陌生，美国电影电视里很常见，这是一种礼貌的不带有任何特殊含义的笑，既表示尊重又保持距离，双方都没有负担，就像一件得体的衣服，似乎每个美国人都必备，没有它，就会成为社会上的一个异类。这不同于傻笑、媚笑、苦笑、冷笑等各种不上文明及格线的笑。

三天后就道别了，这期间他还在我这儿洗了一次衣服，也是内衣外衣一块儿洗，好在本身也不是很脏。走的时候又现出那种清澈的笑来，这种令人愉快的笑和他蹒跚而行的背影结合在一起给我的印象更深——他好像是小儿麻痹，腿走路很不方便，所以每次晚上回来都累得很。我很希望他这种清澈的笑也能出现在每一个中国人脸上。

澳大利亚：

穷人也可以周游世界，只要你想！

来我这儿的有好几位单身洋妞，可是说实话，大多数包管你看了后就会退避三舍。

对法国女郎的美好形象让一个法国女人给破坏殆尽了。这个法国女人年纪不大却有一副大嫂相，再加上穿着一身从地摊上买来的中国三十年前的乔其纱衫子，坐在椅子上盘着腿用手抠脚指头，还不停地说政治，真是让我这个爱说政治的人都打呵欠。

还有一个德国女孩，人高马大，腿笔直修长，屁股滚圆，照片上看倒是有种成熟女人的优雅，可是真人却挺沉闷，即使不沉闷的，那胳膊上半寸长的金色汗毛也实在吓人。她有一次出去玩，晚上十一点才回来，一问之下，说是白天去一个景点玩，找不到旅游公交，碰上一个私人包车的，给她报了一个价，她以为是含景点门票，事实上是不含，最后本来花一两百块就够了，结果花了五百多块。她认为这是一个误会，应该不是欺骗，可是那个心疼啊。回到城里来的时候都晚上九点多了，我问她怎么回到我这儿的，她说是走回来的，我说你为什么不坐公共汽车啊，她顿了顿，自己也不好意思地大笑道："我是为了省钱！"——只省了一块钱。

德国女孩走的时候整理她的背包，我才发现她包里装了好多书。她说是她在澳大利亚留学的一些东西，现在要背回德国去。我说你可以邮寄啊，她说那太贵了。她整理完背包我试了试，不用上全身的劲儿都提不起来，她说大概有三十公斤吧！除了那一个大背包，她胸前还挂了一个小包，少说也有好几公斤，手里还左右各提一个小包。她说要坐公共汽车去火车站——我太佩服她的力量和勇气了，我想都不敢想。

不过性感其实是一种气质吧，而这些热衷周游世界的女人们并不善于此道，或者也可以说，旅游让性感消失了。原因或者就像物种进化论，出门旅游的女人都被旅行杀死了性感，只剩下适应了危险旅行的不性感一面。

所以说，当这位澳大利亚女孩来的时候，真是令人眼前一亮。皮肤光滑细腻，淡蓝色的眼睛很清澈，鼻子不高不低，十分小巧，嘴唇轮廓分明，脸上一点多余的肉都没有，一双绷在牛仔裤里的长腿英姿飒爽。有什么用呢，她那像海盗一样的男朋友就站在我身后呢。

但他们本人和照片是有出入的，照片上男的是长头发，晒得很黑，像个野人，女人则有点害羞，如同中学生。可是现实中，男的倒有点局促，很客气，因客气而话多；女孩像是公主，把男的支使得团团转。那几天比较热，我没空调，也不用电扇，女孩有时候直喊热，我就递给她一个方的塑料片——一个写字时用的垫板，男的接过去，笑呵呵地给女孩扇。女孩漂亮，这也许就是她的资本吧。

两位也是云游四方，他们都是澳大利亚人，可是出国已经好几年了，相识于西班牙。有钱了就周游世界，没钱了就回西班牙打工，男的教冲浪，女孩当酒吧招待。期间听到他们说冲浪教练的工资，也就是一个月一千欧元，不过管吃管住——西欧穷国的穷人都可以周游世界。女孩是在法国出生的，所以拥有双重国籍，这有一个好处，就是他们到南美洲旅行的时候，法国护照可以受到优待。

我只有一张多余的单人床，不过还有一张凉席，就建议他们把凉席铺到地上睡，反正天也热。本来我还担心他们如何对付蚊子，但他们随身带着蚊帐，房间里拴上一根绳子，蚊帐就吊在绳子上。

听到他们在厨房里用杯子接水的声音，我走过去说，自来水是不能生喝的。却发现他们在水杯里插了一个亮着淡蓝色灯的东西。他们说，那是紫外线消毒，插一会儿水就能喝了。天知道这东西究竟能起多少作用。我自己经常生喝自来水，也没见喝出什么问题。也就插了不到一分钟，他们就捧着塑料水杯咕咚咕咚地喝了。

由于他们是两个人，说到吃饭的问题我底气足一点，我就问他们："沙发旅行的时候跟主人吃饭是不是各自付账的？"他们说："大多数时候是的，不过有时候我们也买东西回来做，而主人家人口又多，结果我们花的钱比住旅馆都多。"

第一天在外面吃的面，各付各的，我也一身轻松。

第二天我想包饺子了，而且这样比在外面吃还要便宜点。他们回来时，我说："你们去超市买点东西好不好，就买一点点肉馅，一点凉菜，有好多种，你们各种凉菜都挑一点，一共不会超过十五块钱，剩下的我负责。"这当然是一个好买卖，他们也很高兴，想看看我怎么包饺子。买回来一看我傻眼了，那不是凉菜，是够我吃几个月的腌咸菜，本来我想着饺子加白酒，再来一点凉拌菜，就很完美了。可是这咸菜是没法就着饺子吃的。过后几天我自己去超市才发现，原来凉菜真的不卖了，相同的位置只有咸菜，也是一盆一盆的好多种，我想他们倒不至于分不清咸菜和凉菜，只不过不愿意空手而归罢了。

这女孩既漂亮，说话又得体大方，看上去比男的更有社会经验，也更有知识，中间我们说到一些政治，我说了几个关于极权政治的字眼——男的好像一时没听懂，还要女孩给解释一番。其实也不奇怪，男的在澳大利亚的时候做的基本都是杂活，比如电工之类的。有一天晚上出去转的时候，我夸他有英雄气概，说："你像一个海盗。"

他说："我就是要盗一切东西。"说着，黑暗中好像很开心地挽住女孩的手。

女孩说："要是在澳大利亚我是不会跟你约会的，因为你长得不好看。"我不知道女孩开玩笑的话里是不是也有几分事实，不过，在中国，这么漂亮的女孩跟一个没文化没钱，长得又不好看的男孩约会，可能性要更小一些吧。

男的说起他在澳大利亚的生活，基本上不学习，成天就是运动。我说："那你毕业了能找到工作吗？"

他说："也可以找到与运动有关的工作，比如俱乐部教练，需求量也很大。"他们打算在世界各地再转几年，然后就回澳大利亚，找一份工作（也许还是电工），然后买房安定下来。

我们也说了不少关于冲浪的事，我对这个比较感兴趣。这位冲浪教练讲起他吃饭的家伙就滔滔不绝了，我这才知道一个新的冲浪板要六百美元，旧的也要四百，这板基本上都是手工制作，而且很容易折成两半。冲浪本身也是一个消耗量挺大的运动。最危险的倒不是淹死，而是摔伤，因为他们冲浪的地方，看似浪挺高，其实水只有半人深，很容易被浪拍到海底，要是下面再有一些石头或珊瑚，就更加危险了。说着，他还掀起衣服，给我看他背上的累累伤痕。

他们都有一种和蔼亲切的态度，我觉得英语国家的人都很会说话，很乐意赞扬别人，很爱开玩笑，很注重别人的感受，动不动就是

“你是个天才”之类的夸奖。与他们相处很轻松、愉快。与之相比，欧洲其他地方的人就内敛多了。当然也有英语不好的原因吧。

他们在这儿的时候，每次回来都买三瓶啤酒，我也乐得白喝。每次沙发客走的时候我都要提醒说，看看不要落下什么，这次也不例外。“海盗”开玩笑说：“剩下什么东西都归你。”我们笑着分别了。

美国&新西兰：
没有控制，只有尊重个人的选择

像我前面说过的一样，我一直希望和美国人多聊聊，美国有那么多的神话值得去证实，有时甚至可以说我对美国某些事情的了解超过对中国类似事情的了解。但这些了解多是道听途说来的，就像有人怀疑美国人到底登上月球没有，但你总不能跑到月球上去证实那个事实，不过总算是有美国人来到我身边。

这次来的是一个在新西兰工作的美国女人，二十五六岁，可是照片上也不像小女孩，看到她在很多地方沙发旅游的照片，笑得一如大多数美国人一样灿烂和饱满。她说自己在新西兰从事着一件很无趣的办公室工作，有三年没旅游了，所以这次来中国太兴奋了。

接她的那天早上费了点周折，她打电话来说到了我们约定的那个十字路口，电话里是一个很热情、底气很足的声音。

下了楼，我看见她就在马路对面。一个身高一米七左右的白种女人，脸红得像关老爷，不知是不好意思还是天热晒的，躲避着来往的车辆，哈哈大笑地朝我走过来，五米外就伸出手来握。真够热情的。

一路上聊着，我领她往回走。到了我的房内，细看之下，皮肤看起来像三四十岁，不过跟其他人一样，眼神是年轻的，很有活力。

她在新西兰的一家房地产中介公司工作，已有三年，她语速很快，反应迅速，底气很足，完全没有照片上还有点羞涩的样子。在之前的联系中，她看到有沙发客留言说我善于做饭，就在信息里说她也超喜欢做饭。我说我是不得已，外面又贵又不卫生。她说她很想给我做一点吃的，也想学一点中国的菜谱。有了这样的前提，我对吃饭就有安排了，我跟她说："今天我给你做一次中国菜，明天你再做好不好？"那能不好吗？太完美了。

这个美国女孩在我这儿住了三天两夜，我算是充分地领略了美国人的风采。在我的房间里，永远有一个讲美国英语的女人声音，用"滔滔不绝"来形容她一点都不为过。美国人大多爱说，善说，口才好，在女孩这儿得到了充分的证实，不过她算是有点话痨吧。她到了晚上十二点还兴致很高，我实在觉得信息量有些过剩了。

她住在新西兰南岛一个叫作"Queen's Town"的地方，女王镇。"新西兰太美了。"这是她留在新西兰的原因之一。她说她租住在城外一个没有手机信号的大房子里，这个房子还有一块占地四英亩的林子，她说这样的房子在新西兰的售价是一百万新元，"太贵了！太贵了！"

一百万新元相当于五六百万人民币——我一直没有弄清过英亩的大小，以为可能也就比咱们的亩大一点点吧，结果事后一查才发现，"英亩"比咱们的"亩"大得多，一英亩等于六亩！也就是说，她住在一块相当于我们二十四亩的产业上！Damn！相当于两个足球场大。这还算贵！

我说："你住那地方算是富人区吧。"她说："可以算是了，但我属于穷人。"

我没问她具体租金是多少，想这新西兰的"穷人"都能租得起，一定没多少钱。可是她说房东把房卖了，今年九月份新房主就要来，所以她也住不成了，现在还发愁呢。那房子挺旧的，不算太好，可是那四英亩的地上长满了松树，都有一人合抱那么粗。

我说："那都是古树了。"

她说："可能也没那么老，应该有五六十年吧。"冬天的气温很低，她就烧壁炉，用的是捡回来的木头，要一年前就劈好晒干。我不理解，"那么大的房子一个壁炉就够了？"

她说："卧室就在客厅上面，一烧壁炉上下两个房间是热的，可是其他房间还是冷的！"原来如此。

我又问："没有树的人家烧什么？"

她说："可以买木头啊。"

我突然想到："你可以把你的松树砍了卖钱啊。"

她说："也有朋友给我这个建议，但是这是人家的财产。"

我问："新房主知道这块地上有多少棵松树吗？"

她会心地笑了，说："不知道。"但接着说，"将来人家来了，一看这儿一个树桩，那儿一个树桩，就能发现了啊。"

我想，还真是这样。

她还在自己的房前屋后种了好多蔬菜，有十多种吧，用厨余的东西做肥料。我在自己的阳台上也种点青菜，说："你回去的时候给你带些种子。"

她忙说："不行不行，海关会查的。"

"就带几颗都不行吗，藏在口袋里他们能发现？"

她说："海关有狗专门闻，很准，一发现就得罚款。"

后来又接待过一个澳大利亚的女孩，才得知此言非虚，新西兰海关对于旅客可能带入的植物种子查得特别严，基本上每一个人都得让狗闻一闻。因为新西兰的生态系统非常孤立而特殊，很容易受到外来物种的影响。

她说："新西兰都是小公司，大多数公司不会超过八个人。"说到这个房地产中介，我问："现在有中国人在新西兰买房吧？"

她说："有。"

我说："中国的很多有钱人都是干坏事得来的钱。"

她说："这个我也知道，可是新西兰的中介公司也没法知道这些中国富人的钱是怎么来的。"

说起她在美国的生活，她说她的父母不是很有钱，所以到现在也没法退休，还得多积蓄一点。她还有一个妹妹，大概是有情绪控制的问题，总是控制不了要发脾气。我又把我所关心的美国养老的问题提出来，她说："绝大多数美国老人，如果有自理能力都是自己住，如果活动不便的，就住养老院。和子女一起住的情况也有，但很少很少。"

她的奶奶，九十多岁了，还是一个人住，她父母想把奶奶接过来一起住，可是奶奶坚决不同意，好像很享受独居的自由。

我简单向她描述了中国的养老情况，我说："尤其是在中国的农村，老人丧失劳动能力后，只能跟随子女一起生活，没有其他选择。这种和子女一起的生活，在西方人看来好像是东方传统其乐融融，其实很多老人寄人篱下，看子女脸色，别有一番辛酸。"我想这个打动了她，她后来说，她看到了这种东方传统的真实一面。

美国人也不是像我们所说的完全没有家庭维系。每到圣诞节，很多美国人也会回到父母身边去，平时父母也老打电话："亲爱的，回来住两天吧。"不过，住的时间长了，父母也会觉得烦。美国父母绝不会给子女命令式的建议，一般不管什么事都是让子女自己决定，最多是提出几个建议，让孩子来选一下。我问她："你有没有觉得你所有的选择都是对的？有没有觉得没听父母的话很后悔？”

她说：“有的，我做过很多错事。但是美国父母没有为孩子决定一切的习惯，一切都要你自己负责。”

我问：“你有没有觉得这种方式有时候好像‘父母都不关心我们’？”

“我妹妹就是这么想的，呵呵。我还有一些朋友是同性恋，父母尽管不赞成这种‘性取向’，可是认为既然是子女自己的选择，还是要尊重一下为好，不管怎么说，这都是他们亲爱的孩子。”她说。

我说：“中国的家长是完全相反的，一切都要处于家长的控制之下，因为这是家长为了保持权威的一种方式。”

她若有所思。

美国的父母对孩子是无欲无求的，当然如果父母生活有困难，孩子是一定会资助父母的，但在完善的保障制度下，这种情况并不多见。老年人总是比年轻人有钱，这是美国的社会现实。我说：“美国的父母在把孩子养大的过程中，已经收获了快乐，并不指望有什么经济上的回报。”

她说：“是的。以我自己来说，我和弟弟妹妹从来不给父母钱，将来父母去世后，房子要么卖掉，得到的钱要么我和一个妹妹一个弟弟平分；要么其中一个住在里面，把另外两份钱给其他姊妹。”

她很小就开始打工赚钱。先是送报纸，用工资买了一辆自行车，后来又到一些商店里打工，上大学教人游泳——说到游泳她眼睛一亮，她曾经是校游泳队成员。我自由泳游得不好，向她请教，当然一时半会儿也说不清楚，她问我附近有没有游泳池，我说有，她就说要去游泳池给我示范示范。不过后来还是没去。

美国人是天生的演员，好莱坞只能出现在美国，不可能出现在其他国家。因为只有在人的精神完全解放之后，才能拥有发自内心的丰富表情。她说话时表情十分丰富，又绝无做作之感，给我唱她小时候的儿歌，自己先陶醉得不行。美国人给人一个强烈的印象——他们不管说的是什么都是发自内心的真话。

她说："印度和中国不同，印度也穷，可是印度人爱笑。"她爱做一个实验，在旅游的时候对着大街上的路人笑，有一点侵略性的笑，还要迎上去。在印度她通常能得到一个回应的微笑，可是在中国，人们看到一个哈哈大笑的老外冲上来，总是表情惊恐地退后。中国大街上的人很多表情严峻，心事重重——唉，谁说不是呢。

美国人也许在全世界都是异类，我之前总觉得西方人很类似，但她说是不一样的。每个美国人都想跟别人不一样，有那么多美国人去干荒唐事，就是想让世界知道自己。她去新西兰、澳大利亚，发现那里的人都不想跟别人不同，要跟别人保持一致，新西兰还有一句俗话，"木秀于林，风必摧之"（大概与这个意思相同）。她说到一种植物，我不知道是什么，就是说长得比别人高了，就会被砍平。她说，美国也有一句俗语，叫"每个人都有十五分钟的出名机会"。我问是什么意思，她说就是每个人都有机会闪耀那么一会儿。所以说美国人和其他西方国家的人还是不太一样的。从这个意义上来说，美国人在精神上还真与中国人有共通之处。

我问她美国有腐败没有，她说当然也有，而且可能很严重。

对于这一结论我存疑，我认为她所说严重的尺度与我们不一样，就像她说二十四亩地一百万新元"很贵很贵"一样。

她说："参与伊拉克重建的很多美国公司都与前副总统有关系。"

我说："那为什么FBI不去调查呢？"

她说："是因为没有证据。如果没有过硬的证据，FBI不会冒险让一个政治家受到名誉上的损害。”

“美国媒体不是经常开总统的玩笑，讽刺总统吗？”我问。

她想了想，说：“那是两回事。”具体怎么两回事，她也说不清。

一天晚上她回来的时候坐公共汽车看到了一起车祸，她自己坐的公共汽车撞到了另一辆车。她撞疼了脑袋，他们那车的司机跳下车与对方司机互殴。

她说：“中国的交通实在太恐怖，街上的车乱插队，换道的时候也不打转向灯。”

我说：“中国路上的车排队总是歪歪扭扭的，两个车道却总能排出三行车来。有一天，我到附近山里玩，出来的路很窄，偏偏有一些所谓的‘好车’要走逆行，超车插队。在新西兰有没有超车这回事？”

她说：“当然也有了，如果你开得快，就可以超车，但各种准备工作一定要做好。”

我问：“会不会有人开着好车，就一定要超所有的车？”

她说：“也不会啊，因为大家的车都差不多。”

我还是不甘心，又问：“会不会有人超你的车是想显示他比你开车技术好？”

她说：“这也有可能，但极少极少。新西兰偶尔有些家伙开车很快，但最后发现也只比我早了几十秒钟到目的地。”

我一直不解的是，为什么美国人对经济危机那么敏感，动不动就提到失业率。她证实了这一点，她说她的朋友当中也的确有很多人失业，生活一下子变得困难了。为什么美国人那么容易失业，而中国非民营机构的人从来不失业？她来的那几天正好是“美债危机”，第二天她问我今天有什么新闻。我说，美国股市指数向上走了，她高兴地竖起了大拇指，好像也舒了一口气。

干巴巴的谈话说了很多了，下面说说吃。

头一天我还是用对付外国人的老一套，包饺子。她拿着一个小本记着菜谱，完了她也一起帮忙包饺子，看来是做过饭，手上有把握，包的饺子跟我的差不多，煮出来一个也没烂。我们吃着饺子，喝着我七块钱的廉价白酒，有几分醉意，倒是气氛甚佳，我心里开始期待她第二天会做什么。她事先说了一下，好像是什么“费城汉堡包”。

第二天她回来时已经有点晚了，手里有一大包东西。有牛肉、小面包、西兰花、胡萝卜、洋葱，还有一瓶蛋黄酱和几片奶酪。她说她吃饭晚，于是又聊了一会儿，都到晚上九点多了，才开始做晚饭。

她把小面包切开，用我的平底锅烤。我问为什么要烤，她说：“因为烤过后上面的焦脆部分很好吃。”——原来“烤吐司”是这个目的，怪不得老外家家都有个烤面包机。面包烤好之后，她把牛肉切成豆腐干一样的小片开始煎，放的油也不多，几分钟后牛肉里的水出来了，成了半煎半煮，我有黑胡椒，帮她放了一点。然后把洋葱放进去，之后是蛋黄酱和奶酪。慢慢汉堡包的味就出来了。期间又让我把西兰花和胡萝卜煮一下，然后就放到碗里撒点盐，就可以吃了。

十分钟之后，她说牛肉好了，然后放到面包片上，敞开式的，不是两片面包夹一个，而是一片上放一点。

“费城汉堡包”完工了。放到盘子里，看着真挺丰盛。吃起来的结果是，牛肉跟我自己做的味道差不多，并没有达到我期望中那种非常嫩的程度——我一直希望学到外国人做牛排的本事——再有面包可能有点过甜。反正营养是不少。我自己平时也做做牛排，但绝不可能老吃，消化不了。她说美国有很多种汉堡包，大概有成百上千种，反正是味道一有不同就新起一个名字。我看要这么说，中国的兰州拉面换一个城市就可以叫北京拉面或上海拉面，因为味道多少都有不同。

英国：

自觉的诚实

来了一位英国人。

我在沙发客网上的自我介绍中写道，喜欢英美人的行为方式。可是一开始真正接待到的美国人也不算多，英国人嘛，在半年多里只有一位。也许英美人本身就比较吃香，容易找到住的地方。

这位英国人我很想用“英国佬”来称呼他，也许是因为他有点憨头憨脑的样子。中年，四十五岁，人高马大，两把浓眉毛，圆溜溜的眼睛，有点蜡笔小新的感觉。

我抱有一个坚定的信念，你跟英国人在一起，一定会是愉快的，你不用担心他不守诺言、迟到、占小便宜，不用担心他阴着个脸，不用担心他语出不逊和突然发作，因为一个将尊重他人当成习惯的民族，一定会让交往对象感到舒服。

事实正如我所料。

这个英国佬跟其他欧洲国家人一样讲礼貌，“对不起”“谢谢”“这是一个好问题”常常挂到嘴边，让人倍感舒服的是你问他的每一个问题他都是老老实实、就事论事地回答你，不绕弯子，不转移话题——我总是发现很多时候与中国人没法讨论，因为中国人两句话后就容易脱离主题，或者说只要他认为你探讨的一些问题有悖于他的常识，他就会马上转为对你进行人身攻击，避而不谈问题本身。

这位英国佬有一点思虑颇多，这符合传统中国人对英国人的印象，而不太符合我对英国人的理解。世人都说英国人保守压抑，我认为英国人热情奔放——一种受控的热情奔放，你看看英超赛场就知道了，世界最有激情的足球赛在英国。但这种热情一般不会对他人造成压迫。

这个英国佬还真是比美国人保守一点。他当了多年的软件工程师，主要工作是给甲骨文、IBM之类的公司的程序找bug，在他开始工作的时候，世界上还通行DOS操作系统吧。反正是看了多年的程序语言后，他决定换一种新的生活，于是开始环游世界。他告诉我，他想过一种和程序员完全不同的生活。按摩师恰巧符合这一标准——程序员用脑，按摩师用身体；程序员的工作对象是干巴巴的数字，按摩师的对象是活生生的人；程序员坐在自己家里，按摩师跑到人家家里——英国的按摩师有上门服务。于是他跑到外面去上按摩师的培训课，因为要拿执照嘛。

我告诉他这很有趣，在中国难以想象一个搞IT的白领转行去做按摩师，因为在中国，按摩有时候被认为与色情有关，一个白领是不可能去干这种事的。他点头表示理解，整个东南亚都是这种看法。

他离婚了，现在是无牵无挂，以中国人的标准来看，真是有几分凄凉，有种孤家寡人浪迹天涯的意思，但他一直说这是在追寻生活的真正意义——我原来以为英国人都已经找到答案了，看来还是有不同的思潮，还是有迷茫的人。他总结说，他原来一直当程序员，可是后来发现自己远远没有享受到世界上美好的东西，于是他开始周游世界，学开飞机，在阿根廷学探戈，在越南学按摩，在泰国潜水——生活来源就是出租他位于伦敦郊区的房子得来的租金。

租金大概一千英镑一个月，扣掉税有八百镑多，这八百多镑够他在一些不发达地区旅行，可要想在发达国家就不行了。他那所房子，价值二十万英镑左右——只要不是伦敦的热门区域，英国的房子，大多都是这个价。由房地产中介帮他代管，定期把钱寄给他。期间说到了一点，他说："如果房屋要维修，租金就可以减去这部分钱，这部分就免税了，比如这个月花两百镑修了一下门，就只用按八百镑的收入来交税了。"

我跟他探讨，说："那你不会说你修门花了一千镑，那你这个月一分税钱都不用交了。"

他说："没办法的，因为修门的账单就是两百镑。"

我说："在中国你可以在发票上随便写数字。"

他说："是啊，但是这个不好办，英国的商店如果这么做了，是会被查出来的，最后总有人要为那多出来的部分负责。"

我说："英国人都很诚实，不是吗？"

他好像也有点得意，但又争取不显露出来，说："是啊。"

下面我要与大家分享一个事实了，这一事实可以让我更清楚地理解外面的世界是怎么样的，虽然我们现在以为我们了解外界的渠道很多。

我们说到英国人的养老，他说："英国人退休时每人每月都有五百英镑的退休金。"

我还真是头一回听说这回事，问："每个人都一样？不管穷人富人？"

"是的。"英国"蜡笔小新"回答。

但这并不是说每个人退休时只有这五百英镑，每个人的情况不同，或者靠公司，或者自己买一些不同的商业养老保险，买得越多，退休的时候拿得越多，当然也有一些商业养老保险是亏损的，那里面有一定的风险。

他还介绍了那些英国复杂的商业养老保险，但我的脑子一直停留在了五百英镑的“基本养老金”上。他也说到，对一般人来说，五百英镑不太够，大多数人还是得有一些其他收入，比如房租收入。不过，我认为，“不太够”是指一定的生活标准，也就是一种所谓体面的生活，如果不是那么“体面”的生活，五百英镑已经吃喝不愁了。

那时，我没有和他进一步探讨。我没有告诉他，在中国，有些老年人一分养老金也没有；有些老年人一个月却有五千块养老金。有许多老年人，不得不生活在子女家中，看子女脸色过日子，早年间作为交换代价“分家”给子女，并不一定能保证他有一个幸福的晚年，而其所谓的“孝”于养老更是痴人说梦。

平等不能只写在教科书与空头的法律文件里，要平等，就干干脆脆地每个人发五百英镑，不要分农民和城镇居民，不要分企业和事业单位，不要分老总还是保安，不要分北上广还是黑吉辽。

英国按摩师是一个爱忘事的家伙，他说他把相机充电器忘在了北京，问我中国的邮局能不能把东西邮寄到他要去的下一个城市的邮局，他去取，我说可以。他说他在阿根廷丢了一个小包，在缅甸丢了头灯，在泰国潜水时丢了手表——蛮贵的一块表。早上出门去玩，没过五分钟“当当当”敲门，我拉开门，他说：“对不起，我忘了一个东西。”我看他这一路走来，到现在还全须全尾就算是命大了。

我本来没有收集东西的念头，后来从俄罗斯小妞那儿要了一枚五卢布的硬币，后来又从新西兰美国女孩那儿得到了几枚新西兰和马来西亚硬币。干脆也问英国佬要枚著名的英国便士算了。

一问之下，居然钱包里还有，拿过一看，黄铜的一便士上是令人赏心悦目的伊丽莎白女王二世的头像。我十分谢谢他，他看我喜欢，又跑到他的包那儿摸出几枚其他硬币，是五十便士和二十便士。这两个都是多边形的。我是个极不愿占人便宜——或者说极不愿被人发现占便宜的人，有点不好意思接受。不过，他还是力劝我接受了，我说拿人民币给他，他也不要。他说："这些硬币，在英国的机场就能买一杯茶，也不值什么钱。"

英国机场的一杯茶只要七毛钱！

我笑纳了，认认真真地感谢了他。

一个多月过去了，在写此篇的时候，我又把这些硬币拿出来看看，才数出来原来五十便士和二十便士是七边形的，二十便士上的伊丽莎白女王看着只有三四十岁，还很年轻，另两个硬币上的就是老年像了。通情达理，和颜悦色，英国女王所到之处，就成了文明的地方，英国女王有理由在硬币上继续待下去。

波兰：
到底是东欧人

发申请要来我这儿寄住沙发的以欧美人为主，欧洲也是以西欧居多，东欧也有一些，之前也有波兰人想来，可是我都拒绝了。

可是在接到一对波兰人的申请后，我突然想，东欧可能也是有些有趣的事情可以问的。东欧人现在的生活水平究竟怎样？人们过得到底好不好？普通人的月收入到底有多少？人们对新旧体制的巨变有什么看法？当然了，这可以从网上找到材料，可是一定不如切身接触感受之深。这两位波兰沙发客是一男一女，说都是英语教师，并且正在进行他们的“环球旅行”——一对普通的波兰英语教师可以周游世界，他们的预算和经济状况究竟怎么样？我觉得这都是相当可聊的话题，于是回信答应了。

一般沙发客可能会同时给很多人发申请，有人是每个申请都是专门写的，不少人就是复制和粘贴同一封信，细心的人会在申请的末尾用一句话提到你的情况，使这个申请看起来像是专为你一人写的，当然了，这样的申请会让你感觉不错，接受的机率也能大一点点。有时候我同意某人来了，他倒也不一定真来，因为也许他同时收到了哪位美女的确认函。这两位波兰人的信是头一天晚上写的，说第二天就要来，我给他们回信说可以，感觉他们一定会来，因为时间如此之紧（通常的申请会提前一周，有人甚至提前一两个月），他们可能找不到其他的地方可住。

果然，当天晚上很快就收到了回复，说“太好了，太感谢了，我们明天见”。

第二天一早，在约定的时间，手机收到了一个“00”开头的国际短信。我给波兰人回短信说了到我家的乘车路线。过了比我预期的时间长一倍的光景，又一条波兰短信来了，说已到了某个地方。还真不错，就是我这儿，他们还真能找到这地方。我又回了一条国际短信：我就过去。

一男一女两位，中等身高，女孩灵巧纤瘦，男的皮肤有些淡黄，黑头发黑胡子。跟女孩很热情地握了手，男的稍显严肃。我把他们带到住处，给他们看了那间空房，事先告诉过他们我只有一张单人床，女孩说没关系，很好很好，他们可以在一张床上睡。

女孩很活跃，多多少少是一种我们常见的过于客套的活跃，男的则基本一直保持严肃。他们说，只准备在我这儿待一天，明天就要去九寨沟。还问我应该怎么走，我说我也不知道，可能很多人从成都过去吧。我不想耽误他们太多时间，因为他们在这一站只有两天，因此就在看地图的空儿简单地聊了几句。两位都是英语教师，在大学教书的同时，也在大众汽车的波兰分厂教英语——我突然想到，问：“在大众汽车厂是不是应该学德语才对？”女孩说：“是的，在工厂里得会说德语，可是汽车厂有来自其他国家的供货商，欧洲的和欧洲以外的，在这种时候就得用英语了。”就是说，如果你想在那里得到一个较高的职位，还是得会说英语才行。

“英语在波兰也很重要？”我问。

女孩说：“是的。”

男的英语很地道，有美国味，女孩也不错，我问他们出过国学英语吗？说是也没有，但他们学的时间很长，有二十多年（他们都是二十八岁）。我说："中国大多数大学生也学了十几年英语，可没你们说得这么好。"

女孩坐在我旁边跟我在地图上指指点点，问路线。男的坐在我的正对面，说话归说话，可是依然还是不见笑容。之前来过我这儿的那个荷兰人说，波兰人爱穿阿迪达斯，此言不假，我面前的这位波兰老弟脚上还就套着一双黑色的阿迪达斯。他问我："小说写得怎么样？"我在我的沙发客资料里说了我在写小说。

我说："比较困难，进展很慢。"

他继续问："难在哪？"

我说："难在一直没法找到一个惊人的情节。"

他问："写的是什么小说？"

我说："是科学幻想。"

他接着问："是关于什么的呢？"

我突然觉得有点像有关部门盘问我的意思，看他如此面沉似水、如此认真地问我，我突然不太想把我的核心情节告诉他了，有点犹豫地说："是一个关于我们未来将会怎么样的故事。"

"将会怎么样呢？"他步步紧逼。

我说："如果你有一种超能力，能干很多事情，比如可以躲避灾祸，可以开飞机……"好了，点到为止，我真不打算再说下去了。

他站起来到我墙边的书架跟前，问我："这些书都是哪类的？"我说："主要是文学的。"他问我："中国作家里最喜欢哪个？"我想了想，说："鲁迅吧。"指给他看我那一套当年一百三十块钱捡便宜买来的宝贝似的鲁迅全集。

他显然没有听说过鲁迅，一问之下，他其实不知道任何一个中国作家。

两人在我这儿各自上了个厕所，他们之间大多数时候用英语说话，说过几句波兰语，要出去了，两个人又把他们的大包背起来——这一点我不解了，因为到我这儿来的沙发客都是把大包放在我这儿，取出小包背上出去玩。女孩边背包边跟我说，他们要出去给网上上传东西，可是数据线装在包最底下，只有把包背出去了。

说了再见之后，他们就背上大包出去了，那个房间桌子上留下来几张用过的门票和火车票。这多少有点怪怪的，半个小时前背着包来，半个小时后背着全副行李又走，倒像是没看上哪家旅馆败兴而走一样。

但是我当时并没有想那么多，谁知道他们怎么回事呢，我又不了解他们。我倒是期待他们晚上回来，好好聊一聊波兰。

我预计他们不会太早回来，于是晚饭也不等他们了，自己做了就吃，只等这两位波兰人。

晚上九点半了，还没回来；十点了，还是不见人影；十一点了，还没回来；十二点半了，我发了一个国际短信，最终没有得到回音，我彻底打消了念头，并认为一开始就隐隐约约出现的那个古怪念头终于成为了现实——他们不回来了。

是不是外面碰到什么事了？可是走的时候把大包又背出去，可见是有心的了。

我有点失落，把他们的不归引向我自己的原因，因为小厅有几分杂乱，抑或是小房间不够华美，还是言语中哪点令他们不快了？晚上还做了几个被人抛弃的梦。

想着想着，脑海中突然就冒出一个念头——“到底是东欧人。”

其实也不能下这样的断语。我只是很想知道，到底有多少波兰人会像他们这样不辞而别，即使有事，消息也不来一个？他们本身是普通的波兰人，还是在波兰人里也是另类？

后来收到波兰二人组的一封邮件，说是当天下午去兵马俑玩，晚上很晚才回来，手机放在包里存在火车站，也没法跟我联系。这也算是对此有了一个交代吧。

加拿大：没有一个党是真正代表普通大众的

当这个加拿大小伙早上走的时候，我对他说：“你是我到目前为止接待过的最好的沙发客。”

他有点惊喜：“真的吗？”

我说：“是啊，因为你懂得很多。”

跟这些沙发客接触多了，我多多少少学到了他们不吝溢美之词的作风。是啊，反正好话也不要钱，干吗不给人多说一点呢？再有，他的确知识挺多的，让我收获不少。加拿大小伙来的时候应该是公共汽车坐过头了，那天下午我正无所事事，接到一个电话，一个本地口音的男人大声问我在哪，我说：“你打错了吧？”

他说他车上坐着一个外国人，要到我这儿来。我马上明白是这个加拿大小伙来了。

原来，这老外起先已经坐公共汽车到了我家附近，可是找不到地方只好打车，居然又让出租给拉回离火车站不远的地方了。他在电话里笑呵呵的，说司机好像对他很愤怒。这让我不禁想到前一阵那个“英国佬”，他说他到我们附近超市买东西的时候听到很多人朝他大吼，好像对他很生气。我笑了，说那是售货员们在叫卖。老外之不习惯中国人的大嗓门，可见一斑。

终于接到他了。发现本人比照片上瘦一些，红格子衬衫，紧身蓝牛仔裤，看着很清秀，一点黄黄的络腮胡子，有几分文艺青年的样子。他的资料里写着是在韩国教英语，本人也在从事写作以及一些艺术活动。我想，也许还真有不少共同话题。

下午三点多见的面，他说他还没吃午饭，问我要不要一块去，我说我吃过了，但可以陪他去。随后就把他带到了我常去的地方：湖南米粉。女老板见我又来了，笑脸相迎，我说："一碗"。她心领神会，也不用多说，就去准备。

加拿大小伙说他想去上厕所，我说你出门向左走，拐弯的地方就能看到，门口有一个"垃圾——""堆。"他说完，和我会心地笑了。

他吃面的过程中我们简单聊了聊，说到他在韩国和日本的经历，说韩国人和日本人都极其有礼貌，可是却不如中国人这样"够朋友"，因为你不容易跟一个韩国人和日本人交上朋友，不容易知道他们心里真正在想什么。"中国人虽然有时候比较粗鲁，但是心里想什么嘴上就直说，容易交朋友。"我给他分析了一下，因为日本和韩国国际化程度比中国高，老百姓对外国人不是很陌生，也许没太把你们当老外看，可中国人现在对外国人还是很好奇的。

他哧溜哧溜地吃面，点头称是。

当天下午他出去玩了，天黑才回来，我正好也吃过晚饭，外面起了雾，一切都昏暗下来，屋里温暖明亮，万事俱备，又到了聊天时间了。

不知怎么，话题很快转到加拿大政府身上了。

应该是从"免费医疗"开始的。我说："加拿大人看病都免费？"

他说："以前是全部免费的，可是后来有一些项目给划出去了，因为政府缺钱。"

我问："是哪些项目？"

他说了一种病，我也没听过，好像也不常见。然后提到教育经费也紧缩了。接下来有很长一段时间，他开始滔滔不绝地表达对加拿大政府的不满。按他的说法，加拿大现在有三个党，可没有一个是真正代表普通民众的，包括美国也是，都是代表一些大公司。前一段时间，一个党为了不让自己失去领导权，甚至冻结了议会和选举，按理来说只是在非常时期才能用的手段，可是现在居然也使用了。而报纸呢，也掌握在各个公司手里，所以民众的观点很难真正地反映出来，而他认为加拿大报纸上总是观点多，事实少，几乎什么也看不到。

我说："不是办报自由吗？老百姓也可以自己办报啊。"

他说："现在是印刷品衰败的时候，看报纸的人越来越少。"

"那么网络呢？"

他说："要想真正办一个成功的网络也是要很大投入的。"

我问他："加拿大有腐败吗？"

他说："当然有，但是都做得非常隐秘。如果被人抓住，哪怕是有一点点谣言，此人也就算彻底地完了。"

我问他："如果加拿大不好，哪个国家最好？"

他说："我认为北欧是最好的。政府收的钱绝大多数都用到了老百姓身上，就算是不工作，也有很好的保障。但北欧有丰富的资源，这是其他国家学不了的。"

我提醒他："北欧国家大都是单一民族国家，人们的心齐。"

他想了想，说："你说得很对。"

他说："加拿大现在在干一些很蠢的事，把钱浪费到一些不该用的地方。"

"比如说？"我问他。

他说："比如跟着美国去海外打仗，再比如说，还保留在英国女王的统治下。每回英国王室来加拿大都要花加拿大人的钱去接待，真是毫无必要。"说到英国王室，我又想起上回接待的那位加拿大哲学教师讲的一件事，说是英国驻加拿大的总督是一个身有残疾的黑人女性。总督在加拿大只是一个形式上的存在，不过有时候也是独立于各党派之外的一个制衡力量。好像很多年来，加拿大总督只用过一回否决权。我又顺便跟这位文艺青年聊聊他的加拿大同胞，我说："之前有位自称魁北克的分裂主义者，说魁北克贡献多而获得少，被英语势力压迫。"

文艺青年马上批驳说："那种观点太过时了，魁北克过去是那样，可是现在魁北克的经济不如原来，从国家拿的多，贡献少，魁省的人已不关心独立问题了。"

我问他："英语在加拿大应该比法语地位高吧，英语背后是时尚、先进的东西。"

他点头同意。忘了说一句，他来自多伦多，英语地区。

他义正词严地说："加拿大的很多土地是从别人那偷来的，包括从印第安人那儿。"

他说自己是一个"skeptic"，我恰好前一天在网上看了"怀疑论"的观点，所以正好知道这个词，看来他是怀疑一切的。他说到加拿大有右翼，就是倾向于一切都跟美国。我说："那你是不是左翼呢？"他说："应该算是吧。"

他今年二十五六，正是怀疑一切的年龄。

加拿大小伙是英国文学专业出身，他有两个最爱，一是旅游，另一个是政治。他说他现在正在学习、研究政治。前不久中国的"小悦悦"事件，他很关注，看到英国《卫报》对此的报道，引起了西方对中国人的同情和担忧。我们讨论，他说："这有可能是个案，可是会让西方人形成对中国人先入为主的印象。"他还问我中国有一个词，叫"mudgrassship"，是中国网友发明的，跟中国的一句骂人话一样，表达网友的不满。我一开始听了几遍也没听出他讲的是什么，他一个字一个字地说，泥土"mud"、草"grass"、船"ship"，我恍然大悟，说那不是"船"，是马"horse"，并且给他调整了词序——"grassmudhorse"，他说："对对对，是horse。"原来他也听说了"草泥马"这回事。

接下去，我们谈占领华尔街，加拿大有"占领多伦多"，我问他："如果你在家会不会也去参加？"他说他可能不会到街上去示威，但会去观察、研究。

我说："60年代有全球的学生运动潮，现在又有全球的抗议潮，这会不会有什么特别的原因，或者是不是外星人操纵的？"

他想了想说："也许还真有可能。"——我告诉他，我在写一个科幻小说，他也许知道我的胡乱猜测并不是疯话。

谈到加拿大人做事情很慢，多伦多要建一段地铁，五年了，征地都谈不拢，他说他知道中国两年就建好了纵贯南北的高速铁路线，这当然不是羡慕。

我们还谈到有些亚洲国家的王室主动退位让权。他说到韩国当年的那些财阀和独裁政治家最终让出了权力，也很好。还有韩国的军队虽然装备好，士兵人高马大，可是却都娇生惯养，战斗力不行。还有加拿大放着自己的资源却让美国公司来开发，最后还高价卖回加拿大……

第一天晚上还谈了什么，说实话我真的有点记不清了，反正他兴致高昂地说了一个昏天黑地。他声音很高，我不得不把房间的门关上，加上大门与外面就有了两道屏障，省得被外面人听到怀疑这屋里在干什么，也不要打搅别人。临睡之前似乎还意犹未尽，他说他很高兴跟我谈这些，他在韩国的时候大多数人根本不谈政治，也不关心。我看他这回算是过足瘾了。

看这些干巴巴的话也许引不起大家的兴趣，好在第二天他回来得也挺早，我们又剧谈了一个晚上。这回我打算引导话题，尽量多说一些有趣而具体的事，还真是有不少收获。

加拿大小伙第二天回来的时候我正做好面要吃，给他找了一个碗，挑了一筷头，雪白的碗中红红绿绿，卖相还不错。他一口吃完，说“很好吃”。收拾完碗筷，我给他沏上一杯茶，给自己的茶杯里也续上水，先问问他这一天玩得怎么样。

答案也就是那些外国人必去的地方吧，基本上都是走马观花，还说到他办去西藏的手续，跟团去要一万块，他出不起，想自己去，但必须要拿到进藏的许可。跑了好几个地方，都说不行，他自己也没搞清到底应该去找哪个部门办。不过他说到有一点让他印象很深刻，就是跑到公安局的出入境管理处，人家告诉他不在这里办，但那个警察说让他直接到入藏边境检查站，给人家点钱就行。他说连警察都教他走非正规渠道，真是难以想象。

先从吃说起吧。我问他：“加拿大人一天三餐一般吃什么？”

他说：“早上是牛奶或者麦片粥加面包，中午是三明治，晚上才做饭，就比较丰富了，色拉，肉，一点面食。”

这个问题，我问过所有来到这里的沙发客，答案几乎全部是三明治，其实也就是两片面包。按我们中国人的标准来看，这绝对是凑合，哪算一顿午饭？我们中国人是要赶回家，红红火火地做一顿饭，舒舒服服地睡一个小时，下午再回去上班。当然了，老单位是这样的，新单位就不行了。那位在新西兰工作的美国姑娘，是前一天多做一点晚饭，第二天带到公司中午吃。

加拿大小伙三年前大学毕业，以前在家的时候，基本是妈妈做饭，倒不是父亲不想做，而是手艺不行。我问他："是不是西方妇女一结婚就不工作，当全职家庭主妇了。"他说："从前是的，但现在这种情况越来越少了，也不是说丈夫的工资养不起一家人，而是女人要争取独立地位，所以就要有自己的工作，可是女人干完了工作回到家，仍要做相对较多的家务，所以负担其实比男人重。"

我说："现在中国越来越多的女人结婚后，家务活主要都是男人干。"

他问："中国妇女的地位现在这么高？"

我说："其实传统式的家庭还是更多一点。"

他是在英国出生的，他的父亲二战后从英国到加拿大寻生计，安定下来后才把他们一家都接过去，而他的父亲"没有父亲"。

我问："你爷爷去世了？"

"我爷爷把五个子女扔下，不知道跑到哪去了，'一个坏人'。"他自然地说。我想，如果中国人遇到对自己不好的直系长辈，想给其下一个"坏人"的定论，可能还是有点犹豫。虽然他父亲没有父爱，但却是一个很好的父亲。他爸爸说过一句话："不管你做了什么不好的事，只要你跟我说实话，我都会原谅你。"他说："当然我爸爸有时候也说话不算数，但大多数时候是信守诺言的，因此我在韩国教英语的时候，也把这句话说给学生听。"由此可见，他所代表的加拿大家庭的第一价值是"诚实"，而不是"功利"。

但他年轻的时候叛逆心理也很强，也做过很多错事。有一次开车和别的车相撞，对方漫天要价，他拿不出来，一开始不敢跟家里说，后来人家不断打电话，他爸爸终于知道了情况，到那人家里去，进行了“有效的”谈判，替他把事情解决了，后来也没怎么怪他，只是说“为什么一开始不跟我说呢？”我想他爸爸帮他把人生当中第一个大危机解决的方式，一定会给他人格的成型带来深刻的影响。到了考大学选择专业的时候，他父母也并没有替他决定，一切都由自己做主，父母当然希望他能有钱，但更重要的是希望他过得快乐。这又涉及另一个价值观了，在这个加拿大家庭里，快乐大于钱。话说到这个份上，我们可以不要再去绞尽脑汁地想我们和西方家庭为什么会有不同了，我们为什么会有那么多的烦恼，因为一开始的出发点就不一样。

当然了，这是建立在西方社会普遍富裕的基础上的，他们大多数人应该已经不用再为基本生活而担忧了。

我问他：“你将来回加拿大工作，会住在父母家里吗？”

他说：“应该不会。”

“为什么呢？”

“一是可能会离工作的地方比较远，再有，”他笑着补充说，“我也想要一点自由。”

他把他爸爸定义为一个相当“固执”的人，他说他也是一个“固执”的人，不太会改变自己的想法。可是我想要是跟中国家长的“固执”相比，他们的“固执”就太小儿科了。

我问：“在加拿大，如果家里很有钱，孩子一定会继承家里的生意吗？”

他说：“会有的，但也不一定，有的孩子就是想干自己的事，有时候甚至故意跟父母对着干。”

“为什么呢？”

“因为他就想干属于自己的事业，为自己而活着。”他说。

我为他总结一下——个性。

写到这儿，不知不觉从他的表述中发现，诚实、快乐、个性，在加拿大——或者至少在他来说——都比钱重要。

前面说过，他穿着一条紧身蓝牛仔裤，我问他："加拿大人是不是都穿这样的？"

他说："这样是比较欧洲式的穿法，就是比较贴身的，大多数人还是喜欢穿松一点的。"

"跟黑人一样？"我问。

"是啊，呵呵。"

我又拿出一个老问题问他："能不能从外表看出不同国家的人？"

他想了想说："比如说，英国人穿衣服就跟别人不太一样，大概也是比较贴身一点。俄罗斯人呢，一眼就能看出来，因为俄罗斯人有一头金发和一副带点东方人特点的面孔，"他在脸上比划着，"颧骨宽。"

"那么美国人呢？"

"美国人通常嗓门大，有时候显得有些粗鲁。不过我也犯过错，"他补充说，"有一次看到一个挺烦人的家伙，吵吵闹闹，我心想，'这个美国人'！可最后发现居然是一个加拿大人！"

我们谈美国。他说："加拿大和美国的区别是，美国人觉得世界上其他国家的人都恨美国，加拿大人觉得世界上其他国家的人都爱加拿大。"从白求恩的例子来说，至少在中国是这样的。在他眼中，美国的教育很有问题，普通美国人对外界的知识少得可怜。他在美国旅行的时候发现，有些中西部的美国人连纽约在哪都不知道。美国的天气预报把地图上美国以外的地方都弄成蓝色，根本看不到世界上还有其他国家，连邻居加拿大和墨西哥也看不到。

我说："美国也有很多人水平很高啊。"

他说："美国精英阶层的人非常非常厉害，但全国平均教育水平的确不高。美国人信教的人更多，美国人爱用信用卡，加拿大人大多用现金。美国有些地方简直是天堂，人民也很友善，可是有些地方非常危险，比如底特律和印第安纳州，犯罪率非常高，晚上出门很危险。"

我问："大概多高的犯罪率？"

他说："有些城市每天的报纸上都能见到谋杀案。"

我说："我看我们的电视，也差不多一两天就有一次杀人案……"

美国人手里的枪很多，我们说到著名的得克萨斯州，他说："得克萨斯州允许带着枪上街，但规定你必须把枪套置于可被看见的位置，比如腰间，带到腋下则不行。美国宪法允许公民持枪，但美国宪法写的时候是为了与英国打仗，现在已经过去这么长时间了，宪法的那一条根本都不适用了。"谁知道呢，也许事情没那么简单。

OK，话题转移到枪，这个我最有兴趣的东西之一上了。

他说："美国对枪的管理太松了，加拿大就严得多。加拿大人不是不能有枪，而是只能有长枪，不能有手枪。并且长枪只作为打猎之用，就是说，你要想拥有一支长枪，先得有一个猎人执照，并且要看你有没有实际打猎的需要，如果你在城里住，就根本没有拿到猎人执照的可能。办枪的执照，要用好几个月的时间，还会有几次考试。"

我问："是什么考试？"

他用手比划着："比如说你拿着枪来到一堵墙前面，要过墙的时候要先把枪小心地放到墙边，人过去后，再把枪小心地提过来，绝不能扛着枪过墙。诸如此类的测试。"

我说："这也不是很难啊？"

他说："的确也不难，但是都要进行。"

他说："平时也会有检查员到家里来看，看你是不是把枪和子弹安全存放，如果不合要求，你的执照就被收了。并且，那枪的口径很小，大概连一只羊都打不死。"

我说："只能打鸟了？"

"的确如此。"

真是和平的加拿大人。

我们又谈到了吸毒，起因是我说中国有些人抢劫是为了买毒品。他说："加拿大前一段把小量吸毒合法化了，就是说比如大麻，随身带六克不违法，因为可以算作属于自用的东西。"

我问："几克能卷一颗大麻烟？"

他说："一克就够了，加拿大一克大麻十六加元左右，有的地方更便宜。"

我问他："你吸过吗？"

"吸过。"他回答，"但是买卖、种植都是非法的，可是有人在野地里种，警察也不好发现。"

"有人在家里种吗？"

"有的，只要不是太多，也不算违法。"

他们更年轻一些的时候，买大麻比买酒容易多了，买酒的时候要看身份证，十八岁以下绝不会卖给你，买大麻只要一个电话，就送货上门了，反正是黑市交易。与加拿大相比，美国对吸毒管得严得多，不管吸多少带多少，都是违法。加拿大以前也管得严，可是后来发现吸的人太多了，法院充斥着这种案件，不胜其烦，审理耗费大量财力，因此将小量吸毒"非犯罪化"，也就是合法化了。"可是后来好像又改回非法了。"他说。

我问他："在加拿大卖淫合法吗？"

"绝对是非法的。"他说。

我说："那为什么看到报纸上会有应召女郎的广告，可以直接叫到家里来？"

他说："那个实际上算是'做伴'，至于以后发生什么事情也可以看作是正常的交往，如果警察抓不到当场的金钱交易，不好定罪。警察要抓卖淫买春的人，只能乔装上阵，扮作想进行交易的人，只有这样才好取得证据。"

我问："既然不允许性交易，那为什么美国加拿大有那么多色情用品商店，电影电视里那么多色情场面却是合法的呢？"我相信这是一个不好回答的问题，果然，他答不出。他认为，那跟性交易其实也差不多。

我把另一个老话题也拿出来问他："加拿大男人和女人约会吃饭真的会平分账单？"

他说："我年轻的时候就挺傻的，上中学的时候，想着凭什么要给女生买单？"后来他也领会了交际之道，按他的话说，这也是一种不成文的潜规则。就是说，付账的时候，男的一定要有个姿态，一定要先拿钱包，说"让我付吧"。女的可能会有好几种反应：有的无动于衷，看着你付钱，那么这样的女生就是"公主"型的，在一起什么都要男的弄，大多数男的对这种女人也会退避三舍；有的也要求付，但不是很坚决；还有的很坚决地要求平分，那最后一种就是非常独立和希望占支配地位的。总而言之，男士的姿态一定要做，那是礼节，是底线。他和加拿大的女朋友出去吃饭的时候，都是平分账单的，当然他付的往往会多一点。他说："女的如果没工作没收入，男的自然应该全付，可是如果女的收入也不少，有什么理由不出钱呢？"看来加拿大男士世风如此，加拿大女性也只好叹息了。

他在韩国的时候也有一个女朋友，收入也不少，可是这个女朋友老是让他付所有的账单，还不停地让他买这买那，并且总是要和他在一起，而他有时候真的很想有一点自己的空间。我说："东方女性可能都是这样的，你绝对不可能请一位女士出去吃饭最后还要让女士也出钱。"

他说："美国、加拿大的女性太独立，亚洲的女性太依赖，但法国的女性介于两者之间。"一说到法国女人，他的眼睛亮了好几瓦，用了几个我认为英语中最顶极的形容词，他说他希望将来找一个法国女朋友——法国女人走路的样子太迷人了。

我认可他对法国女人的评价，但不包括之前到我这儿住过，用手抠脚指头的那位法国女郎。

我问："在加拿大追求到一位自己的梦中女孩，男人需要具备什么呢？"

估计他也听出了我的潜台词，笑了，说："有钱肯定会有帮助。但也不一定全靠钱，你可以很擅长某些方面，在某个领域很成功，比如，是一个成功的厨子……"

他之前说到，晚上在我们城里市中心转的时候，看到一些非常漂亮的女人，穿得非常好，手里拿着iPhone4，坐着名车，在LV之类的大牌专卖店旁边，那情景跟美国和加拿大也没什么区别。我问："以你们的标准，这些女孩穿得算不算优雅和昂贵？"

他说："绝对是的。"

因为他是学文学的，我和他也讨论了文艺，我最近刚好看过《1984》，他认为是一部非常了不起的书，同时他给我推荐《美丽新世界》，我倒没看过。他说是可以和《1984》对应的杰作，是对人类未来的深刻思索。又谈了谈电影，他看过一部中国电影，是讲一个城市女孩在文革期间给“下放”（他当然不知道这个词）到内蒙古的经历。影片很美，可是他说，为什么中国电影这么悲伤？我想想，的确是，大多数中国电影都是苦戏。我说：“中国人生活中会遇到很多困难，出事的时候警察和法律都不一定帮得上你的忙，并且我们也没有上帝。所以，中国人总是觉得很无助。”他若有所思。我问他知道张艺谋吗，回答是不知道。

我请他想一想，在中国有没有遇到什么事，让他觉得“古怪”。

他说：“公共汽车上人挤人。”——这个不用多说了。然后就是在市场上，卖的肉都能看出动物的身体。比如鸡整只卖，猪蹄、鸡爪就铺开了卖，有时还放一个大猪头在那里，更有甚者当场杀狗之类的。加拿大卖的肉基本上都看不出这是动物身体的哪一部分，人们不希望吃肉的时候还联想到一只动物送了命。

我说：“那圣诞节的火鸡不是也整只吃的？”

他说：“火鸡是特别的几种之一。加拿大吃的肉就是那几种。听说中国人什么肉都吃？”

我说：“是的，中国人诚然什么肉都吃，动物身上的什么部位都吃，并且还认为吃什么补什么。可是普通人所吃的无非也就是猪肉和鸡肉，连牛肉都吃得少。之所以不太吃其他动物的肉，主要还是因为那些肉贵。”

他听说过我们的毒奶粉，我说还有很多有毒的食品，路边小店炒菜基本都用的地沟油，还会用一种化学物质，让菜特别香。他问那是什么，我也不知道“一滴香”应该怎么说，成分是什么。

他问：“是‘MSG’吗？”

MSG就是味精，我说：“不是味精，味精我天天吃，那东西比味精强一百倍。”

他也只剩下惊叹的份儿了。

剧谈在十点半结束，他说他要去记一点日记了，我们就此打住。他洗脸刷牙后进了小房间，我在这边回味刚才跟他聊天的内容，心想，不知他在那小本上如何写我和在我这儿听到的各种新鲜或古怪的中国见闻呢？

两天后，他已在成都了。

瑞典：
压低房租，让人人有房住

“激进分子”的英文是“radical”。这个自称为“激进分子”的瑞典年轻人只住一晚，第二天早上就要走，头一天晚上我窝在被窝里，突然想到有一个大问题忘了问他。于是一大早他起来收拾行李，我睡眼蒙眬地就开始问他：“作为一个激进分子，你对瑞典王室怎么看？”对于清晨的起床时间来说，这是一个没头没脑的问题。他又习惯地咧开嘴笑着，说：“我很不喜欢他们，瑞典国王挺傻的。”不过他又说：“瑞典大多数人是赞成有国王的。”总算功德圆满，该问的都问到了。这个回答当然和我预期的差不多，只是证实了一下。

瑞典小伙儿来的时候只背着一个小包，在公共汽车站见到他的时候，正在左顾右盼。那感觉和前面的英、美、加、澳的沙发客是不同的。英语国家的人好像和中国人的差别更大一点，警觉又气定神闲，从背包到衣着感觉“零碎”的东西比较多，有一种“全身披挂”的样子。这位瑞典小伙一边的肩膀上随意地背着包，夹克衫敞着怀，那神态和一个刚刚从大学食堂出来的研究生没有区别。打了招呼，也是很爱笑，那种笑却和英语国家人的笑有所不同，后者似乎更成熟更“商品化”一点。

他是一个博士生，今年二十五岁，在美国加州大学伯克利分校交流访问（和前面那位搞建筑的算是校友吧），专业是“人口研究”。我想中国人口问题多，回头这里面也许有不少可谈的。他最近在韩国有一个国际会议，于是溜出来到中国旅游，所以带的行李不多。

把背包放到我房里后他先下楼去吃饭，因为能说一点汉语，所以我也没必要为他担心。过了一会儿回来了，问吃的什么，说是那个穆斯林面条——兰州拉面。最近拉面里的肉几乎看不见了，你要不先吃掉那点儿肉，过一会儿它们就沉到碗底捞不到了，我也已经放弃这家拉面馆了。他当然不知好坏，反而说：“半欧元，很便宜。”倒有点占了便宜的窃喜。

用汉语聊了聊，很快他就入不敷出了，说了好几个“我不知道”，我终于明白了他说“我不知道”并不是对情况不了解，而是没听懂或者不知道什么意思。他原来在台湾和香港都待过，还有过一个台湾和一个香港的女朋友，因此能说点汉语，但从现在汉语退化的样子看，他和那些华人女友应该是越走越远了。

他来之前，我就想过要和他大概谈什么。瑞典的冷，瑞典的高福利，瑞典和美国的关系……因为除此之外，我们对瑞典基本不了解。对了，还有最近要破产的萨博汽车（目前已破产被收购），被中国收购的沃尔沃以及诺贝尔奖。

出乎意料的是，瑞典并不冷。他出生在斯德哥尔摩，他说那里冬天的气温一般也只有零下十度左右，并不是我想的那样北国风光，千里雪飘。原因是著名的北大西洋暖流影响。不过，瑞典北部是非常冷的。那里到了冬天，白天非常短。

“单位是不是也下班早呢？”我问他。

回答是：“也不早，正常下班，白天短的时候下午三点就天黑了。”

“天黑了人们干什么呢？”

他说：“也就回家呗，也有人去酒吧什么的。”

斯德哥尔摩也是著名的水城，由很多岛构成，但是和威尼斯不一样，并不是每家都有一条小船，人们出门坐公共汽车和地铁。在这么一个水多的地方修地铁我想应该是相当不容易的。

随着交谈的深入，我对斯德哥尔摩有了一些深入的了解。他小时候喜欢踢足球，我问：“你们的足球场上都有草坪吧？”

他说：“不是，就是在土地上踢。”——现在中国绝大多数大学和好一点的中学足球场都铺了人工草坪。

我说：“那是过去吧，现在的学校足球场都有草坪了吧？”

他想了想说：“也不是啊，还有很多土地的，不过在土地上踢也不错，没关系。”

说到沃尔沃，他说：“瑞典大概有四分之一的人开这品牌的车。”

我说：“它的销量不错，可为什么要卖给中国呢？”

他说：“沃尔沃早被福特买了，现在是福特要卖，也许是为了解决自己的问题，不过沃尔沃这车还是在瑞典制造的，带有瑞典的性格。”

我问：“什么是瑞典性格呢？”

他琢磨了一下，笑着说：“瑞典人外表上看着有点不爱和人打交道，可是深入交往一点，其实也是很热情的。”

我说：“表面上冷漠的人其实内心更渴望与人交流呢。”

他点头同意。

这位瑞典博士生态度是相当自然的，不像英美人那样“非常礼貌”，给他倒水也不会马上说“非常感谢”，让我觉得西方国家之间也有显著的差别。也许这只是我个人感觉，不能以偏概全。

说到诺贝尔奖，我问他："是不是瑞典人对诺贝尔奖都很自豪呢？"

他说："大多数瑞典人对诺贝尔奖也不是很关注。"——哦，原来是这样。

"瑞典人只对文学奖关心一点。"他说。这说的也许是他自己，他不大的包里带了好几本书，我看了一下，有俄裔美籍作家的，还有翻译成英文的日本作家的小说，他本人完全是一个文学爱好者。我最近看了不少村上春树的书，他说他差不多看过村上春树的所有小说，的确很有趣，很吸引人，但最后总是有一个"坏的结尾"。我明白他的意思，村上春树的故事，前面轰轰烈烈，最后不知所终，好像什么也没有发生过一样。但这就是日本人，或者说这就是村上春树。说回诺贝尔奖，我说："诺贝尔奖最近几次的授予让中国大为恼怒。"

他说："那是因为中国对诺贝尔奖看得太重，像俄罗斯人得过好多诺贝尔奖，他们现在已经不在乎了。"

他的智商一定不低，我们聊天的时候我把电视声音关为零，有时候偶尔换换台，有几分钟停留在那种打扑克"挖坑"的节目上。我自己对任何智力游戏都是外行，他边说话边看几眼电视，然后说他一开始以为是桥牌，后面知道大概是怎么玩的了，并说瑞典也玩类似"挖坑"的扑克。我问："瑞典人怎么看电视？"

他说："一般人家有'有线电视'，五十多个频道，也可以用'数字电视'，但只有一半的节目，不过数字电视是免费的。"

"免费的？"我不解。

他说："你只要自己买一个'盒儿'就行了。"

"盒儿"我知道，也就是类似机顶盒之类的东西，"可是信号呢？”

“信号是无线的。”他说。

原来瑞典的数字电视是无线的！而且免费，并且不用去买广电的机顶盒。

他走过世界上很多地方，目前在旧金山的伯克利大学交流访问。我问：“你在研究哪的人口？”他笑着说：“是瑞典的。在瑞典，我是坐在办公室里面对着电脑。交流访问时，我还是坐在办公室对着电脑，研究瑞典人口问题，只不过是待的地方换成了旧金山。”

我说：“这访问真像度假。”

他笑，还说在他旧金山的办公室，窗口就能看见金门大桥。我看过一些美国摄影师满怀深情地拍摄处于云雾当中的金门大桥，这座桥是很多坐船去美国的新移民第一眼望见的东西，是美国西海岸的地标。

他曾经到日本进行过沙发旅游，日本人通常不爱让外人住家里，所以他在日本都住在一些“怪人”那儿。我想那必定是一个很有趣的场景。他说在京都时，他住的那家主人是当地的一个“农民”，住在京都郊区的一所“大”房子里，早上开一个小时的车去地里干活，他有两块农场，种的都是水稻。我本能地想象出一个老农民的形象，不过马上又意识到不对，问他：“那个人多少岁？”

“二十九岁。”

看看，和中国根本不一样。他说那日本农民相当有钱，工作半年，出国旅游半年，也是沙发游。家里有一个大房间，放了好多冲浪板，有十几个。我前面问过那位澳大利亚冲浪教练，一个新的冲浪板要六百美元，不便宜。

即使在想象中，你也根本不可能把一个中国农民和“开着车去地里，半年出国旅游，家里放着十几个冲浪板”联系起来。同样是种地，这当农民的差距怎么这么大？

好了，谈到和美国的关系。瑞典博士生说美国人是很友善的，很开放，话很多，可是显得“肤浅”一点。我点头称是，因为美国人没必要深沉。他说：“美国百分之九十五的地方都很无聊，没有什么区别，不像斯德哥尔摩，你可以发现很多有趣的东西。”

我问：“纽约也很无聊吗？”

他说：“不不，纽约就在另外的百分之五里面。美国很多地方不适宜走路转悠，成天得开车，有些美国人出门就直接从房里进车库开车，基本不走屋子的正门，所以不少人家的正门长时间都不用，成了摆设。”

关于美国就说了这么多，因为在谈回瑞典的时候，我发现了相当有趣且“深沉”的话题，甚至可以说是一个意外的惊喜，这话题是与瑞典的高福利、瑞典的房价、瑞典人的精神追求搅在一起的。前后两天各谈到一些，期间由一个他从超市买回的大个儿“西柚”作为中场休息。

先从住房说起。他说自己租公寓住，大概五十平米左右。我问：“多少钱？”

答曰：“五百欧元。”

我想这大概是西方国家小公寓的通常价位，我说：“中国的房价比瑞典贵多了。

他想了一下，说：“北京的房价和瑞典基本上差不多。”——绝对数字上。但要和收入比，他承认确实比瑞典贵太多。

我问：“瑞典的暖气每年供多长时间？”

他想了想说：“大概九个月吧。从每年的九月就开始了。”

我说："那暖气费也不少吧？"

他琢磨开了，想的结果是："不知道。"

"怎么能不知道呢？"

他说："因为并不单独收暖气费！也就是说，暖气费都包含在房租里了。"

我问："那么是不是夏天的房租低一点，冬天高一点呢？"

他说："不是啊，都是一样的，都是这五百欧元。房主把冬天的暖气费平均打到全年的房租里了。"

我本能地算计，说："那看来谁要只在夏天租房就吃亏了，在冬天租房就占便宜了。"

他犹犹豫豫地表示同意，但是看来这个算计应该没在他的脑子里出现过，也没有算计的必要，也许在他看来，房租里包含暖气费才是天经地义的。

接下去更有趣，让我们见识见识瑞典的"社会主义"。我问："在斯德哥尔摩租房容易吗？"

他说："不容易，因为要排很长的队。"

"排队？"我不解。

他解释："瑞典的房源，政府和房地产公司控制的占一半左右，这种房源由政府定低价，你租这样的房子，就得排队，有些队很长，要想排到，得十几年。但也不是说所有人都要等十几年，因为'队'很多，你可以在不同的'队'里排着，一般人通常排个两年就可以，不过都是远郊区的房子。"他说自己还好，从一出生父母就给他"排了队"，所以大学一毕业就租到了房。从外地到斯德哥尔摩来的人要重新排队，时间就比较长了。

我说："这会限制人口流动吧？"

他笑着表示同意。

“那么，对于那些私人房主怎么办呢？”

他说：“有严格的法律规定，不能乱涨价，也不能高于政府房源太多。如果高得太多，租房的人去告，一告一个准，房东不仅要退钱，还得被罚款。”

我又算计开了，问：“如果有两个人都想租一处私人的房，一个比一个出的钱高，那最后不是把价格抬上去了？”

他说：“但是如果出高价的那个人去告，房主还得赔钱，所以房主不愿意冒险。”

我不甘心，又设想：“如果一个中东的油老板来，非要出高价租这个房，并且保证绝对不会去告，房东会把房租给出高价的人吗？”

他还是一根筋，说：“那租房的人还是有可能去告，危险仍然存在，房东是不会冒险的。”

看来在瑞典，私房主已经彻底被弄死了，连一点赚大钱的机会都没有。

他说瑞典的租房市场不是自由市场，但买房市场就自由了，实在租不到房的人，就可以去买。但是和他算了半天，好像买房的月供比租房的月租金也高不了多少。“瑞典政府压低房租的目的就是想让人人有房住。”他说。

但是，我们也达成了共识，这种压低房租和“排队”的操作，是建立在政府部门绝对廉洁的基础上的，一旦出现走后门加塞儿的事，整套制度立马崩溃。我问他：“瑞典有腐败吗？”他一点不犹豫地回答：“没有。”

瑞典的高福利清晰明确，从幼儿园到小学、中学一概免费，前几年大学也是免费的（对外国人也免费），现在好像改成收费的了。所以以前在瑞典有很多中国留学生，现在“忽啦”一下又都没了。大学毕业找不到工作，每月立马可领六百多欧元，从上面的房租水平看，生活是够了。当然你要去申请一下，填个表，稍微证明一下你是在找工作而找不到。我问：“这个只要你说他们就相信吗？”

他应该熟悉我的思维方式了，会心地笑答：“是的。”

“那么，这样会不会有很多懒人呢？”我问。

他说：“也不会吧，毕竟六百多欧元的生活也不怎么样啊。”

“高福利是从高税收来的，瑞典人的工资要扣税25%，所有商品物价里又包含25%的税，这样瑞典人就要交50%的税。”他说。

我不知道能不能这样简单相加，不过反正是不低，但都是扣在明处，干干净净。我也不知道中国人明里暗里交的税啊费啊，加在一起有多少，估计也少不到哪去。可是你大学毕业找不到工作，想领六百元人民币，是痴心妄想；就算天眼开了，让你领了六百元，也只能租北京地下室的一个铺位吧。

他谈到，瑞典人在两次世界大战都保持中立，瑞典相当在意自己的独立性。他说：“瑞典的孩子长大后不会在家里住，家长也不指望小孩子回来照顾自己。”

我说：“父母老的时候孩子不在身边很孤独啊。”

他说：“为什么孤独呢？父母更享受他们自己的独立啊。”

“享受？”我问。

“父母也有自己的事情要做啊。”他说。

“难道子女不应该回去照顾父母吗？”我问。

他说：“为什么呢？”

我说：“因为父母给了子女生命啊。”

他说：“父母给了子女生命，子女就一定要去照顾父母吗？”

在我们看来是人伦中之头等重大的关系，在他那儿好像建立不起逻辑上的联系。在谈话中间，他说过自己是一个“激进分子”，这个激进分子坐在我对面，剥着西柚皮往嘴里塞果肉，手指甲缝里一毫米的黑泥，在平均身高世界最高的北欧，他只有一米七多一点，我无法确定他在瑞典是不是也是个另类，但不管怎么说，这个激进分子有着和善的笑容。

“瑞典大概是欧洲最个人主义的国家。”他边吃边说，“瑞典人最看重个人。瑞典的高福利并没有和集体主义相联系，而是为了保证个人主义。高福利就是为了保证个人可以向集体说‘不’，你可以向政府和公司说‘不’，子女可以向父母说‘不’，父母可以向子女说‘不’。”

真是掷地有声。有好几天时间，我一想到这句话，还觉得倍受鼓舞。这个博士生不是书呆子，对社会有思索。我觉得，如果他的教授要让他干不好的事，或者妄想占有他的研究成果，他一定会毫不犹豫地对教授说不，想都不想。

我当时还和他探讨了一下，中国是社会主义，可是却没有个人主义，而是绝对的集体大于个人。我给他分析：“中国过去虽不是高福利，但却是‘全福利’，什么东西都会发给你，但这‘发’却是和具体单位固定在一起的，根本没有流动性，所以中国的‘全福利’并没有导致个人主义。”我又问他：“瑞典人是不是都那样想的？

他说：“大多数人并不这样想，但有少数学者这样认为，我也认为这是事情的本质。”

差不多忘了谈他的专业了。他并没有说到太多，不过有一个事很有趣，他也是看到别人写的一个中国人口研究的文章，说中国的结婚男女年龄差在1949年之前很大，1949年后缩小，而1990年后又开始变大——大家也可以想见是怎么回事，旧社会男人娶小老婆，解放后都是同龄的革命伴侣，改革开放后又成了有钱的老男人娶年轻女人了。他同时也说到，瑞典结婚男女的年龄差，从1920年来就没太变化过，很稳定。虽然现在也有老男人娶年轻女人，但也有老女人嫁年轻男人，所以平均数变化不大。——之前查过，瑞典的王室正好是在1917年交出权力实现瑞典民主化。看来，自此瑞典社会在某些方面一直保持稳定。

走的时候他把看完的一本英译的日本小说送给了我，这本1988年在美国出版的书定价十三美元，我说："你可以把它带回美国卖旧书啊。"他说也只能卖一美元吧。那我就收下了。他说他还要去中国其他地方看看，跟我在地图上指了半天，问哪些地方可看，南到湖南，北到山西，他都有兴趣，看来他还要转很大一圈。

一个多星期后那个瑞典小伙回来了，因为他从韩国过来买的是来回机票，这个比买两张单程的便宜很多，所以他在中国转一圈后还要回到我这儿搭飞机回韩国。

他到华山、郑州、开封、武当山兜了一圈——我也弄清了一个问题，他在韩国的国际会议其实还没开始，所以这个抽空的中国行也不算逃课。

再次见到也觉得有几分亲切，还是那一身打扮，手指甲里的黑泥也好像从来就没洗掉过。我们又聊了两晚，知道了他父母的情况，他母亲是教师，爸爸是瑞典演员工会的"总干事"，所以他在瑞典也不是嬉皮士、流浪汉之类的角色。我自己很讨厌中国人见面先问对方父母是做什么的这个习惯，一般沙发客来了除了聊天时随意聊到，基本不抢先问家庭出身。不过在这里表明瑞典小伙的家庭背景有助于我们判断他的"个人主义"观点在瑞典这个"语境"中的地位。其实就是想说，他并不是瑞典穷人因而才讨厌集体主义的。

我问他："父母家是不是经常有演员来？"

他说："太多了。"

我问："有漂亮女孩吗？"

他说："可惜来的女演员也都是年龄偏大的。"

我们又聊了聊电影。他自己不喜欢看美国的商业片，比较爱看一些文艺电影，看过不少香港七八十年代的老片子，就是因为喜欢香港片才到台湾和香港学了半年多汉语。大陆电影也看过，贾樟柯、张艺谋都知道，印象比较深的是张艺谋的《活着》和那个"孕妇的故事"，我知道他说的是《秋菊打官司》。他说："这个喜剧很幽默。"

"喜剧？"我说，"如果你是中国人，你就不会认为它是个喜剧。"

他同意。在飞机和长途汽车上看了几部新的大陆电影，他认为很烂。"只能看到一些不知道怎么富起来的人展示着他们的豪华生活，空洞无物。"他说，"香港新电影也很烂了。"

他脚上穿了一双Timberland的登山鞋，毫不起眼的一款，他说："在瑞典这鞋要卖一百欧元。"

我说："你可以从美国网购啊，这种鞋在美国网上就卖四五十美元。"

他说："美国的鞋的确比瑞典便宜得多，但加上邮费和关税，买下来也不便宜。"

我说："中国很多人就在从外国网购，买回来比国内的便宜多了。"

他说："一双鞋如果弄回来便宜二十五欧元，对瑞典人来说不算太多钱，很多人觉得不值得弄，可是二十五欧元对中国人就比较可观了。”

我一想，还真是这么回事。看来，网上海外代购这事也许在欧洲并不流行。

这次回来我们聊到了一点，对前面说的“高福利与个人主义之关系”是一个有益的补充。他说：“瑞典的小孩子，家长一般会给零花钱，可是到了高中就不给了。”

我问：“为什么呢？”

他说：“如果你有孩子，瑞典政府会给你发补贴——也就是说孩子上学在学校吃饭不光不花钱，家长还能从政府领钱。”

我忘了我们的“独生子女费”现在是多少了，五块，还是十块？瑞典是每个孩子每月几十欧元。家长有时候就从这钱里给孩子零花钱。可是到了高中，政府就每月直接把一百欧元给孩子自己了——每人都有一个银行账号，钱打到卡里。所以从这时起，大部分家长就不再给孩子钱了。

毫无疑问，这也意味着一个人独立的开始。

家长不给现钱，衣服和礼物还是买的，这个瑞典小伙说他最后把公家发的钱攒下了不少，手机、游戏机之类的，都是用这钱买的。我问：“瑞典学生们都穿校服吗？”

回答是：“不穿。”

我和他探讨富孩子和穷孩子的问题，他说：“学生之间基本上看不出什么区别。耐克、阿迪达斯之类的，在瑞典也都是普通的运动品牌，也有一些品牌的衣服很贵，但一旦有学生穿这种贵衣服，其他同学第一反应是：这小子在超市得打多长时间工啊？”

看来想显富的人在瑞典得绝望了。

“暴发户和势利的人在瑞典也有，”他说，“但大多数瑞典人已经形成了一种价值判断，就是钱并不一定能买来品位，你可以很有钱，但你不一定听过很多音乐，看过很多书。”——其实这个我们也知道，只是我们是不是有底气用自己的书卷气去傲视从宝马车里出来的人。

我问他：“这回中国旅游印象最深的是什么？”

他说：“别的也不是很了解，唯一清楚的是中国有房地产泡沫。”他说所到之处，到处都看到新盖的高楼，但是很多都空着。他说：“中国现在看似有钱，但感觉中国和欧洲还有五十年的差距。”——我不知道这是刻薄还是客气。

这回泔水油终于吃出问题来了。晚上回来，他说肚子不舒服。分析了一下，大概是早上街边的水煎包闹的。走的时候把买的啤酒全都留给了我——顺便说一下，来我这儿的所有老外都说中国的啤酒不好，太淡，欧美的啤酒酒精度和糖度大概都要高个一度左右。

他走了以后我看到他留下来一个韩国“三八线”的旅游广告，上有英、日、中三种文字介绍，没有韩文。可以参观地道、瞭望台、“自由桥”“分界线”之类的景点。每一处景点的介绍三种文字都不太一样，中文里剔除了那些可能惹到中国人的地方，这个就不细说了。“非军事区（DMZ）”一日游一人五万五千韩元，三人以上可打九折，“板门店”八万七千韩元，不能打折。特别注明，“板门店”游不准韩国人参加，游客不得穿牛仔裤、短裤、短裙、T恤、背心、拖鞋、军服款式的服装。

世事真是沧海桑田，在这位瑞典博士生走后快一年，莫言先生已经获得了诺贝尔文学奖。我写信给他，想问问他关于莫言的看法，他这时已结束在美国的访问交流回到瑞典，他说看过一些莫言的书和改编的电影，自己是很喜欢的。并且说一些瑞典人认为莫言与中国官方关系过密，因此对这次诺贝尔奖的授予不满，但他认为那有点反应过度了。他还问我对莫言的看法如何。

我自己并没有看过太多莫言的书，也不喜欢莫言所表现的虚幻——或现实，我想如果很多瑞典人真正看过莫言的小说，就不会认为他与官方走得太近了。

英国：
全社会都保障个人的存在

瑞典小伙走后，有两个沙发客同时申请要来，一个是法国软件工程师，另一个是名英国人。英国人的资料里写着职业是“木匠”。这个选择没有什么难的，我几乎毫不犹豫地挑了英国木匠。

我自己非常喜欢手工，小时候看武打片入迷做过各种各样的“兵器”，家里那辆28自行车更是拆了装，装了拆。同时个人感觉中国现在的手工工艺越来越差，电视上看到美国改装车迷们在自己车库里做出的惊艳活儿来，不知老外是怎么弄这工艺的。正好这木匠要来，可以跟他交流交流。

像大多数外国沙发客一样，这位英国木匠来的时候也遇到了一些麻烦。我们发过七八个短信确认位置，可是我发现他越走越远，最后连他自己也无法正确描述出自己的位置。我只好打电话过去，请他把电话给路人，一问之下，他几乎都要穿城而过了。问清了地方，他问我打车到我这儿要多少钱，我说也就二十块钱吧。他投降了，决定打车来。

在我家楼下，我远远地见到一个外国人从出租车上下来。他一头浓密的深褐色卷发，身手矫健，比照片上要壮实不少，面相上有一点像休·杰克曼在《X战警》里的“狼人”。他老远就伸出手来握，非常有力，不好意思地笑着连说抱歉：“让你在外久等了。”我说：“没事，没事。我也出来活动活动。”

到了我的住处，他把东西放好，我请他过来坐下休息，喝点热水。英式英语发音短促，这多少使人觉得英国人不像美国人那么放松，当然了，这只是一种外在的印象。聊了一会儿就发现，他是很健谈的，知识也丰富，对于木工以外的事情也相当了解。不过，我还是很急切地想知道关于木工的一些事，于是拉开我老式方桌的抽屉，请他看那边缘的榫卯，问他：“英国的家具是不是也这么做的？”

他很认真地看，回答说：“是的，没什么区别。”

他说：“我的工作是做房屋结构木工，就是负责房子的梁、椽、柱、门窗以及组合橱柜这样的东西，家具偶尔也做做。”

聊了一会儿，我邀他一起下去吃那个“固定节目”——湖南牛肉面。问了他吃不吃辣子，他说没问题。老板听说他也吃辣子，可能高兴，量也就给得扎实，上来的面碗里浮着厚厚一层红辣油。结果吃了几口，汗都快下来了。我们边吃边聊。我问他喜不喜欢英超足球，真是问对人了。他说他是阿斯顿维拉队的忠实球迷，几乎每个主场都要去球场看比赛。我说英超是世界上最激烈的足球比赛。他很受用，像一个小孩子听到别人赞赏他心爱的玩具，兴致勃勃地给我说起了足球。他说：“英超球员在场上每一分钟都是百分之百投入的，意图很明确，就是要拼命多进球。”

我说：“相比之下西班牙足球就觉得慢多了。”

他放下筷子，用手指指脑袋，说：“西班牙球员用脑子踢球。”然后又认真地指指胸口，“英超球员是用心踢球。”

我笑了，表示同意。

“但是看英超是很贵的，”他说，“一场都要几十英镑。”

我问：“几十英镑很贵吗？在中国看一场足球也要上百人民币呢。”

他说：“那看来还是在中国看球更贵。”并且他补充了一个数字，切尔西队的一张球票一般是六十英镑吧，算是最贵的了。——看来，最贵也不过如此。

买单的时候，我说我们“go Dutch”吧。他问“go Dutch”是什么意思。我惊异于这个英国人居然没有听说过“各自付账”这个英国成语！我给他解释了一下。他说：“这个成语大概是在英国的某些地方用吧，我还真是头一回听到。”

这让我兴致大发，一个没有听说过“go Dutch”的英国人平时是不是“go Dutch”呢？传说中，英国人永远是各自付账的，是这么回事吗？我把我的疑问告诉他，他说其实也不是那样，那可能是一种误解。他解释了一番英国的习俗：如果是前几次跟女朋友约会，一定也是男人买单，后面则会各付各的，因为现在女权高涨，你要不让英国女人付账，她们会觉得你在侮辱她；其他的情况也要视情节而定，如果一方有求于另一方，或是一方提出邀请，通常也由前者付账。英国人也是人，也有人情，不会老那么斤两清。“像这面条，”他指着自己吃得光光，连汤都喝完的面碗说，“应该我付账的，因为我住在你家啊。”我笑了，有这个意思就行。最后还是坚持go Dutch了。

这位英国木匠今年二十九岁，来自英国小城布赖顿，伦敦以南，靠近英吉利海峡。他自从三年前到非洲玩过一次，就上了瘾，这几年只要钱攒够就出去玩，欧洲大陆是转遍了，今年就到中国，这个不少欧洲人觉得会成为下一个超级大国的地方来看看。

他跟朋友开车从英吉利海峡隧道进入欧洲大陆，跑了大半个欧洲，到德国后朋友开车回去，他自己就继续向东，一路上搭顺风车，横穿俄罗斯进入蒙古，再从蒙古坐火车来到中国，在北京买了一张手机卡，手机就是他在英国用的——最老式黑白屏诺基亚。

坐火车的时候，邻座的中国老头非常热情，不停地让他吃这吃那，还跟他说话，可惜老大爷一句英语都不会，他一句汉语都不懂，只好不停地笑着说对不起，这让他觉得中国人对外国人非常感兴趣。

说到他在俄罗斯搭顺风车，有一天下雨，他在路边等了七个小时也没拦到一辆车，那大概是这趟旅行最辛苦的一次遭遇。我说："俄罗斯人对陌生人还是比较警惕吧。"

他说："是的。"

我又想到了什么，说："也许俄罗斯人把你也当成俄国人了。"

他说："这是完全有可能的。"

"在中国，一个外国人拦顺风车就比中国人容易多了，俄罗斯的情况可能也类似。"我说。

他说："俄罗斯人对陌生人很冷漠，可是一旦接触了又非常热情，会把你带到家里，请你吃饭喝酒。"

我对他的专业还是很感兴趣，就请他多谈谈建筑方面的事。他告诉我，他除了做木匠，现在也想成为一名承包商。英国的建筑现在还是传统的居多，我问他："为什么英国人不多盖一些现代建筑呢？"

他说："每一个建筑设计出来后，都要到当地的'规划委员会'去审查，通常一种怪异的新设计很难获得通过，因为那些主管的人一般都比较保守，比如查尔斯王子自己就是伦敦'规划委员会'的一个委员。"

我问："哪怕在自己的地上盖自家的房也要通过这个委员会审查吗？"

他说："绝对是，没有人能例外，并且你的邻居也有发言权，如果你的邻居认为你的房太丑或太怪，影响了社区整体的环境，你的设计八成也通不过。"

"不过，"他说，"英国也还是有一些相当漂亮的现代建筑，设计得非常好。"

他包里还带着从北京买的两瓶燕京啤酒，他说中国的啤酒太淡，没味道，不过真便宜，拿出来请我喝。我问他想不想尝尝中国的白酒，他说好啊。我从书架上拿过我那瓶酒，倒了一点给他尝，指给他看酒瓶标签上的数字，"50%"。他喝了一点，说很强劲，告诉我说英国大多数的酒都没这么高度数。最著名的烈酒伏特加也通常不过四十度左右。我们两个就一边啤酒，一边白酒地喝了起来。聊到行程安排，他说他不是非要去那些著名景点的旅游者，他最大的乐趣是到一个地方，在街上走一走，跟当地人聊聊天就好了。我点头称是。

聊了半天，也喝了不少，我估计他一定又困又累，就没有拖得太晚，不到九点就结束了谈话，让他去休息。

第二天，他回来的时候天色已晚，我泡上一杯茶，问他白天玩得怎么样。他说一切都很顺利，只是买火车票时遇到了麻烦。售票大厅的所有窗口前都排着很长的队，他好不容易到了窗口，递上"第二天去成都卧铺一张"的字条。里面的售票员说话像吼，他也听不懂，应该是没有卧铺吧。随后里面扔出一张票，他想着那也只好坐硬座了。把那张票给我看，我一看笑了，说这就是一张卧铺。他的压力好像一下子释放了，说："那今天所有的事就都完美了。"一般情况下很难在火车站售票窗口买到卧铺，尤其还是第二天的，这真是一个小小的奇迹了。也不知道是不是照顾他这个外国人。

他看我房间的墙上挂着一把吉他，问我弹得怎么样。我说很烂。

他自己在家的时候就跟人组乐队，负责打鼓。我问他："鼓很贵吗？因为有好几个。"

他说："一套鼓和一把吉他差不多价钱。我周围很多人喜欢玩音乐，几个朋友凑在一起，奏出和谐的旋律，那真是一种美妙的享受。"

他有时候也到伦敦接木工活儿，最难忘的一次是给歌星埃尔顿·约翰做活，他给我描述了那场景。埃尔顿·约翰住在伦敦温莎的一处大宅子里，公园一样大小，有湖有树林，每天有一个理发师来给他收拾头发。他出门时都是拿着对讲机的保镖把车叫到门口，直接上车就走了。我问："埃尔顿·约翰的房子周围有很高的围墙吗？"

他说："没有。"

我说："那任何人都可以走到他的房子前了？"

他说："走是可以走到，但周围还是有人看守并且有监控。"

我几年前看过那部电影《女王》，非常喜欢。里面有一个场景是英国首相托尼·布莱尔跟家里人吃完饭后自己洗盘子，我问他这是不是真的。这应该是一个超出他社交范围的问题，而我更多是想知道英国民众认为这是不是真的。他说，他认为那应该是真实的，英国的政治家不太想显得跟大众不一样，并且当他们出现在电影里时，里面的情节应该是真实的。他说自己对政治也挺感兴趣的。按照他的说法，现在英国的三个党其实区别也不大，谁当政都不能真正代表大多数人民。比如英国人不喜欢跟着美军出兵伊拉克，可是人民也不能决定。我问："出兵的决议不是议院批准了吗，议院不就代表人民吗？"

他说："议院是批准了，可是是因为当时首相布莱尔主张出兵，而他在议院的影响力又很大，就把不少议员说服了。"

这位英国人对本国政治并没有多高的评价，也难免令我有点失望。话题一转，我问他：“英格兰人喜欢苏格兰人吗？”

他说：“对很多英格兰人来说，苏格兰是另一个国家。”

“另一个国家？”我有点不敢相信，“可你们都说英语。”

他辩论道美国和澳大利亚也都说英语。

“你们都用英镑。”我补充道。

他继续：“欧洲所有国家也都用同一种货币，欧元。”

“可你们只有一个米字旗。”我说。

他提出更有力的反例：“英格兰、苏格兰、威尔士也有各自的‘国旗’，米字旗本身就是‘联合王国’的。并且拿议会来说，也是各有各的。”他说，“前不久苏格兰人还闹着要彻底独立呢。”

我们说到了英国的“绅士风度”。我说：“我认为英国人是世界上最讲诚信，最尊重别人的民族。”他很高兴，应该比听到我夸赞英超联赛更满足，面带喜色。以他本人而言，的确是彬彬有礼。他长得有几分像“狼人”，可是这个外表很有劲道的木匠一举一动中又有“绅士”风范。我给他倒水，他会马上说“非常感谢”，说错了一个字或者没听清我说的词就立即带出一个“对不起”。我们探讨“绅士风度”，他说：“英国的习俗的确要求人要谦虚或者说是谦恭，出门上车都要替女人开门，在公共场合不能大声说话。”

“在任何时候都要保持优雅？”我问。

他说：“应该是这样吧。”

我问：“学校里专门有课教这些礼仪吗？”

他说：“没有，大多数人是跟家里大人学的，有的父母讲究多一点，有的少，比如我父母就不是很在乎吃东西的时候嘴里发出声音。”

我问：“英国人都诚实吧，你有没有碰到不给你付工钱的人？”

他说："有的，有一个伦敦的家伙见人笑容满面，搂着你的肩膀跟你称兄道弟，可是最后欠了我一千多英镑要不回来。"

我问："你们就没有签合同？"

像是说到了他的痛处，他伤感地说："只是口头说了一下……"

他说："说到诚实，可能英国跟其他国家也差不多吧，也有骗人的事。"

我说："虽然英国肯定有骗子，但从数量上来说应该是少得多。在中国的大街上，有时候你要提防朝你走来的人，因为可能有骗局。英国街上有很多骗子吗？"

他想了想，承认确实没那么多。

我说："在中国的情况是，一个人很容易受到他人的侵害，每时每刻。举例而言，如果你走在大街上，后面的车嫌你挡道，就会拼命按喇叭。"

他说："是啊，英国人开车的确是几乎从不按喇叭，那很无礼。"

我想起了我自己的一段经历，说："在中国有人欠你钱，你去法院告，法官判他必须付钱，然后你要拿着判决书自己找那人要钱去。"

"还能这样？"他睁大了眼睛，不敢相信。

我把那段最鼓舞人的对英国的描述讲给他听："一个农民的破房子，风和雨能进来，国王却不能进来。"

他好像真没听说过这句话，我又问他："你认为英国人的道德水准是世界上最高的吗？"

他说："这个真不好说，可能跟某些国家比，应该是好一点吧。"

我问他："如果马路上碰到有人出车祸受伤，一般英国人会本能地去帮助伤者吗？"

他没有犹豫地回答："会的。"还说他前不久就看到一起车祸，当时就和朋友们上去帮忙。

我问他："你觉得你幸福吗？"

他认真地想了想说："我认为我是幸福的。"

我又问："那你觉得对一个人来说最有价值的是什么？"

他想了想，答："我想应该是发现和体验新的事物，去感受世界上一些美好的东西吧。"

我给他介绍了中国的情况，我说比如在一些条件很差的地方，像山沟或相当陡的山坡上都有人生活，大多数是早期为了躲避战乱搬进去，可是现在都搬不出来了，因为土地无法交易，他们不能在其他地方买地，就算可以买，也太穷买不起。

大多数农村年轻人到城市里打工，如果在外面混不下去了，回老家总还有一个住的地方，还有一块地上种的粮食可以吃，但那个生活水准已低到最低，仅够活命而已。这些也许都是他从来不知道，或从来没有考虑过的事情，我想，我讲的这些故事也许会让他回头审视一下自己的国度。也许他最终会认识到，有很多他们生活中习以为常，没有什么感觉的东西，在不少其他国家人眼中，是非常渴望或者正在付出努力，极力追求的理想。

第三天，他要走了。我带他去一家"硬木"家具店看看，请他评价一下那些家具的手工怎么样。我们到了店门口，女老板好像看见大买主来了，热情地开门往里让，还过来介绍——我有点歉意，老板没有看出这位外宾背个大包，只是一个背包客吗？我和他蹲在一些家具边上细看，他用手摸那表面。他小声地告诉我这手工是不错的，不过那些雕花不是手工的，是机器刻出来的，因为所有花纹都一模一样。我们站在一个大柜子面前，他问我那柜子多少钱，我说："金丝楠木，七十万人民币。”他做了一个简单的算术：七万英镑！

装模作样地观赏了一会儿，他努力保持着“绅士风度”，最后还是把满怀期待的老板娘扔在那儿，离开了这家店。得赶路去了。临走时我还在桌上拿了一张名片，也不想让老板太失望，但我想这位英国木匠也明白，我应该也永远不会打那上面的电话吧。

法国：

常喝的红酒，一瓶只要两欧元

跟美国人的外向、放松比起来，法国人显得要拘谨多了，像邻家不声不响的中学生，或是忐忑前来应聘的大四学弟学妹。

这次来了一对来自法国里昂的年轻男女朋友，接的时候费了一点劲。早上八点多，我正睡着，来电话了，说他们到了某个银行门口，我以为就是楼下对面的那家，结果连手机也没拿就跑下去了。可是下去后又不见其人。来回走了好几趟，也没见个影，唯一的办法只能是回去拿手机了，而且只能等他们再打过来，因为我的手机也打不了外国长途。

这样折腾着就过去了半个小时。终于接到了他们的电话，的确是在他们说的那个银行门口，但是是在很远的一条街上。

他们是从欧洲一路搭顺风车经俄罗斯和蒙古过来的，原本以为一定是风尘仆仆，结果比我想象的干净得多，脸、脖子、手都是白白净净的，衣服上也没多少灰。个头都不高，男的长着一张北欧式的瘦长脸，女孩脸圆一些，但也很小巧，戴着毛线手套，很单纯，有点憨憨的样子。

我带着他们往回走，他们说了好些“抱歉”，我说：“你们不会以为我不来接你们了吧？”他们笑着说没有没有。

来到我的住处，我让他们休息一下，喝点水，稍微寒暄几句。他们的英语不算太好。也是很爱笑，男孩的笑有一点客气的意思，女孩更自然一点，更多一些发乎天然的甜蜜。得知他们在我这儿只有一天的时间，聊了一会儿，我说你们还是早点出去玩吧，他们说他们并不一定非要去什么景点，跟当地人接触就是他们旅行最想干的事。——这话让我觉得挺舒服。

临出去前，他们问晚上一起吃饭吧，我说好，就回来做饭吧。他们问要不要买什么东西，我说你们就到超市买点肉馅吧，不要超过五块钱就够了，其他的东西我办。——我又准备用物美价廉的饺子糊弄外国人了。

这个男孩是个动画制作师，他主要是做那种实物逐格动画的，就是《阿凡提》那种。我对这个很感兴趣，晚上可以好好问问他这种动画是怎么拍出来的。对了，还有红酒。我每年都自酿一点葡萄酒，今天可算逮着机会了，可以让法国人评价一下我这自酿酒到底如何。当然了，也许他们对葡萄酒并不了解，就像不是每个北京人都熟悉北京烤鸭一样。

在约好的时间，他们准时回来了，兴致很高的样子。女孩手里拿着一包肉馅，我一看标签，七块多钱，问我买对了没有，我说完全正确，就是这东西。男孩从包里往外拿啤酒，说把啤酒放到阳台上冰一冰，我看他从包里往外取，一、二、三……在阳台上放了一堆，我说：“你这么爱喝啤酒？”

他笑答是的。

他们白天去了兵马俑，我问他们感觉怎么样，只见他们遗憾地说：“我们去了一看票价——”

“——一百一十元。”我接话茬。

“是的，太贵了，我们就没进去，就在周围转了转。”

但也没有很受挫折的样子，看来他们也许真的并不是很在意“世界第几大奇迹”这样的旅游景点。

我问：“法国的景点也很贵吗？”

他们说：“一般只有五六欧元，大多数自然公园都是免费的。”

他们问我：“相对于中国人的收入来说，中国旅游景点的价钱就更贵了，为什么中国人还去这么贵的地方？”

我说：“中国人多，很多人一生也只去一次这种景点，也只好掏钱买票了。”

我想阳台上的啤酒变凉还得一会儿，所以也不着急做饭，给他们倒上茶，坐下来，且谈风月。

我说：“你们喜欢红酒吗？”

男孩开心地笑了：“非常喜欢。”——有门儿。我问：“你能分辨出什么是好红酒，什么是不好的吗？”

他热切地说：“我不是专家，不能说出什么酒是多少年之类的，我只是喜欢喝，喝过不少，当然，有些很好，有些则一般。”

不错，看来算是问对人了。我追问：“那到底什么样的红酒是好的，什么样的是坏的？”

他说很难形容——我想这里面也有他英语有限的原因——反正说了一些感觉，我想他的意思大约是说好的红酒会醇厚一点。我问：“是不是贵的红酒就好，便宜的就坏？”

他说：“不是不是。我在法国超市里买红酒，一般只买两欧元一瓶的。”

“我没听错吧，两欧元？”

“没错。有时候也买五欧元的，那就算是有点贵了，十欧元以上的红酒他几乎从来不买。”

我说：“法国的红酒比啤酒都便宜？”

他想了想，说：“有时候的确是的。但是两欧元的红酒里也有好的，因为同一个品牌的红酒不同年份好坏是不一样的，我爸爸要是碰上了这种便宜的好酒，一尝不错，就会再去把这一种买个十瓶二十瓶存起来。”——这就是我们想象当中的法国红酒？

我说：“在中国，如果是从法国进口的红酒，就得卖个几百上千元，因为人们一听是法国的红酒，都会认为非常好非常好。”

他笑了，说：“我在俄罗斯也喝过红酒，俄罗斯有些红酒卖得很贵，但是味道很差，根本不是红酒。”他说，“也有俄罗斯人跑到法国，一喝法国的红酒，当时就吐出来破口大骂——‘太难喝了’。也许是法国的红酒味道比较特别吧。”

我不知道这和喝惯了假茅台偶尔一喝真品的感受是否一样。我说：“中国二三十元的‘红酒’基本都是用水和香精酒精兑出来的。”

他说：“在法国就算是两欧元的红酒，也是全葡萄汁酿的。”

他在里昂乡村长大，家里就自己酿葡萄酒，什么都不加，就是把葡萄汁存放自然发酵，但发酵的时间和温度一般人控制不了那么好，所以好的葡萄酒也是很难酿的。一般好一点的至少要酿一年以上。

OK，说到这儿，我觉得我自己酿的放了三四个月的“红酒”基本上已经出局了，不过，还是亮亮相吧。

我说：“我自己也酿一点葡萄酒，想请你们品尝判断一下，到底怎么样。”两位很高兴，看上去比我都高兴有这样的机会。我从厨房里拿出来一瓶，是用喝完的葡萄酒瓶装着的，瓶子上落了一层灰，倒有一点刚从私家酒窖里取出来的意思。我用三个新杯子倒上，我每年自己酿的这酒，表面老有一层白片，像是结晶，因为当时是用红葡萄和白葡萄混合着酿的，颜色偏淡。所以，杯子里是一种漂着一些白色碎片的淡黄液体。为了证明这东西喝不死人，我先示范了一口。他们也跟着尝。喝下去了，我看着他们的眼睛，说：“请你们非常非常非常诚实地告诉我，这东西到底怎么样？”

男孩说：“我认为这和我喝过的红酒不太一样，但是它应该是葡萄酒。很特别，说真的，我还想再喝一点。”

女孩说：“我本来不是太喜欢喝白葡萄酒，这酒有一点像白葡萄酒，但还有别的味道，我喜欢。”我本来是在红葡萄里掺了白葡萄，让女孩这么一说好像成了白葡萄里掺了红葡萄。不过，这个结果我还能接受，我认为他们还是表现了相当的客气，但也有一些真实的成分，因为我的酒至少还是百分之百葡萄汁酿的。他们说法国的红酒度数通常大一点，酒精度高的有十几度，低的至少也有六七度。我想我这个度数肯定达不到十几度那么高，看来自酿葡萄酒想达到高酒精度的确不容易。

男孩说：“下次可以试试把葡萄汁榨出来，把果肉扔掉，就用那汁发酵，存放一年以上时间，可能会提高酒精度。”

唔——我每回都是果汁、果肉一起发酵的，也许这就是酒味淡的原因。

好了，时候也不早了，做饭吧。人多就是干活快，我给女孩看我买的一节莲菜，请她把它切成片。他们从来没有见过莲菜，女孩也是第一次用中国式的大菜刀，我请她注意安全，她提心吊胆地切完了一片片莲菜，挺薄的，倒不错。男孩又接手切韭菜，完了又见识了几样中国调料：味精、鸡精、十三香之类，跟他们买回来的肉馅拌在一起。接下去，就是包的过程，女孩心灵手巧，很快就包得有模有样，男孩也能弄出来一个样子，我诚心地称赞，他们很高兴。不一会儿就包了九十多个饺子。我把蘸的汁也调好，边煮饺子边调凉拌莲菜。饺子煮好了，中国式莲菜“沙拉”也不错，盘盘碗碗一大堆，对他们来说，这种奇怪的上面布满洞洞的异国蔬菜和亲手制出的中国过年食品，加上从屋外取回的冰镇啤酒，这段记忆也许会在今后留存相当长的一段时间吧。

前后煮了三锅饺子，只破了一个。我说那一个是我包的，他们都笑了。

吃完了，接下去进入精神层面，我看到男孩制作的动画片，很独特，很漂亮，至少我是这么认为的。

他们拿出笔记本电脑，给我播放那段动画。大多数人偶和场景都是用纸板做的，在一个阴暗的地铁站，纸板做的地铁开过来，一个穿西装的人走下来，遇上有人要抢钱，西装男镇定自若，突然伸出手，指向抢钱者的头，好像拿着一把手枪。但下一个镜头显示，只是用手做出枪的样子，其实什么也没有。背景还有一个拉手风琴的老头，然后就结束了，后面一下子变成了明亮的平面动画，速度也加快数倍，好像情绪大暴发，最后来了一个戛然而止的结尾。

我问他这个一秒钟多少格，他说十二格，好莱坞的动画片一般是二十四格。我认为这个短片的节奏很好，手法相当纯熟，和音乐配合得严丝合缝，有一些小技巧，比如用棉花模拟嘴里喷出来的烟，很有趣。每一个细节都很真实。这很像我们能看到的一些外国动画片，很成熟，感觉很特异，轻轻松松，实际上手段高超。而这是他的大学毕业作品。又看了几段其他的作品，有一段很搞笑的汽水罐大枪战，画面流畅热闹，是请人们不要随手丢垃圾的公益广告，还有给他爸爸做的一段小广告，也非常有意思。

这些作品很有现代艺术的味道，我问他地铁的那个动画片想表达什么。他问我看出了什么意思，我说好像也没看出来什么。他说他也不知道，就是一些他心里的想法，就想拍出这么一个东西。我说人的某种想法看似没有理由，其实都是有很强的目的和来源，都是自己生活经历的反映，所谓潜意识是也。他点头称是。

接下去更让我叹服的是女孩的绘画小日记。她从一个小皮套里拿出一个巴掌大的小本，每一页都有画儿，走了一路，画了一路，大概有三四十幅，都是中性笔画的，还填了色。干净漂亮！风格就是现在国内的“女小资”式的漫画，但我认为比那个水平高得多。构图就讲究，用色也协调，赏心悦目，看似随笔画来却也准确地写实，每幅还会有一处灵动的发挥，让你觉得有一点标新立异的智慧。

看画的时候我不停地夸赞，女孩也含笑不停地说谢谢。

女孩说她中学时候画画儿，老师说难看，她后来就再也没有画过，直到这次出来旅游。我说你把你画的拿到中国的出版社，一定会有人愿意给你出版或请你画插图，她说她只是自己画着玩，从来不想当专业画者。

不服不行，我认为法国人的艺术素养的确很高。这女孩说她也没上过美术学校，也没看过多少美术作品，我说：“你们一定受到法国艺术传统的影响。”实际上法国人接触到的好的艺术作品比我们多得多，就算你不去美术馆，日常生活中也会受到艺术的熏陶和训练。他们同意。

我们还聊了一些其他的东西，比如法国小孩通常不择校，因为学校都差不多，就算择校，公立学校也不用掏钱，只要你成绩足够好就行了。小学生除了周末，每周三也不上课，不过，这也给家长带来了负担，因为如果你没时间看孩子，就得把孩子送到负责照看的机构去。还有，因为不用择校，学校就离得近，绝大多数家长送孩子上学都不用开车。还聊到法国的高速火车，有时候打折比普通火车还便宜。还有，这两位其实都不想挣大钱，男孩想做动画，满足生活之后就做自己喜欢的动画，女孩想开一个小裁缝铺，或者到一个公益机构去照顾智障小孩。

算了，跟他们谈赚钱，根本是对牛弹琴，还是留到以后对美国人说吧。

握手道别，他们说着感谢，我说阳台上还有三瓶啤酒，他们说就算是礼物送给我了。原来如此。女孩背着大包，微笑着把脸伸过来，说这是法国式的礼节，有生以来我头一次见识这贴面礼，蓝色的眼睛、小巧的鼻子，因为太近已经看不清楚了——左右脸各实实在在地接触一下，凉凉的很光滑的面颊。我多少有一点要起鸡皮疙瘩的意思。如果在中国，离陌生女孩脸这么近，早就得挨大耳刮子了吧。

美国：

纽约警察说，民主建立在个人主义基础上

我住的是那种老式的两室一厅的房子，我自己住一大间，睡一个双人床，沙发客来了就住那小间，里面有一张单人床。所以要是有两个沙发客结伴而来，我一般是拒绝的。可是，这一回，我打定主意，无论如何也要接待一对沙发客，他们的体重加起来将近五百斤，小床绝对睡不下，而且不大可能打地铺，我决定把我的双人床让给他们。

不惜一切代价也要接待一次。

因为你不是老有机会在自己家里见到纽约警察局的高级警员。

他在自己沙发客资料里的几张照片已经够吊人胃口的了。一个大胖子，光头，坐在一辆巨大的哈雷摩托车上，他2009年开着哈雷摩托横穿美国。还有几张在中东地区的照片，我注意到这一张他穿着美军的战地靴，还有在红海里游泳的，骑着骆驼的，有一张是全身阿拉伯酋长装束，坐在帐篷里抽水烟，很陶醉的样子。大多数照片上都笑得很开心。

职业描述：退休执法人员；

生长地：纽约；

年龄：五十；

沙发旅游经验：零。

你觉得我有足够的理由把我的床让出来了吧？这绝不是普通的沙发客。

这一次来中国是和他十九岁的儿子一起。我看了他跟他的两个儿子在伦敦塔前的合影，也是很结实的美国男孩。

纽约执法人员刚到火车站就碰上了出租拒载。电话打过来，让我给出租司机说具体位置，我听他的声音，是一个底气十足、沉稳低沉的男性声音，没有一般沙发客的那种不知所措的客气。

过了一会儿，短信发来说：两个司机都拒绝了。我回短信说火车站的司机嫌地方近不愿意去，你到大街上拦车吧。半个小时过去了，还是没有音信，发短信去一问，原来最后还是决定坐公交车来。短信里说："出租司机坏。"——我怎么感觉有点像中国三岁小孩的话。

终于见到了，站在街角。现实中看到这位胖子，将近一米九的身高，比照片更加壮硕。儿子明显长高了，已经超过了老爸，理着硬刷刷的寸头，下巴上留一圈络腮胡子，也是名副其实的壮汉。两人如巨塔一般站在一大堆行李中间，神色警觉，严阵以待。打招呼问候，老壮汉握手时爆出了一个灿烂的笑容，让我多少感到了一些宽慰，儿子则始终面无表情。我说咱们走吧，两人把地上的四个大包背起，老壮汉把那个巨大的橘黄色的包袱扛到肩膀上，活脱脱一个漫画上的大力水手。我说："你们带了这么多东西！"老壮汉又爆出一个大笑："这都是纪念品。"

和这么两个人走在人流中真让我有几分不自在。在众人惊异的注视中我带他们走回我住的家属院，进了院内几十米，背后突然传来门卫大姐的高声喝问："找谁的？"我转过身去，回喊："找我的。"两人的背影一看就是生人，身背肩扛的大包又可能让人以为他们是搬家公司的。老壮汉时而和儿子开着不知道什么的玩笑，在楼道内爆笑几声，转瞬却又立即恢复严峻的神色。

进屋门的时候我看到老壮汉身体快赶上门的宽度了，几乎是挤进来的。

关上屋门，我算是松了一口气。

纽约执法人员坐在我的床上，占据了两个人的身位。我想松弛一下气氛，开玩笑说起了在火车站拒载的事，我说："作为执法人员，被拒载会更愤怒吧？"

这一回父子俩同时大笑，老壮汉说"在纽约也是一样的。"

他随手拿出一包雪茄，大烟盒正面几乎半幅都印着"吸烟会杀死你"的警告，问我抽不抽。我本有心想尝尝，嘴上说："雪茄我抽得不多。"老外还是不懂中国式客气，以为我不抽，就收起来了。

老壮汉说话语速快而低沉，十分准确有力，一丝犹疑都没有，力道极足，你可以感到他绝对不希望被人怀疑或反驳。如果稍稍皱起眉头，他看人的眼神中就有几分凶狠，一种不容反抗的权威，但他也在注意收敛这种眼神，大多数时间他是平和且友善的。我明确地感到，这是一个习惯于发号施令的人，到了任何地方一定都要掌控局面，居于领导地位。

但是作为主人，我多少也有一点超越一切权威的特权。我请他们在屋内，尤其是屋外声音小一点，最好不要引起他人的注意以避免不必要的麻烦。老警官马上对他儿子传达我的话："听见了没有，声音要小一点。"之后我又半开玩笑地说："我只有一张空的单人床，但你个子这么大，不可能两个人睡一张床——"他们又大笑，但是老爸马上警醒，收声，做出一个缩头收肩的有点滑稽的动作——"嘘。"然后对我让出大床说出一连串谢谢。

我不知道他儿子是怎么看这个老爸的，这位老爸对儿子说话也是清晰有力的命令式。年轻人回答声音低，有点像嘟囔，不知内心是不是也受够了这位警察局长式的老爸。——这都是我的瞎猜，因为我并不了解美国人细微表情的含义，并且这位壮硕的年轻人实在也与我们国内那被家长压制的柔弱乖孩子形象不太一致。

但是老壮汉同时也表现出了美国人的合作精神，我问什么他都会明确地回答。因此我感觉他的强势气质是很职业性的，并不滥用，也不会让人感到不安。我相信跟他开玩笑不会触怒他——就问他体重多少，他说二百九十磅。他儿子还用在中国买的黑白屏手机给我算——一百三十公斤左右。

他们出门去玩了，老壮汉把他换下来的厚袜子扔在我屋内的地板上，形成一个占领阵地的标志。我则去整理那个小屋，准备战略转移。

他是纽约警察局退休警员，原来负责凶杀案的侦破和人质劫持事件中的谈判工作——即我们熟悉的“谈判专家”。几年前又到中东工作，任务是协助美军培训当地警察。儿子在上海做交流学生学过三个月汉语，现在学完回国，在美国的一所大学就读，专业是国际关系，二年级，并且是校橄榄球队的“线卫”——怪不得那么壮实。

这绝对不是普通的沙发客。

我们说好了下午一起吃饭，五点多的时候我便下楼等了一会儿，天色渐渐暗了，看到那个硕大无朋的胖子带着儿子在人丛当中摇晃着过马路，依旧是那种权威的眼神。

我带他们去吃泡馍。一路上问他们白天玩得怎么样。老壮汉很热烈地回答说很好很好，就说他们玩的见闻。那会儿正是下班高峰，马路上车很多，电动车身前身后地乱窜，我请他们评价一下这个交通状况，老壮汉笑着说："这儿比伊拉克危险。"

我问他："听说美国自行车和汽车享有同样的道路权。"

他说："在美国，越先来到地球上的东西越有优先权，所以在美国自行车比汽车有优先权，而相比于汽车和自行车，行人具有最高的优先权。"

"这有道理吧？"老壮汉解释完问我。两人走路都很活泼，老爸东张西望，儿子在前面蹦蹦跳跳，有时还逗一下商店里的小孩。

到了饭馆里坐定，老爸背靠着墙，扫视全局，还是掌控一切的样子，一点没有新到一个地方的局促，说实话他那种气势和力量带给我了压迫感，我虽然知道可以跟他聊任何话题，但仍旧小心翼翼，仿佛我们这个有几百万人口的城市是在他的治下。

边吃边聊。我问他祖辈是在欧洲哪里，他说他爷爷是西西里人，奶奶是爱尔兰人。他有着一个宽大短粗的鼻子，按西方小说里对人的描写，这是强有力的面相。我问他："你是不是典型的美国人？"

他说："没有什么典型的美国人，美国人是各种各样的。"

我接着问："那美国人的共同点是什么？"

"自由，"他说，并给我解释，"美国人太自由了，想干什么就干什么。"

他的儿子说："我们最看重个人存在，个人是最高价值的。"对此父子俩达成了完全的共识。

我问他的专业："纽约安全吗？"

老警察说："纽约是美国最安全的大城市之一。"

"纽约现在还有黑手党吗？"我问。

他没回答有，也没说没有，而是说各个种族都有自己的组织，但是却井水不犯河水，绑架也只绑架自己种族的人。

我说：“为什么警察不能清除帮派呢？”

他说：“还是因为自由，很多事如果没有确实的证据警察就不能干涉。”

他是一个枪支爱好者，他家里有三四十把枪，长短都有。我问他：“一把枪大概多少钱？”

他说：“一般的要两百美元。”

“可以有机关枪吗？”我问。

他说：“不能，美国人家里不可以有自动武器，诸如商店里卖的自动步枪之类的也只能单发射击，要想改装成连发的几乎不可能。但也不是绝对不能有自动武器，只不过执照特别贵，大概几年就要十万美元，一般人也根本玩不起。”

我说：“电影里可以看到有些坏人用机枪火拼。”

他鼻子里哼着说：“那是好莱坞电影！我自己当警察这么多年从没见过用自动武器作案。”

我把那个全世界都在问的问题提给他：“为什么美国不禁枪呢？”

他说：“美国有枪支文化，是一个枪支社会。”——用词和我们国内的媒体完全一样。

“枪对于普通美国人到底有什么用？”我问。

他说：“枪支可以保护个人免受其他人或组织的伤害。”并且他请我注意美国当年建国的时候是要脱离英国统治，所以宪法里规定人人可有枪是因为和英国正处于战争之中。——这个其实我们都知道，只是头一次听一个美国主旋律的人这么讲出来。

他自己喜欢打猎，经常去，也不远，在纽约附近，开车一小时就有猎场。打猎需要办执照，比如打鹿的执照要花五十美元，只能打一只。我问：“是不是森林出入口处有人检查？”

他说："没有，全凭自觉。但一旦你被逮到超量了，就会重罚。"

"打到鹿了干什么呢？"

"吃呗！"他享受地说，"鹿肉非常好吃。"他儿子也点头称是。

我还以为纽约所有人都住高层公寓，但也不是，他就住独立的房子。我说："你很有钱了。"

他说："也算不上，就是中产。"

我还听说很多纽约人都没有车，但他有车，是一辆mini cooper——就是宝马公司出的那种小花车。他儿子笑着对我说："他这么大个子开那个小车很搞笑吧？"正说着，老警察看着我身后，说："就是那种车，我的是红颜色的。"——我扭头一看。饭馆外的马路上，驶过一辆绿色的mini cooper。

他说："中国的女人太漂亮了，我太喜欢了。"——当着儿子的面说这个？

我问："逮着什么机会了没有？"他儿子笑得喷饭。

我问他："是不是要认真地交往一个？"

"是啊。"

我说："那是在中国认识一个带回美国吗？"

他说："不，是回美国找一个华裔的女人。"

他吃饭很快，风卷残云，嬉笑怒骂，完全没有拘束。他说很好吃，我也不知道是真心的，还是客气。他虽然大开大合，但也很细心，也照应着我，要了凉菜还请我多吃。偶尔，还露出一点狡黠的微笑，真是不可小视。我请他以一个侦探的视角观察一下这个餐馆有没有什么异常，他眯起眼睛，装模作样地扫了一圈，笑着说："除了今天来吃饭的人不多以外，我发现那一对男女不是夫妻！"

吃完了饭，他让儿子去买单，我也不跟他争，在这么一个强势的人面前没有必要虚情假意。

我们路过一家按摩院，打扮得花枝招展的女孩出来倒垃圾，他开心地挑逗打招呼："nihao。"女孩进门之前回头冲这个白种巨人甜蜜地一笑。彼此的勇气都让我佩服。

他儿子问我家里有没有中国象棋，我说没有。大概给他讲了讲象棋，他很感兴趣，问我能不能教他。我说那得学一个晚上。回去的路上，老壮汉照样是大声开玩笑，兴致极高，儿子在前面走路，有时候似乎故意从商店的灯箱底下走，头快碰上了，老壮汉在后面大声地提醒他，似乎这还是一个刚上小学的儿童。有时他自己说痛快了还兴奋地用手抓我的肩膀。只要有可能，他好像一定要控制一切。

快进入我们院子的时候，我提醒他小声，他反应迅速，马上对他儿子"嘘——"直到进了屋，路上一个字再也没有说过。

在我的屋里，我们进行了他后来称为"伟大"的谈话。

我差不多是代表了一些中国的"主流"观点来"质问"他，希望听到他这位自称为超级爱国的美国人的回答。

比如美国人在中东。我问："美国打伊拉克干什么？"

他说："是为了维护中东的秩序——从这个意义上对全世界包括中国都有好处，因为中国也是能源消费大国。美国国内的油价一分钱都没降。"这算是回答我美国打仗是为了石油的论调。

"还有阿富汗呢？"

"打阿富汗是为了清剿塔利班，这个对美国国家安全存在威胁。阿富汗就是个屎窝子，什么都没有。"

"那为什么美国国内也有人游行说美国打仗是为石油呢？"我问。

他说："他们出来喊叫总得喊点什么。"

我问：“中东是什么样子？”

他说：“你去过沙漠吗？”

我说没有，他说：“沙漠的人跟别处不同，他们很敌视外人。”

我问：“那危险吗？”

他认真地说：“没有中国的马路这么危险。”随后大笑。他的工作是帮助美军训练当地警察局，或者说对当地警察进行现代化改造。说是原来的警察办案就是先认定一个人有罪后就去找证据加在此人身上——和我们原来有些地方的办案思路类似。“很可怕。”他说。

关于他在中东地区工作的详情最终也没有说多少，看来他似乎也不愿意多说，我想有些细节可能也会引起他不快的回忆。我问：“如何才能保证在中东的人身安全呢？”

他斩钉截铁地说：“不要去！”我们仨都笑了。我还是追问了一下，他说：“要和当地人搞好关系，要让当地警察保护你，要和当地村落做生意，给他们钱，让他们知道你活着对他们有好处……”

我问：“你认为伊拉克比以前是好了还是坏了？”

他说：“这个要问伊拉克人自己。”

我说：“那现在伊拉克有民主了吗？”

他说：“伊拉克人根本就不需要民主。给了他们民主也没用。”

“美国在全世界打仗，是为了把自由带给世界吗？”我问。

他一点不迟疑地说：“是为了美国的利益，为了保护美国的全球贸易。”

我想一定有美国政治家不同意他的说法，如此简单粗暴的说法。我觉得我应该是遇到一个强硬的美国爱国分子了，这种人极度热情地爱美国的一切，为了美国可以做任何事，根本不会过多考虑其他国家，在他们心目中，美国是至高无上的，而且任何事情都可以靠强力解决。他说他在家的时候就升一面国旗在门口，我问：“节日的时候？”

“不，每天。”

我说：“你非常爱国。”

他说：“谢谢，是的。我比绝大多数美国人更爱国。”

我极有兴趣地问他在纽约当警察的经历。我问：“谈判专家到现场的时候带枪吗？”

回答是：“当然带。”

“那谈判专家是不是像电影里那样一个人进去跟歹徒面对面？”

“根本不是。”他说。他们通常是打电话，如果劫持现场没有电话，就弄一部进去，他们都是通过电话跟劫持者对话，甚至到最后也不见面。

我说：“电影里看是警察拿枪围着，谈判专家冲在前面。”

他还是鄙夷地用鼻子哼着说：“那都是电影！”我想，这差不多成“谈话专家”了，就说：“那看来你唯一的武器就是你的语言了？”

他郑重地点点头：“我想你说的没错。我们就是用这个武器让对方解除武装。”

这时候一直在旁边听着的儿子对他说：“好像这是第一次有人指出来你唯一的武器就是语言。”

老爸说：“是的。”——这让我感觉不错，看来我也没瞎说。

我问他：“咱们纯属探讨，希望你不要介意。你在跟劫持者谈判的时候，是不是有时也在表演？”

他马上问我：“如果你跟你的女朋友出去约会，你有没有在表演？”

我想了想，承认的确有表演的成分。“但是我说的都是真的。”

我说。

他下结论说："对，不说谎。对劫持者也是一样。"——这个回答很好。

我说："假设啊，假设我就是劫持者，我要见奥巴马总统，并且要一亿美元，你会怎么跟我谈？"

他说："我会告诉你总统就要来了，钱也在路上，总之就是拖时间。"

"要威胁劫持者吗？"

"不，永远不要威胁劫持者，因为他们都处于精神很不稳定的状态。"

我问："美国人可以用枪打死闯入自己家中的歹徒，是吗？"

他说："是的。"

我说："那要证明是自我防卫比较困难啊。"

他说："的确如此，警察会问很多问题，看看当事人说的有没有破绽。"

我问："把一起谋杀案伪装成自杀容易吗？"

他说："警察会研究现场，但是——"他用手指指着水杯，"如果是伪装成服药过量的话，就比较难发现。"

这时我想起了阿加莎·克里斯蒂的一部小说，对这位纽约警察精英说："杀人不难……"

他说："有时候是的。"然后又用犀利的眼神盯着我，"你想要杀什么人吗？"我们都笑了。

老壮汉嗓音低沉有力，说话反应迅速，一步到位，好像所有的问题他都有明确的答案，心里从来没有对自己有一点怀疑。我相信他的成长过程中，个人意志没有受到太多的阻滞，个性充分伸展，并且更多的时候是他凌驾于别人之上，他认为他做的、想的都是光明正大、天经地义的，所以可以脱口而出任何事，不用小心谨慎，也没有多少自我否定式的反省。

我问他："美国人是不是觉得有两个并列的世界，一个是其他国家构成的世界，一个是美国自己独立的世界？很多美国人并不了解外界，美国的棒球就叫'世界系列赛'，NBA的冠军就叫'世界冠军'。"

他说："这是一个好问题。"儿子也参与讨论。他们说因为有些美国运动其他国家不玩或很少玩，如棒球和美式足球，或者现在全世界各国最高水平的运动员都到美国打球，如篮球，从这个意义上来说，它们叫"世界"的名号也不为错。

可是我说："NBA是在国际化以前就叫'世界冠军'了。对中国人来说，只有奥运会和世界杯的比赛，才能叫'世界冠军'，一两百年以前中国人不知道还有欧洲、美洲、非洲这些地方，以为只有中国，把中国就叫'天下'，可现在知道了，认为'世界'的事情要高于'中国'的事情。"

他说："美国很大，很多美国人一辈子不用出自己的州，就能做所有事，看到很多不同的风光，所以美国人并不太关心其他国家的事情。"

谈中国的情况，诸如中国人买房都是七十年产权，农民也不拥有土地，当一个村子人口变化的时候可能都要重新划分土地，卖地占到中国一些地方政府财政收入的60%～70%，诸如此类的事情，他听得很吃惊，但他的吃惊表情也有"表演"的成分，因为这也表现对我的重视，也是一种礼貌。每听到这些，他就扭过头去对儿子说："听见没有？听听。"

我说："很多中国人希望也有美式的民主。"

他说："我认为中国人要民主没用！中国人没有个人，个人都是听团体的，个人没有自己的声音，而民主是建立在个人主义基础上的。"他的儿子在旁边也称是。

我说："也有可能先有了民主，然后就有个人了。这是一个先有鸡——"

他接话茬："还是先有蛋的问题。"他说也有可能，但还是坚持他的观点。

我后来想了想，他的话不是没有道理，而且从他的方向走，是一个水到渠成的过程，如果反过来，可能路要难走得多。

他对我说："希望没有冒犯你。我认为中国人缺乏创造性。"他从口袋里摸出一些纸片，说在北京他看见一个纹身店，觉得不少纹身都很漂亮，可是都是印在纸片上，老板都是把一个一个纸片拿过来让你选，如果是美国的话，纹身师傅马上就会用手给顾客把纹身画出来，而且会为顾客特制图样。——中国人缺乏创造性是我们自己也承认的，我也不用跟他争。

我问他："你认为中国是美国的敌人吗？"

他说："敌人？不是的。中国现在是美国的贸易伙伴。"这话有点官方口径的感觉了。我说："二战中美国帮助中国打败了日本，中国人很感激美国的。"

他说他到过的几十个国家，中国人是对他们最友好的。

我说："现在中国人是很喜欢美国的。"

他说他感受到了。

但是我又说："希望你不要介意，同时也有很多人是很恨美国的，他们觉得美国太强势，到处打仗，希望中国来挑战美国。所谓'愤怒的年轻人’就是这些人。”

他说：“是的，哪儿的年轻人都是一样的，愤怒。”

我打听了哈雷摩托车的情况。基本如下：售价一万八千美元，自重一千磅（约四百五十公斤）。2009年他从加州骑着那辆车横穿美国回到纽约。我问：“是在加州买的？”

他说：“是从纽约先运过去的。”

“美国西部骑哈雷摩托车的人看着都像坏人啊，长头发大胡子，他们危险吗？”我问。

他断然否定：“不，那些人都是正常人，并且也都是中产阶级，因为年轻人和穷人都玩不起哈雷摩托！”

他儿子去上卫生间的时候，他说：“很高兴跟你谈这些。”他想让他儿子好好听听。我想，也许有些话，他跟他儿子之前也没有说过，诸如工作时的危险，自己的一些想法，他平时跟儿子在一起的时间也许不算太多。在一个如此崇尚个人主义的国家，子女一定会有更多的想法，更难以驾驭的个性。他跟我说了好几次，当着儿子的面，也说儿子“软弱”。我说：“他都那么强壮了。”他指着头，说：“精神上。”这一趟中国之旅，选择沙发旅行，完全是他的主意，这算是跟儿子的沟通之旅，或是精神强壮训练之旅？

十点多的时候，他实在是困了，全身躺平了，这堆二百九十磅的肥肉摊在我的床上，舒服地呼出一口气，欣慰地说：“伟大的谈话。”美国人爱说“great”，也是一种恭维和客气。我也投桃报李，说跟他的谈话是所有沙发客里最有意思的，当然也基本上是真心话。我有两个谈话者，他有两个听众，让儿子听老爸跟人滔滔不绝谈自己的英勇事迹，那感觉一定很好，并且此人还是一个认真的好听众。从这个意义上来说，我当一回媒介，所以对他的恭维也能坦然接受，并不受之有愧。

他钻进了我昨天还睡过的被子，我问他："有多久没有跟另一个男人睡一张床了？"他哈哈大笑，说："自己儿子没关系。"

我对这个纽约老警察说："我那儿有盗版DVD，你们想看的话可以看。"

他哈哈笑着说："不看了。"关灯前他儿子向我行了一个有力的军礼，作为晚安。五分钟后就听到了他轰隆隆的鼾声。

第二天他们一早出门去看兵马俑。当天下午我一直想着他儿子说想学中国象棋的事，有心教教他，还上网查了查国际象棋各种子的名字。想着要不要给他买一副象棋呢。他有可能自己会买，教他下棋想起来挺有趣的，但会占用聊天时间，也许一个晚上就花在棋上了。后来吃完饭看到小杂货店里的袖珍象棋，只要三块钱，就买了一副，又买了一根甘蔗，让老板切成三等分，心想他们也许没吃过。

真是最粗糙的Made in China，象棋做得简陋之极，棋盘薄得跟最薄的塑料袋一样。心想他们也许会笑话了。

门上响起了一阵极轻柔的敲门声，这和一个三百磅的大块头怎么也联系不起来。他们回来了。手里还拎着一个大旅行箱，我说："你东西都这么多了，怎么拿啊？"老警察说："这就是为了装那些行李的。"

事实再次证明他们不是普通的背包客，原来这一天他们整个儿包了一辆车玩，去了好多地方，包车花了七百多人民币。前一天他们上博物馆，还请了导游专门讲解。第二天还准备包车去机场，还得花四五百，真是花钱如流水。

他对我说让我看个东西，只见他儿子从那个旅行箱里取出来一副象棋，有月饼盒那么大。还真买了！我把桌子上的那袖珍象棋给他们看，老爸连声谢谢，说："我们把钱付给你。"我说很便宜不用了。我问他那副大象棋多少钱买的，原来是二十块，也不算贵。我说："你们买这么大的象棋带着太沉了。"

老爸说："我们到市场上一看，比这个小一半的也要十几块钱，那我们干吗不买大的？"

让我惊异的是他们只买大的，完全不考虑自己的负重能力。这有点像美国的产品，只强调效用，不管能耗，排量不够只管加，但一定要保证品质不打折。

用他们买的大象棋，我开始教小伙子，事实证明教他根本用不了一个晚上。讲了各个棋子的位置、走法以及赢法，他爸在那边倒腾行李，说："你拿个本子记啊。"小伙子马上拿出一个巨大的笔记本认真地记。他脑力极好，我只讲一遍他基本上都记住了。然后我们就摆好所有的子开始下，边下边纠正他一些错误。他很快就不犯错了，每走一步都是有目的的。我也是随便走，最后发现居然被这个五分钟前才开始下人生中第一盘象棋的小伙子给将死了。我虽然不善下棋，心想却也不至于如此差劲，于是边夸他边摆上第二盘。他老爸在旁边说了，他儿子并非等闲之辈，原来中学时候还拿过那个年龄组的全美国际象棋冠军，还曾经和四十个小孩子一起跟一位俄国世界冠军下过多对一（但全被世界冠军击败了）——原来如此。小伙子说中国象棋和国际象棋差不多，所以他很快就知道应该怎么下了。

第二盘我也不占什么优势，但好在还有一个秘密武器在手。我看形势似乎又开始不妙，就把"老将"走到"仕"的位置上，然后用"车"当头一将——我对他说："我走这一步的目的是为了告诉你这最后一个规则，两边的老将不能见面。"他只好认输，"哦。"在笔记本上又记下了。我说："其实这个是占了你的便宜，因为你一开始不知道这一条规则，呵呵。”

快下完棋的时候电视里传出一段肃穆的军号声，老警察扫一眼画面，突然想起来：“对了，今天是珍珠港纪念日！”电视新闻里，美国全国正在纪念珍珠港事件七十周年。我问他平时的珍珠港纪念日会参加什么仪式吗，回答是没有。

我觉得昨天还有话题没说到，就接着又问他，“如果人质被劫持，警察怎么进门最安全？”

他干脆了当地说：“从墙进去。”并解释说：“破墙而入是最好的，因为劫匪们一般会紧盯门和窗户，但是破墙而入也可能会伤到人质。”

我问：“如果就从门进呢？是伸头看一看，还是就那样冲进去？”

他说：“暴露的时间越短越好，一般是直接冲进门。”

我问：“你平时把枪带到哪？”

他示意带到裤袋后的腰间。

我说：“你平时打开保险吗？”

他说：“现在的枪有的没有保险，因为制作水平提高，就算掉到地上也不会触发，我就带这种没有保险的，拔出来直接就可以射击。”

我问：“你平时在哪打枪？”

“在射击场里。”

“到野外没人的地方也可以吗？”

“可以。只要周围的安全范围足够大就行。”

“那美国的野外会经常听到有人打枪吗？”

“的确如此。”

“那不会让人觉得很恐怖？”

“没关系，美国人都习惯了。”

对于枪我是叶公好龙，纸上谈兵。他问我打过枪没有，我说之前普通大学生军训最后的一项就是实弹射击，我打过十发。不过这个现在取消了，原来中国人随便可以买气枪，现在也不可能了。他说我将来去纽约，他一定请我打枪。

我问他："认不认为美国军队的战术是最科学的？"

他没有正面回答，说："美军的战术一直在变化，适应各种不同的环境和时代。"也谈到了狙击（是从他解救人质的话题引出的），他说："军队的狙击是一个非常复杂的事情，要计算风向风力，温度湿度，而且关键是打完之后要安全撤走。"这些我也略知，可是下面就是我没听说过的了——他说："中国军队不信任狙击手，包括亚洲国家的军队都不太信任狙击，因为狙击手通常独立行动，拥有很大的自主权，东方军队不希望单兵有这么大的自主权。"

"哦？"

他还说："据我了解，中国军队没有一套成熟的指挥权下传体系，即在部队指挥员牺牲后，接下去由谁来接替指挥，以美军来说，这个下传体系可以传到最后一名士兵，中国军队则没有这个传统和明确的制度。"

是这样吗？我还真不知道，也许他对此的了解比我要多。

有一个问题其实我一直不太想得通，美国的生活条件那么好，物质那么丰富，年轻人为什么还去当兵打仗？我把这个问题交给父子俩。老警察说："年轻人参军可能是为了去磨炼自己，或者出去看一看世界。"——这个也是美国征兵广告里常说的吧，也算是主旋律了。

我突然想到，问他："'9·11'事件发生时你在当差吗？"

他说："是的，那天在第一架飞机撞进塔楼后我赶到那里，是为了鉴定伤者和遇难者的身份，当时还没有人知道发生了什么事，以为只是一次意外。当第一座塔楼倒塌时我几乎被埋到里面。”

我问：“那是不是你一生最难以忘记的一天？”

他说：“还好了，也不算是。”

我问：“从那以后你恨穆斯林人吗？”

他说：“不恨，因为干这事的只是穆斯林中的极端分子。”

我问他信教吗，因为我想狂热的美国爱国主义者也许也是狂热的宗教信徒。他说信，但是只在心里信，也不是经常去教堂。这时电视上出现了美国前总统卡特来中国的画面，卡特比原来瘦多了。他认出了是卡特，说卡特是一个很糟糕的总统。口气上没有丝毫犹豫，好像他的判定就是最终的裁定。我不禁想美国的政治家真不容易，对于如此强力而桀骜不驯的人民，一定要比他们更强才能行。我觉得，如果卡特总统在这位老壮汉家附近参加什么群众活动，安保人员一定要重点注意这个家里有三十多把枪的“爱国主义者”。

我问他小时候有没有想过大了要做什么，他说一是当警察，二是参军。我说那你现在算是梦想成真了，他重重地点头说是的。小伙子在一旁也笑。

电视上似乎又出现了美军在中东的画面，他看了看自己能显示日期的大手表，说：“还有两个星期，美军就要从伊拉克撤军了。”是的，这是那几天的新闻热点。我问：“美军在撤离后是不是还要留下一些‘顾问’？”

他说：“可能也有吧。”

我问他：“你还有可能再回中东吗？”

他摇着头说：“没有部队保护，绝不会回去了。”

我拿出那三截刮了皮的甘蔗，问他们知道这是什么。他们想了想，“甘蔗？”老警察说他在纽约的西班牙区看有人卖，但没吃过。

我们一人一截就啃，小伙子不懂得往下撕皮，闭着眼抱着甘蔗就硬用牙咬，把甘蔗咬得跟老鼠啃的一样残缺不全。他老爸见状乐得哈哈大笑，随后又一脸认真煞有介事地问儿子：“你狗日的在干什么？”“狗日的”是我对“fucking”的翻译。

他对儿子说话，有时是全套客气词，“请”“谢谢”“帮个忙”“请原谅”，给人感觉是儿子刚犯了什么错，故意地跟他一本正经，或是要给儿子树立一个榜样。有时候又放浪调笑，比如我说到象棋在中国文化里是劳动人民喜欢的游戏，不如围棋高雅，我们门口就总有一群人围在那儿下象棋。老爸大声地拿儿子开涮：“听到没有，你这个农民！”的确是说的“农民”（peasant）这个词，可是我想和中国的农民概念一定有所区别。他经常也拿男女关系的玩笑当着儿子的面开，又是满口“fucking”地乱说（他后来说到他是离婚了的）。他时而用简短清晰的话给儿子下着指令，像在指挥自己手下的士兵，时而又跟儿子在床上抢被子，抢到后发出一阵得意的狂笑。我不知道他算是一个严厉的长官式美国父亲，还是一个跟儿子没大没小的老顽童式美国父亲？

他们两人出门都是一条薄薄的单裤，换衣服的时候老警察就光着上身，袒露着一身海象般白花花的带着长毛的肥肉，上身有好几个文身，包括一个海盗骷髅，他给我指着说哪一个文身是在美国哪一个地方纹的。我觉得他是那种简单地崇拜强力的美国人，像驴子一样顽固而结实。好坏是非分明，没有中间地带，平生不做皱眉事，也从不为自己做过什么而后悔。他不想看到任何对话变得朦胧不清，他对我最常说的一句口头禅是“这么说讲得通吧？”他希望自己的意志能清晰地传达出去。这也许是多年跟嫌疑犯打交道养成的习惯。他一定不喜欢软弱无力的人。他也很皮实，你并不用担心一些什么小事会触怒他，你所要做的只是做到最强的自己。如果跟他在一起待着，要么被他压制以至消亡，要么变得跟他一样强悍。

当他们在屋里活动的时候，我感到那十几平方米的房间对他们来说实在太小了，他们的能量和气场，必须要一个广阔的空间才能容纳得下。所以美国的东西都是大尺寸的，美国人绝不能忍受自己受委屈，他们的意志一定要彻底地舒展开。如果有什么东西阻碍了它，他们一定要改变那东西，而不是改变自己。他们不管爱还是恨都明白无误地表达出来，不限制自己，他们笑是因为自己想笑，有时候是出于社交礼貌，但你在里面却绝对找不到一丝“媚”的成分。我想，热量和蛋白质含量低的面条和米饭一定养不活他们。与他们相比，中国人的意志是向内蜷缩的，以老警察的标准，他如此强壮的儿子都“软弱”，真不知有几个中国人能够“强壮”到够上他的及格线。

我认为中美文化中的很多区别，最终都是中国人和美国人个人“强壮”程度的区别。

但是同时，他们的“强悍”也是一种“受控”的，不对他人构成威胁的强悍。他彬彬有礼，细心周到，爱开玩笑，并且被开玩笑也丝毫不恼。他开过玩笑后自己先哈哈大笑，对你的任何玩笑，也会合作地大笑。他会在无人注意其打呵欠或咳嗽之后迅速而本能般地带出一个“对不起”来，对你的任何招待或帮助他都会迅速“谢谢”。“这是一个好问题”时时挂在嘴上，有时候发出一个微笑，表示对你的话很理解，很感兴趣。我想，真不知道他在美国社会的定位，到底是一个文明的粗人，还是一个粗鲁的文明人？

实际上美国（或许说西方国家都）是一个谁也不能把谁怎么样的社会，每个人都享有自己的个人权力，一个人的强悍并不能对他人构成威胁，更多时候，“强”是一种自我向内的心理过程。这一点与中国有很大区别。中国人要么是被人欺的弱者，一旦成为强者就往往凌驾于他人之上，转过来欺负别人。所以我总结，美国的情况是“人人强”，而中国的情况是“强人强”。美国社会很好地解决了“自我最大化”与“不侵犯他人”这二者如何并存不悖的问题。

我说：“我的屋里曾经被小偷晚上进来过。”

他惊问：“在你睡觉的时候？”

我说：“是的。”

他说：“今天晚上再有小偷进来我就把他从窗户里扔出去！”然后一阵大笑。

我说：“你真勇敢。”

他大笑说：“我是保护我自己。”他说他在中国看到警察都是站在街边，很冷漠，从不跟群众说话。纽约警察被要求要跟自己管区的市民多交流，每天要走一走，问问一家家店铺有什么事啊，看有没有要帮助的。后来我们看电视新闻上播放一段警察被一辆疯狂的轿车顶着开了很远的监控录像，他难以置信地问我：“那是不是一个警察？”我带有几分歉意地说：“是的。”并且告诉他发生地就在他们要去的下一个目的地，成都。

我对老壮汉说：“你是我到目前为止见过的最强悍的人，那么要怎样才能变得强悍呢？”他儿子接过话茬说：“相信你自己。”老爸频频点头。

我后来琢磨，虽然这话有点老生常谈，可的的确确说得没错。决定人强悍与否的并不是身体，而是内心的坚强程度，要做到坚强，最基本的就是要相信自己。我问他们：“是不是总是相信自己？”

小伙子笑着回答：“也不是了，有时候就不行。”

我问老壮汉：“如果遇到歹徒人比较多，会不会也保持强悍？”

他摇着那颗大脑袋说："不不。首先还是要保护自己的性命。"

我说："西部电影里的英雄永远是强悍的。"

老警察再次强调："那只是电影。"

好，第二个"很好的问题"："如何做一个好父亲？"

这次又是儿子替老爸回答了："平衡。"进一步解释，对孩子要掌握好"高压"和"放手"的时机和度。——也不知这话是不是有意说给老爸听的。不过我认为说得不错。

老警察戴上一个绒线帽钻进被窝，活像一个巨型宝宝。两人都是把海绵枕头对折，两层地用，好像是嫌原来不够高一样。他儿子盖着被子趴在那高高的半截枕头上，形成了一个自我的"老虎凳"，我说："你趴着睡觉能喘气吗？"他说他有时候就是这么趴着睡一晚上。美国人就是这么无拘无束，成长的过程限制少，结果由着性子长成千奇百怪的样子。

他们明天一早要出门，再玩一个地方然后就去机场。我说："早上我陪你们下去，因为你们拿了这么多东西。"

老宝宝说："不用不用。"

我说："我不是帮你拿东西，是因为你拿这么多东西像给人搬家的，门卫肯定要拦你们。"

老宝宝在被窝里大笑，说："一个三百磅的小偷要出门了！"

晚上我一想起这场面就忍俊不禁。

第二天一大早，两人收拾整齐，感谢了我的招待，尤其是把我的床让出来给他们睡。出门前老壮汉说："希望我的有些话没有让你产生误会。"出门之前我想到说："把那副小迷你象棋带上吧，旅行时候方便下。"父子俩回答："带上了，带上了。"

早上太阳很好但空气冷，老宝宝到了外面，恢复了警觉严峻的神色，步伐有力，气势不凡，一点没有脚踝有伤的样子，加上背上半人多高的草绿色背包，整个人活像一个美国海军陆战队员。我对他说："如果你穿上海军陆战队的制服，人们还以为美军开到中国来了。"他咧嘴露齿报以灿烂的一笑。

与体形相比，我觉得更具识别效果的是人的气质，这个东西很难模仿，现在伊拉克武装人员也穿着美制军服，可是气质相去甚远，一眼望去就不一样。这个老壮汉的模样，大约可以从美国海军陆战队员的形象想象得出，至于海军陆战队员的气质是怎么形成的，又是一个值得深入琢磨的话题。

他们走了后，我再看美国电影就有了新的感觉，我在电影上看到的每一个美国人，不论男女老幼，脸上看到的是不可阻挠的个人意志和充沛生命力。他们不轻易听信书上或者大多数人说的。任何信息和见解都要经过他们的心理了解之后才为他们所接受，这是一种个人独立面对世界时采取的必然态度，所以他们的行为和语言都是真实地出自他们的内心，因此也具有巨大的力量。

有人说美国电影是浅薄地靠技术取胜，我认为很错误，美国电影之所以受到全世界的欢迎是因为人们在那里看到了个人意志的充分舒展，看到了不以身体为区别和必要条件，并且不对他人构成威胁的——"精神上的强悍"。

这个沙发客真是"巨型"的，这次接待也是真的物超所值。我在纽约老警官的沙发客页面上留言：

Salute！敬礼！

美国：

没有户籍证明，只要有住宅地址

一个二十九岁的美国人，在圣诞节前夜登上了去北京的火车，通过与他的交谈，我感到像他这种“大年夜”还在外旅行的美国人也许还不在少数。

这也许是我最接近诺贝尔奖的一次，这一次的沙发客是2009年诺贝尔化学奖获奖者——的博士生。

他也是一名多才多艺的博士，爱弹钢琴。他的摄影技巧也颇让人感觉惊艳，我看他一路从欧洲走来，在东欧、土耳其、中亚和中国拍的照片，就算达不到《国家地理》的专业水准，也可以达到《国家地理》每期发表的读者照片的水平，构图讲究，主题鲜明。他的专业是“纳米技术研究”，在加州的圣迭戈长大，博士学位是在加州大学完成的，而他对社会科学又非常感兴趣，了解很多哲学家的学说，因为在学校里待的时间长，又对各国的教育状况有所研究——这是一个难得的交谈对象。

他看上去一米八左右，美国的标准身高，穿一身黑，也许在外面走的时间长了，衣服上落了不少土，长脸，很文雅的面相，表情丰富，有时候让你觉得挤眉弄眼，也很热情，跟他交谈时，总是可以看到一种鼓励的笑。

除了吃饭时付钱不积极，其他方面找不出什么毛病。

先从他的车谈起。我说："我不明白为什么有的美国人说买了一辆一九八几、一九七几年的车，那是指型号还是指的就是那一年生产的？"

他说："就是那年生产的。"

我又问："三四十年的车还能开吗？"

他说："实际上美国真正开那些老车的人并不多，但大多数车的确可以开很长时间。"他有一辆开了二十万英里（约合三十三万公里）的本田轿车，他说看来也许还能再开个十万英里，并且他的车外表上看着跟新的没什么区别，所以平时保养不保养区别很大。只要注意保养，车就可以开很长时间。

我说："中国的车开了二三十万公里可能就强制报废了，就算不报废，从里到外也全都破败不堪了。"

他说："可能是中国的路没有美国那么平。"并且从他的经验看，中国人开车很伤车。中国汽车的审验是一个麻烦事，往往是你刚保养完的车审验都通不过，美国是什么情形呢？他说："美国的审车只查尾气，其他刹车、轮胎和车灯之类的，都是要你自己到车行里维修保养的。美国的汽车要一年登记一次，九十美元，除此之外就无其他任何费用。"

我们都知道美国没有收费站这东西，他说："的确如此，你从加州一路开到纽约，可以一分钱都不交，极少的一些收费站主要用于桥梁和隧道。"他家附近就有一座桥，当地政府立了个牌子说这桥是地方政府贷款修的，要收费十年，十年后，没二话，就把收费站撤了。我心想除了到了十年也不撤，这收费站的情形中国跟美国其实也没什么区别。

还有驾照的问题，大家都知道美国人爱搬家，理论上说到一个新地方，就要到当地注册新驾照，他说这个是完全免费的，你只要提供一个新地址。所谓“提供”也绝不要派出所或居委会开证明，你只要拿着一个有你地址和名字的信封去就行了，当然了，这很容易做假——可是，做假其实也没什么意义，因为你提供新地址是用于交通部门（美国的驾照不是警察管的）联系你和方便给你寄一些材料或文件。

跟他谈到美国寄信和地址时，我才意识到“地址”对美国人的重要性和精神价值，一个人有了地址，就意味着有了一个立足之地，而这一立足之地是立马生效和不容他人侵犯的。美国人的寄信地址，不管是买的房还是租的房，在很多正式场合都有法律效力。博士说，他自己也对美国的邮政服务之好觉得难以置信。那么美国人怎么寄信呢？每一户美国人家门口都有一个邮箱——就是我们常在电影里看到的，收信当然是邮递员把信放进去，发信呢，就是你自己把信也放进去，包裹也是放在家门口，邮递员就会取走。所以说不用上邮局去寄信，除非有大宗的东西。我好奇了：“邮递员怎么知道那里面有信要发呢？”

他说：“你把邮箱上的那个‘把儿’竖起来就行了。”

“哦，原来如此。”

我又问：“那邮递员每天都要开着车到每户人家门口转一圈？“

“是的。”

“那要是有一户人家住在很远的森林里呢？”我问。

他说：“那就要看有多远了，看是不是在城市的范围内了。”他更好奇中国的邮政状况，问我，“中国人是怎么寄信的？”

我说：“就是放到街上那个绿色的邮筒里。”

他说："送信的时候难道不送到每户人家里吗？"

我说："除了挂号信，其他普通信都是放到每个小区的门口或者邮箱里。"

其实中国的邮政服务也是不错的，我记忆当中几乎没有丢失邮件的经历，尤其是最近几年，经常有包裹往来，也从未丢失过。

吃完饭出来，我们站到路边等绿灯，一辆车从他身边擦过，相距不过十厘米。他大为吃惊："这车开得太危险了！"我安之若素，习以为常。正惊叹间，又一辆原地掉头的车几乎轧着他的脚冲过去——又吃一惊。我说："司机认为他们有把握。"他说："其实一点都不。"

我们吃饭的时候他还跟我说，他白天在街上看到一个女人，打扮得可以上巴黎的时装舞台，可是却在街上随便扔垃圾，他很难理解这样的事。我说有很多人家里装修得跟宫殿一样，门外却脏得像垃圾堆。他说他也看到过这种景象。我说："中国人缺乏'公共精神'。"——其实这也不是我说的，多少中国的专家都说过。

"公共精神……"他重复着，接着说，"美国，尤其是加州人，太注意自己身边的环境了，保护环境简直成了一种'宗教'。"他自己就曾经为了扔一点垃圾开车到了另一个州，原因是前者这个州只填埋，不循环利用垃圾。纽约前市长布隆博格在任时，说纽约不能出现一扇破窗子，因为只要有一扇破窗子在那里，就会有更多的破窗子出现，所以纽约治理得很好，很干净，空气也非常好，天很蓝。我问他："修窗子的钱谁出呢？"

"自己家的自己出，公共的就是政府出了。"他说。所以当我带他到我们附近一个城中村里买新手机卡的时候，看到巷子里泥乎乎的路面和随处可见的垃圾觉得更加触目。

回到屋里继续聊。他不信教，也不支持美国出兵中东，说："美国打伊拉克其实是个人恩怨。我还听说美国登月也是假的，以及美国探测外太空的大多数活动，都是为了寻找外星人。”——这都是美国人自己说的。

我说：“有你这些看法的人在美国是多数呢，还是少数？”

他说：“美国中西部有些人，非常保守，非常爱国，很强硬，这种人在总人口中还是占大多数，可是在东西海岸地区，较多接触外界信息的地方，人们大都反对战争，在我的朋友圈子里，有我这种想法的人是多数。”

在中国很多人精神日渐苦闷而找不到出路，越来越多人转向宗教，认为只有信仰才能让人幸福，在这样的情势下，我替很多人向他提出一个问题：“如何才能幸福？”

他对这个问题显然早已有自己的答案，不费劲地回答：“了解你自己。”

这好像是苏格拉底的话了，可是了解自己谈何容易？

我问他：“你了解你自己吗？”

他说：“比较了解。”

我问：“那你一定知道自己的优点和缺点了？”

他说：“是的，我知道我的缺点，有些与生俱来的东西难以改变，比如，我是一名种族主义者。”

“哦，是吗？”我有点吃惊地问。

他说：“我从小长大的地方没有什么黑人，所以现在见了黑人心里还会有一种感觉，我知道这个不对，所以我就控制自己的情绪，努力忽视这种感觉，表现出好像没这回事一样。”

我问：“那其他人……比如黑人，能感受到你的这种‘感觉’吗？”

他说：“感受不到。”

我问：“美国有没有白人，完全不把黑人当‘黑人’看待，只把他们当美国人看待呢？”

他说：“有的，如果你家附近有很多黑人的话。”

他说：“各个种族的人都有多年形成的特点，这区别无法消除，所以要只看人，完全不看种族区别，短时间内是不可能实现的。”

我想，如果这就是美国的种族歧视，那也是一种相当温和的种族歧视。

他问我：“中国有种族歧视吗？”

我说：“没有，因为中国没有其他种族（就算有，也构不成力量对比）。”

他点头称是，问我：“那中国有歧视吗？”

我说：“有，歧视穷人。绝大多数人都讨厌穷人，而且绝没有控制自己这种情绪的打算。”

终于又绕回“幸福”问题上来了。我问他：“你想当个有钱人吗？”

他想了想，回答是好像也不想，他认为钱够一定标准就行了，可以干干自己喜欢做的事，可以出去旅行，经济上不要太窘迫。

我问他：“这个标准是多少？”

他说：“一个四口之家大概一年七八万美元吧。”

如果这是美国人幸福的经济标杆，那对于美国人来说要想实现它并不难。我们继续前面的话题，他认为幸福是了解自己，他自己有时候就感到幸福，因为能体验到在世界有规律的运转中，自己是其中的一个参与者。——这个境界不低吧，我也不知道他在美国人中是不是也算少见的，是不是也跟他研究过大量的哲学有关。

他说："钱并不能改变你，它只能放大你，就像比尔·盖茨，如果他没有那么多钱，他也会去做慈善，如果你是一个坏人，钱多只能让你做更大的坏事。"

言之有理，我点头称是。"或者幸福也是被别人需要？"我说。

他想了想，说也不只是需要："还有爱别人和被别人爱吧。"

还是从他"了解自己"的点说下去，他说："正因为了解自己，我不在乎别人如何看自己，不在乎自己的'名声'，比如要穿名牌啊什么的。"

我说："中国人最在乎这个了。"

他说："美国有一句俗话，'认识你的不在乎，不认识你的不关心'，就是指这方面的事。"但他也买名牌，只不过是看重名牌的质量，并且都是在名牌大打折扣的时候买，比如有时买打折的阿玛尼的长裤——我插问："多少钱？""三十美元。"在中国，这个价钱可能连假的都买不到。

但是我说："比如你穿了一件一千美元的衣服，尽管外表看不出，也会让你更自信吧？"

他非常同意，说："贵衣服的确给人带来自信，哪怕这贵衣服看着跟地摊货一样，的确是这样。如果你要去应聘或参加正式活动的时候，最好穿贵一点的衣服，以表示对别人的尊重。"

他向我描述了在加州大学的生活，住九平米一间的大学宿舍，吃的差不多都是速冻食品，只会用微波炉热东西，收入每月一千六百美元左右，这比普通的博士还算多一点。由于加入了家庭的话费套餐，他一个月的手机费只有七八美元，差不多可以无限制地打，因为同网内的通话都是免费的。他一个月花不了多少钱，但独爱旅游，五年内没出门玩，这一次周游世界，就是用这五年攒的钱。唯一算是享受的东西是经常去喝星巴克的咖啡，一杯两美元。他刚才在外面转的时候，走累了，决定犒劳自己一下，就进了星巴克的店，咖啡的确跟美国的味道一模一样，可是价钱是二十五元人民币，合美元三块五毛，比美国贵了近一倍。他还专门拍了这杯咖啡的照片，以示纪念。他还跟我说，在美国的星巴克再要第二杯是五十美分！

我问他："那会不会有人带着一个空杯子去，专门喝那五十美分的'第二杯'呢？"

他会心地笑了，说："一般没人这么干，因为第一杯两美元也不算贵，并且真的去要第二杯的人也不多，因为那杯很大，一升左右，一般人也喝不了那么多。"

我问："有人带个空杯子进去星巴克管不管？"

他说："没有人检查你的包，并且就算你带个空杯子进去，也很正常啊，因为星巴克有很多分店，你从一个分店拿着杯子边走边喝，到第二个店里，也算第二杯的。"——所以是，见杯子就算第二杯。

他说美国商业的服务太好了，和上面说的邮政一样，好到让人难以置信。无理由退货，这个我们都有所耳闻了。他自己带着一个充气睡垫，走到土耳其的时候，发现气垫漏气了，就打电话到美国的商店，商店当时就把钱退到他信用卡上了，连东西也不要求他寄回去——他也没法寄。没办法，因为竞争太激烈了，你的服务不好，就活不下去。然后说到他旅行到了东欧和中亚的时候，商业服务开始变坏，服务员态度很差，他说因为过去的国有体制形成人们不关心自己服务质量的习惯——就是这个理。

我那几天正看《社交网络》这个电影，就跟他聊起了这些IT巨富们。我说："马克·扎克伯格一下子挣了二百五十亿美元，这让那些辛辛苦苦打球的明星的努力显得毫无意义。"

他说："有些IT富豪，的确只是在正确的时间出现在了正确的地方，可有些也的确是天才。"

我说："他们有的更应该算是商业天才吧。"

他说："是，不过，"他提示我，"看看那些人做出的产品，全世界各地到处在用，影响力确实很大，而且美国最大的好处，就是保护创造性劳动，只要你有创新的地方，专利就会极其严格地保护你，没有任何人可以侵犯你的利益，所以也可以制造出这些富豪。美国非常看重人的创造性，所有的学校教育也在培养这一点。我所在的大学其实有百分之四十的学生是从中国来的！"

"真的吗？"我很惊讶，"那快成了你是外国学生了。"

"是啊。"他说，"中国学生在课堂上几乎从不提问，并且组织辩论也辩不起来，因为辩论是你要自己相信你的观点，可是中国学生好像也没什么坚持的观点。"他又说，"其实美国全社会都是建立在对个人主义的扶持之上的。"

我说："在中国你要是与众不同有时候是不安全的，因为人们会在你背后指指点点，说你的不是，最后把你孤立起来。"

他说："听说是这样的。"

我说："美国人既非常强调个人的价值，又有很好的合作精神，能做出很多大工程。你们是怎么解决个人和集体的冲突呢？"

他寻思了一下，答案是："尊重每一个人。这样，集体和个人都能得到最大的好处。"——我认为说得很好。

然后说到了"领导"的问题，此君可能也看过不少管理的书，他说："一个好的领导就是自己不要限定什么，让大家都提方案，最后选择最好的，如果只顾让下属执行自己的意见，认为自己比所有人都厉害，那就错了。而一个最好的领导就是能让自己没有必要存在的领导。”也就是说此领导把机构弄得运转自如，不需要他都行，这是高水平的管理艺术，不过搞笑的是，能把自己弄得没必要存在的领导往往是最贵的。美国人习惯对大多数人称名，不称姓，大多数公司老板和员工之间是这样，他对自己的导师和教授也只称名。一问之下，原来他的导师曾经获得过2009年的诺贝尔化学奖。我说："中国的研究生一般把导师叫'老板'。"

他笑着说："是的是的，导师在一定意义上也是老板，因为要去争取项目，美国也有类似于中国的学术体制，并且也会把研究生当廉价劳动力用，可那绝不是好的导师。好的导师是启发你做出属于自己的创新的东西。本来博士制度的设定就是为了鼓励学术创新。"

他智商不低，说是当年谷歌公司到他们大学去招聘，出了一道题目，答出来的才可以去面试。他答出来了，不过搞IT并不是他的方向。他说他旅行完了也不想再做研究，可能会做跟学术有关的商业吧。我说你可以去写科普文章，他说那的确是一个好主意。

这位美国博士来的第二天正好赶上冬至，我心想，这回吃饺子可是名正言顺的了，并且可以对老外进行爱中国主义教育。他晚上回来后，我们就一块聊着天做饭。我们说到了小孩教育的问题。我说，听说美国家长对犯错小孩的惩罚是到小黑屋禁闭几十分钟或几个小时。"黑屋子？"他吃惊地说，"不可能啊！通常只是让小孩子回自己的屋子，不许出来。"

我说："前一段时间美国有一个'虎妈'。"

他笑了，说："亚裔在美国一贯以对小孩子严厉闻名，美国'占领华尔街'运动时，很多标语牌上写着'我们是99%'，意思是钱都让那1%的富人拿走了。有的标语牌上就画一个中国妈妈，训斥自己的孩子'你为什么不是那1%'？"他说得哈哈大笑，我也觉得蛮可乐的。

他问我："中国的人口什么时候增加到这个程度的？"

我说："大约是六七十年代。"

他问："为什么？"

我说："那个时候什么都由国家负担，工人生的小孩子上学、看病都是免费，成本很低，所以我们那一代人家里有五六个小孩不稀罕的。而农村是另一回事，因为农田不属于个人，一个村子的土地到一定时候重新划分，你家人口多，分的地也能多，并且劳动力也多。"

他点头表示同意。

我说："并且农村的老年人没有养老金，就要指望孩子养老，所以必须生一个儿子，对于中国人来说，生孩子某种程度上相当于是一种投资。"

他说："美国人不会把生孩子当成一项投资的。"

我问他："家里的情况怎么样？"

他说："我父亲曾经是军人，所以现在养老金有保障，看病也是全额报销。"

我问他："你爸爸原来在军队里做什么？

他说："飞行员，开侦察机的。"

我开玩笑地说："U2？"

他笑着说："不是不是，是一种低空的，也上过越南战场。"

"危险吗？"我问。

"相当危险，所以我爸爸在家里从来不说越南的事。"

扯远了，说回家庭。他说："我父母说过，不愿成为儿女们的负担。"——我认为中国的父母也是这样想的，可很多时候腰杆硬不起来。我问："你会对你的父母报有感激之情吗？"

"为什么？"他问。

“因为他们带给了你生命。”我说。

他眼睛睁得大大的，开始教育起我来了，说：“我不会因为父母给了我生命就感激他们，首先是因为他们也从他们的父母那儿得到了生命。第二是，我的生命不是我选择的，是他们给我的，什么人愿意给你东西，你就一点不欠他们的！不欠。”

这跟那个瑞典博士生极端分子有一比了，但美国博士更直接，更理直气壮，好像这也是他们社会的共识，他这样说没有一点心理上的负担。我说：“如果在中国你说这样的话，你会被认为是一个坏儿子。”

他笑着说：“可能是的。”

我问他：“圣诞节一般都回父母家吗？因为我听说美国人‘过年’也团聚的，也有‘春运’。”

他说：“不是必须要回的，我去年就在姐姐家过的圣诞，今年，这不，出来旅行了。”

饺子快出锅了。他问我中国有什么特别的风俗没有。我说没有太多的讲究，然后指着饺子给他说：“这就是剩下来的一些风俗。”给他解释，今天是白天最短的一天，中国很多人在这一天吃饺子。他很开心能参与这样的民俗，拿着照相机拍了好几张。我们吃着饺子，喝着白酒，他问我中国人怎么说“yes”。他知道“yes”应该是“是”，可是出去从没有听人说过“是”。我说：“我们一般说‘对’，或者‘好’，不太说‘是’。”他问为什么，我说：“类似于‘Yes,Sir’，说‘是’给人感觉像服从别人的命令。”

他学了半天“对……”我又教给他：“当别人请你吃什么东西或给你什么馈赠时，首先应该拒绝，这是中国式的礼貌，如果别人请你好几次，这才是他真心要给你。”他大概没经历过这种事，说他想要第一次就说同意，不想要拒绝之后人家就不再坚持，这是美国人的习惯。——老外这个“毛病”我感受过多次。我说：“如果你第一次就同意，显得有些贪心，所以要拒绝几次。”

他现学现用，指着盘子里的最后一个饺子问我：“这最后一个你吃不吃？”

我说：“不吃。”并教他，“这第一次是礼貌。”

然后他又问我：“吃不吃？”

我说：“不吃。”

他好像得到了准确的信息，高兴地把那个饺子夹过去吃了。

我开玩笑：“这第二次还是礼貌。”他也笑了。我说：“现在的年轻人有时候也不管这些，想要就要，不客气的。”

与欧洲人相比，美国人更放松，也爱说话，抑扬顿挫，好像时时都在发表演讲，面部表情丰富，把心里一点点想法都放大数倍到脸上了。不像中国人，属保温瓶的，最大限度地把口扎住。我觉得绝大多数美国人，一生都没有做过多少皱眉事、违心事，或者说没吃过什么亏，才能这么把自己打开给外部世界，毫不掩饰。我问他：“你一辈子见过什么坏人没有？”他说：“有啊，我爷爷就被一个坏人上门骗了不少钱，可我终究也没见过那人。”

我问：“那平时有没有粗鲁的，不尊重别人的人呢？”

他说：“也有啊，不过也不多吧。”

我们谈美国政府，以及最近西方的金融危机。按他的说法，问题很严重，比如，和希腊一样，加州已经接近于破产了，因为花的钱比收入多。政治家为了当选，就许了好多愿，而通常都是公务员，像教师、政府工作人员、警察、消防队员这些人得到好处，可是最后发现钱不够花了。我说：“是施瓦辛格吗？”

他说："不光是施瓦辛格一个人这么干。导致问题更严重的是公务员工会的存在。"

他说："公务员有工会的坏处是一旦要求加薪，就是拿人民当了人质，'……否则我就不救火，不扫垃圾，不维持治安'。加州在美国的情况还比较特殊，加州的公务员收入很高，大约是民营公司职员的两三倍之多！"

"这么多！"我问，"加州的女孩是不是也抢着跟公务员结婚呢？"

他说："也不尽然了。"

我想到一个问题："这么说当选政治家的许诺都兑现了？"不然哪来的高支出。

他说："是的。"

我说："那难道就要一直执行这个政策直到这拨人退休？不能说我们现在困难，政策得改一改？"

他想了想说："好像也不行。"

我问他："想不想从政，竞选参议员什么的？"

他摇着头说不想不想。

我说："美国参议员好像权力很大啊？可是好像也仅限于在国会里，参议员可以随便解雇人吗？"

他说："参议员大概可以解雇自己的助理，解雇别人就不行了。"

我问："可以开除学校的教师吗？"

他说："没有任何一个学校会让参议员跑过来开除里边的教师。"

我问："总统也没这个权力吧？"

他说："没有，总统可能只能开除白宫的工作人员。"

我说："好像总统只有权力管白宫这家'公司'的人。"

他说："差不多就是这样，不过政治家对于国家大事的影响力和决断力是非常非常大的。"这些情况我也大约知道，是为美国的"自治"——从他这儿证实一下。我问他："美国有腐败吗？"

他说："也有。可情况是这样，一旦你被人发现，就玩完了。"

他走了大半个地球，得出的结论是世界上哪儿的人都一样，基本的需要都是一样的。这个不用他多说。我一直认为美国人和英国人极为类似，他说其实还是有很多不同，他还是把英国人当外国人看。美国人都说法国人粗鲁，可是他到法国一看，人民也很友善。他白天去兵马俑玩，说又听到了熟悉的英语。我问："在外国见到你的同胞，你会怎么办？"他说："我一般是躲着走。"

——这可有趣了，怎么跟不少中国人的行为一样。为什么要躲着走呢？他说也是不想说太多话，挺麻烦的。他给我看一路走来拍的照片，像我开头说的，这些照片水平很高。我看到了风光如画的匈牙利和克罗地亚，罗马尼亚那紧挨着美丽城市但却污染严重的油田，一派古风的土耳其，和矗立在破败的草原木屋中间高大的清真寺。他说："进入东欧，尤其是中亚，感觉人们开始变得忧郁。"他做出一副哭丧脸的样子。

我说："跟其他国家人相比，美国人看上去老是很快乐。"

他想了想，承认这一点。他说在兰州看到大学生，也是一副忧郁的样子，走路都低着头。我说跟男生相比，女大学生快乐多了。他说的确是这样。我看到他在兰州拍的那些在街边下棋的中年人的侧面照片，想对他说"茫然"这个词，可是又想不起来应该怎么说，只好说："这个人的眼神不聚焦。"我想这应该也就是"茫然"的物理描述。他说是的。

大家知道世界上大多数国家对美国人是免签证的，所以他们环球旅行很容易。这位博士说，只是到了东欧，才开始需要办理签证，一般是进入下一个国家之前，在边境就可以办，基本上也没遇到什么困难。可是在从哈萨克斯坦进入中国时，在当地的中国领馆一开始还是被拒，后来是找了一家“中介”多掏了点钱才解决了。中国对美国人签证的费用，和阿塞拜疆并列最高，是一百五十美元，第二名是印度，一百四十美元。博士倒是体贴人情，说中国人和印度人去申请美国签证的时候也是很贵的，所以中国和印度就对美国人也要高价，至于没有什么看头的弹丸之地阿塞拜疆为什么这么贵，他就不得而知了，好像是一个又小又旧的公园，成心要把游人拒之门外似的。

我们花了不少时间讨论美国为什么成为超级大国。但是，令我失望的是，对于我提出的文化和宗教原因，他倒并不认可，后面我们又探讨宗教和世界观，我发现他比中国人还要唯物主义。

我说：“现在世界最富的国家都是基督教国家，现代民主是从基督教中得到精神启发的。”

他说：“是的，基督教告诉人们，每个人在上帝面前都是平等的。不过西方民主的起源希腊，就跟基督教没关系啊，后来的西方国家主要都是从古罗马起源的，所以因为这个它们都是基督教国家。阿尔巴尼亚也信基督教，可是很穷。”（后来证明美国博士也并不是一个历史专家，因为阿尔巴尼亚并不是一个基督教国家，我们后来发过短信，他说他想说的可能是塞尔维亚或波斯尼亚——可是后者也不能算新教国家。）

我提出一个问题：“为什么美国人说英语呢？”

他说：“一开始移民去美国的主要是英国人。”

我说：“也有德国人法国人啊，为什么英语最后成为全美国的语言呢？”

他说：“因为当初美国是以英国的十三个殖民地为核心建立的。”

我问：“为什么英语又能成为世界语言呢？”

他说：“是因为19世纪英国人就到了很多地方。”

我说：“西班牙、葡萄牙和法国也有很多殖民地，可为什么那些语言没有胜过英语呢？美国为什么能这么富呢？”

他说：“有运气的成分，北美大陆的资源太丰富了。”

我说：“巴西的资源也很丰富啊，可为什么巴西没有发明互联网？”

他是一个无神论者，他说：“宗教的起源是因为人们习惯于给一切现象都标上‘它为什么要发生’，诸如刮风下雨生老病死，都会认为是上帝在操控一切，要找出每一件事的目的性，可是事物就是因为它本身才存在，并不需要什么目的性。”

“那世界为什么产生了人，产生了智慧呢？”

他说：“一种统治地球的物种是需要智慧的。”

我说：“如果没有人的感知，宇宙就不存在了，所以为了存在起见，宇宙一定要创造出智慧来。”

我向他贩卖“美国精神之父”爱默生的言论：星星的美，只有因为你的感知才存在，罗马皇帝们，也只因为你读了历史才活过，所以你比一切伟大都伟大。

他说是啊，指着我桌上的搪瓷茶杯说：“就像色盲的人，把这个红杯子看成绿色——”我打断他说：“这个杯子是绿的。”他一怔，用力眨眨眼睛。我笑了，说：“开个玩笑。”他又挤眉弄眼一番，继续说：“不同人眼中的世界的确不同，但我认为不至于不同到有太大区别，你所能感知的，别人同样能感知，说明客观世界是不依赖你而存在的。”——是啊，可能只需要一些很小的例子，唯物主义都就能轻易打败唯心主义者。

其实探讨这个也没有太大价值了，我们都不是哲学家，所说也难免肤浅和感性，没有多少可资参考的意义。但他也承认，超级唯心主义的《黑客帝国》是很酷的电影。

不过好在他还认为私有财产对于个人很重要。如果再连这一点都不相信，恐怕我只能认为他在美国人中也是一个另类了。他问我："听说中国人买的房子只有七十年的产权？"

我说："一点没错。"

他问："那七十年后会发生什么事呢？"

我反问他："如果在美国买的高层楼房里的公寓，楼房寿命到了，买房的人怎么办？"

他直挠头，说："还真不知道会怎么样。"

我说："是啊，对于美国的独栋房屋来说，坏了你自己修就是，可是高层里的公寓呢，大多数人可能还没遇到楼的寿命到了的情况。纽约帝国大厦快一百年了吧，不是还好好的呢？"

他说："是啊，帝国大厦很结实，好像还能用个一千年似的。"

"所以，"我对他说，"中国的情况也一样，答案是，没人知道会怎样。"

其实这个问题我曾经写邮件问过那位在新西兰房地产公司工作的美国女孩，几封邮件来往，最后好像也没说清楚。她说，大多数新西兰人没遇到公寓寿命到了的情况，如果那情况发生，以她的理解，可能会有一个老板来把这栋楼买下，然后重建。不过，以什么价格买，这个关键的问题，她并没有说。

我看这位博士的姓有点像德国姓，就问他们家是在欧洲哪里，结果他爷爷的父亲还真是从德国去的美国。我问他："你现在还对德国有感情吗？性格里还有属于德国的东西吗？”

他说：“可能会有一点点‘德国’吧，但其实是完完全全的美国人，绝对不会认自己是德国人。”

我问：“二战时美国打败了德国，你对这个结果会有特殊的感受吗？”

他说：“完全没有，德国干了坏事，应该被打击。”并且他告诉我，他去德国发现德国人羞于提起二战，认为自己真的做错了，并且“爱国主义”在德国差不多成了一件令人难以启齿的事，德国人节日很少挂国旗。我说这对于一个国家来说，真是令人难过。

他要走的时候，我又想起换硬币这档子事来了。因为很想看看美元的硬币是什么样。正好他身上带着不少硬币，还有沿路留下的一些国家的硬币。他给我挑出四个美元硬币。给我说，二十五美分是最常用的，过去二十五美分全美国都是一样的，后来给各州铸了各自的二十五美分。给我的这两枚，正好一老一新，新的那枚是亚利桑那州的，上面有“大峡谷”和仙人掌的图像。我看其他那两枚，一大一小，“一角钱”居然比“五分钱”小好多，我说：“怎么这个好像大小相反了？”

他笑着说：“美国的硬币是有问题，一角钱应该是比五分钱大才对。”

“有一句美国的俗话，”他给我兴致盎然地说，“‘我是一堆五分钱里的那个一毛’，就是说，别看我个儿小，不起眼，可我比你们值钱！”有意思，美国人嘴上真是永远不服软啊。

我说，我给你人民币吧，就给他五块钱，他接过去揣起来。

德国：
高福利政策，迟早会出问题

从没想过能从这个德国人嘴里问出这么多话来。

这让我觉得和中国人最有默契的是德国人，每每我说到一半，他就明白我的意思。从照片上看，这是一个长头发大胡子的强壮白人，真人剃短了头发，胡须也只长出些许，一下子显得颇为清瘦。眼睛藏在近视镜后，有时透出几分无助。没有英美人的那种气势，动作略带些笨拙和拘谨。跟他谈话，像是在高原烧开水，需要费一点力烧，沸腾后却又往往很快凉下去，差不多隔一会儿就一个小小的冷场，彼此的眼睛无处可放，只好随便盯着房间的某处。

但可以感到他的真实，只要把他那壶水烧开，他就透出了小孩般的本相，手舞足蹈，毫不掩饰——马上又有点像犯了错一样低沉了，似乎等待着老师的惩罚。他又很体贴别人，十分周到，一点亏都不会让你吃。加上他一开始给我带来了捷克的啤酒和瑞士的巧克力，我更觉得应该好好招待他，像对待体弱又乖巧的小孩一样。

就是这么一个让你打消一切戒心的亲切的三十八岁的小孩。

他在德国的一家体育通讯社工作，地点在汉堡。他的主项是足球和冬季运动。说到体育记者我可不陌生，以前工作过的报社多的是。

有时候他们就在办公室里看电视报道比赛。他也是。不同的是，德国的付费电视每轮可以点播看到德甲或欧洲冠军联赛的所有比赛，这个比我们先进。到了比赛的时候，他们办公室三十几位体育记者就各自猫在自己的桌前看电视。当然也要去现场报道，可是他说冬天他极不愿意去现场看球，因为“太冷了”。

说到冷我突然想到前一阵看过的一个有趣的帖子，说世界上只有中国人和朝鲜人穿“秋裤”，并且“秋裤”是俄国人发明出来弱化中朝人民的抗寒能力的，加上过去看过的“时尚杂志女主编命令编辑们不准穿‘秋裤’”的文章，我真有点相信老外冬天也是只穿单裤的了，于是问他这个情况。他呵呵笑，掀起牛仔裤腿让我看，里面虽不是我们的针织“秋裤”，但的确是一条可以御寒的衬裤，跟我们的“绒裤”差不多。“德国人当然也穿‘秋裤’。”他说。

我说：“你们到处都有暖气，出门可以坐车，真有必要穿衬裤吗？”

他说：“以我为例，出去采访经常要在室外走来走去，冬天只穿单裤，怎么受得了？”

我又想起另一个“流言”，我对好多年前电视上采访中国男足的德国教练施拉普纳的一个节目印象极深，施大爷在德国的家里把猪肉馅加上点作料然后就用勺舀着生吃。我问他：“德国人是不是都吃生猪肉馅？”

他忍俊不禁，说：“施拉普纳是一个疯狂的人，老干一些疯狂的事。我从来没见过另一个德国人生吃猪肉馅的。”

“这个流言也终结了？”我请他下结论。

“是的，终结了。”他说。

他做体育记者其实只有一年，之前做了十几年的财经记者，因为实在不想成天跟数字打交道了，就转了行。钱少赚了很多，不过终于做上了他非常喜欢的事情。中国倒是体育记者开始转行干娱乐和社会新闻了，不知道有哪个财经记者转到体育界的。他出生在德国南部的山区，父母现在还生活在那里，冬天山区里到处是雪，他小时候就整天滑雪玩。他说就是因为小时候在山区里冻得多了，所以他反而受不了冬天在体育场报道足球的冷。一到年末，欧洲的联赛除了英超都进入“冬歇期”了，他就趁这个时候到热带旅游。很多德国人爱到西班牙和葡萄牙过冬，德国的流浪汉也是。这个季节你能在南欧看见不少德国的无家可归者。

因为他是滑雪好手，又是报道滑雪的记者，我就问他：“在山区的人是不是只要准备一副雪板就可以到处滑了？”

他说：“不是的，自然的雪地因为太松，你会陷进去，所以是不适合滑雪的，除非是坡度很大的那种‘极限滑雪’。雪地都要人工压实后才好滑，所以我小时候在家里时也是去雪场滑的。”

我问：“那么说雪板发明之前就有‘压实’的人工雪场了？”

他说：“雪板可能更是为了在雪地行走而发明的。”——原来如此。

聊到滑雪的时候，正好电视里播中国运动员进行雪上运动，他看到“冬季两项”时，就问我：“中国也有这个比赛？”

到了“高台跳雪”，更为惊讶。下一个报道是“冰壶”，简直让他难以置信了，“中国人也玩这么罕见的东西？”

我说这两天中国正开全国“冬运会”。——这才打消了他的疑虑。他说德国人很喜欢冰雪运动，他们通讯社有大量冰雪运动的报道。“德国人最喜欢的运动是什么？”我问他。

“足球！”他回答。

我说："中国人最喜欢的是欧洲足球和美国篮球，我自己也是。德国人也看NBA吧。"我又问他。

可是，得到的回答却让我难以相信，原来德国人根本不看NBA！电视里的体育新闻都不报道，报纸上几乎只字不提，除了卫星电视能看到CNN里的NBA新闻，其他频道全年几乎连一分钟的NBA都不会有。怎么会这样？我实在没想到。他说他自己大概只知道乔丹和诺维斯基，乔丹是因为卖衣服卖鞋的广告很多，诺维斯基是德国人，可能有时候媒体会偶尔提到一下，其他NBA球星，这个德国体育通讯社的记者居然一概不知。这在中国实在是不可想象。我问他："你真的不知道科比是谁？"

他老老实实地说："真不知道，他是谁？"

我给他补了补课，介绍了一下这个我认为是世界上最有影响力、最成功的体育联赛以及乔丹之后最伟大的篮球运动员。同时疑惑也并未完全打消。我问："你们也打篮球吧？"

他说："是啊。"

我说："那难道就不想看看世界最高水平的篮球比赛？"

他问我："中国人也滑雪吧？"

我说："滑。"

他接着问："那中国人知道世界上滑雪水平最高的前几名选手吗？"

我说："当然不知道。"

"那就是了。"他说，又补充道，"英国人玩的板球，中国转播吗？"

我说："当然不。"

他继续自己的论证："跟板球一样，NBA也不过是美国人自己玩的东西。”

话虽如此，我还是不能相信德国人连“冰壶”都看，居然不看NBA。他说欧洲其他国家的情况也差不多。看来如果情况真如他所说，中国就不是NBA“越来越重要”的海外市场，而是NBA“唯一重要的”海外市场了。这里面除了有中国人特别喜欢篮球外，还有很多是冲着姚明在美国的成功去的，也就是说，对这部分“球迷”来说，他们其实不是对篮球着迷，而是对美国着迷，对美国看得起中国人而着迷。他们通讯社的报道，奥运会是一大重点，到了奥运会，所有德国人都极度关注国家队的比赛，只有这个时候，电视里才转播几场有诺维斯基参加的篮球赛，而不管哪个选手得到了金牌，都会一举成名，成为国家英雄，成为人们崇拜的偶像。但是，跟中国的情形不同，德国人在这些选手得到金牌之前根本不理他们，政府也不投钱，就任其自我训练，自生自灭。我问：“德国人是有意不用纳税人的钱投入体育，认为这是浪费钱吗？”

他说：“是的，的确如此。”

这也回答了我的一个疑问——原来，德国人是有意忽视自己的运动员。

他说：“德国有世界上最好的乒乓球运动员，可是全是自己一个人，找教练，找赞助……”这个不用多说，我们都知道。

我说：“中国国家乒乓球队大概有几百人，还有上千人为他们服务，专门有人模仿包括德国选手在内的世界高手当陪练。”他呵呵直乐。我说：“还有各级的体育局，中国人在体育上花了很多钱。”

我说：“那么对于德国运动员来说，全要靠自己，更辛苦，也许需要更强的意志力和兴趣心。”

他说：“没错。”

我说："对于中国运动员来说，很多只是从事一项职业，本人有的并无兴趣，前不久还有一个滑冰的选手和教练打架了，两只手都缠满了绑带。"他呵呵笑之余表示理解。

因为是专家在眼前，所以我就跟他多聊了一点体育，弄清了不少问题。我说："世界上最好的足球联赛是英超，德甲请不到大牌明星，西甲花的钱太多了，简直是在自杀。"

他说："这几个联赛有着本质的不同。德国人认为足球是属于球迷的，所以不对资本开放，不管谁再有钱，也不允许向俱乐部注资，所以德国球队没钱，买不起大牌球员。英超是开放的，全世界的有钱人都到英国买球队。西甲的情况是，巴塞罗那所在的加泰罗尼亚地区长期以来有脱离西班牙的意愿，所以巴塞罗那和皇马之间的争斗带上了政治色彩，为了打败对方，都要拼命买好球员。而西甲也是不开放的联赛，收入除了球迷贡献的外，再就是政府出资。"——我原来也看过这样的文章，只是没深究过。

他说："最后这政府出资都转移成当地百姓身上的负担了，可是百姓愿意。"

我问："就是说哪怕失业率升高，税加重，球迷也愿意？"

他说："一点没错。没有一支足球队是挣钱的。"

"曼联也是？"我问。

他说："曼联只是在某些年份挣钱，整体上还是亏损的。"真是提纲挈领，把事情说得很清楚。

因为是属于球迷的，所以德甲的票便宜，他说一般的门票也就是二十欧元。我给他说前一阵有一个英国木匠说英超切尔西的球票是六十英镑。

他很明晰地总结出了欧洲三个足球联赛的不同，我看正好是三种人或说三种文化的不同。英国人开放而谋实利，德国人保守而忠诚，西班牙人总是感情用事。我问他：“德国球员的球衣背后，是几大联赛里唯一把球队名字写在上面，球员名字写在下面的，这是不是说明德国人更强调集体？”

他承认得不是很痛快，支支吾吾。

我说：“德国大概不是完全的自由市场经济。”

他说是的，并给我举例，德国的名牌汽车，主要在巴伐利亚州生产，巴伐利亚州就规定，绝不许它们把工厂开到外国去。这就造成了德国车的成本高。

我说：“这也正好保证了德国车的品质。这段时间电视里成天说欧元区要崩盘的事，然后又成天说德国经济是最好的，就是因为制造业发达。”

他说：“德国也就靠着卖车，别的也不行了。要是没有汽车业，德国也早出现危机了。现在的人们不像从前那么努力工作，越来越懒。”——他有点不好意思地承认，自己也是比较“懒”的人之一。

接下去说到了德国的福利，真是有点让我目瞪口呆。原来德国的福利比起瑞典来，也完全不在话下。

我前文说，那个瑞典博士生说国家每月给每个瑞典小孩发一百欧元，现在才知道德国是发三百欧元。瑞典人没工作时每月可以领五百欧元，德国可以领四百欧元，并且加上一处免费的房屋。具体操作如下：你失业后自己去找房子，看过满意后，跟房东谈好价，OK，房东转身就找政府要钱去了——政府全报销。房东往往还愿意租给这些“贫困人口”，因为去政府领钱不打绊子。当然了，有一定的标准，不能是太贵的房子。一般这样的房租金在四百欧元左右，这样，等于每月从国家那儿可以领八百欧元，远超瑞典。德国的最低工资，算下来只比这个失业福利高一点点，所以，有很多人选择去吃救济，真是一点不奇怪。对于一个女性来说，多生孩子简直成了致富最简单的办法，只要家里有三四个小孩子，加上自己的救济，每月就有几千欧元，过得很滋润。

说这些的时候，德国体育记者是又无奈，又愤懑，我看也许多少有一点嫉妒。他说："德国的高素质人口不愿意生孩子，低素质的人口越来越多。"

我问他："领福利的人大概有多少呢？"

他说："有百分之十左右。德国现在的人口是八千五百万，已经太多了！"

我说："人口的增加是因为移民还是因为本地人生得多？"

他说："都有。"

最近我们也都有看过新闻，说德国反移民的倾向又出来了，总之移民在德国似乎是个敏感的话题。可事实上德国远比我们想的要多元得多。他说："在大街上随时可以看见阿拉伯人和土耳其人。德国政府不愿严控移民的增加，因为那可能让德国的'开放'形象受损。"

当然了，领福利也不是什么光彩的事，他说："我绝对不会去过那种生活。但是领福利实在是太容易了，有时候是一种很大的诱惑。你只要去政府办公室，填填表就行了。按规定你的存款不能超过一定数额，可是把自己户头的钱全取出来还不容易？人家一查，我户头上是零，可谁知道我家里还藏着一堆现金和首饰？还有，政府给你推荐的工作你得去，否则就是有意不工作了，但是去了，干几天再出来，政府也不能把你怎么样，有些人只是去工作地点照个面就回来，反正有笔记录就行了。"

但是，终究有一些人最后被福利制度踢了出来，成为无家可归者。说实话，有时候我无法理解，欧美都这么富了，街上还有好多无家可归者，经过他这么一番解释算是多少明白点了。他说："很多人是酗酒，还有很多人是真的想自由自在，无拘无束，然后就是那些被福利制度踢出来的人。"

我再帮他分析，这是因为西方人独立，不愿意求助家庭，他点头称是。

他问我："中国为什么倒没见到那么多无家可归者？"

我自己一琢磨，给了他答案："中国有收容制度。"（现在是"救助"制度了）他恍然顿悟的样子。

他说："我在日本也见到无家可归者，与德国不同，德国的大多是有酗酒问题，日本的则是衣冠整齐，睡在纸箱子里，早上起来还刷牙洗脸。但日本人失业了什么救济也没有。"

"真的吗？"我问。

"这个我知道得很确实，是这样的。"他强调地说。

不过我们也谈到日本企业轻易不解雇员工。他问我："中国有失业救济吗？"

我说："有些人有一点点，但相对于全体民众来说，可以忽略不计，因此答案是没有。"

"失业了怎么办？"他问。

我说："首先是政府部门的人一般永远不会失业，民营企业的人失业了，只有尽快找工作喽……"

我谈到之前那位瑞典博士生说的瑞典福利，德国老兄说："瑞典的福利十年前很高，可后来几乎破产（他幸灾乐祸地笑），然后就大幅削减了。现在德国是欧洲福利最好的国家。"可是正如他说的，现在领福利的人太多，早晚德国也会出问题。

我说："这样岂不是政府在鼓励人们当懒人，当穷人吗？"

他说："现状的确是这样的。不管是左翼还是右翼的政党，都要讨好老百姓，尤其是关于穷人多生孩子的问题，左翼的党要保障穷人的福利，右翼的党出于宗教传统也不会推出'计划生育'政策。所以德国需要一个'第三党'，来指出问题和告诫社会。"

关于福利再说一条，他说他在卡塔尔和阿联酋沙发游的时候，得知那儿占人口百分之四十的"本地人"，全靠国家发钱，过得很舒服，基本都不工作，成天就是赛马玩鹰。工作的都是印度和巴基斯坦劳工。街上开公共汽车和坐公共汽车的也都是外国劳工，本地人几乎没坐过公交车。而且，每年"本地人"还可以向政府要求实现一个"愿望"，比如，要一辆汽车，或是相当于这样一个数额的东西。我们都知道中东富，可是以前不明白中东普通人是怎么个富法。原来如此！我悲哀地发现，中东人靠福利满足梦想，大多数的中国人，连福利的梦都不会做。

一说起德国或者欧洲的"右翼"政党，我们总是觉得有点担心，好像他们总是要做一些不好的事。这也许是我们太陌生的原因吧，因为我们在自己的生活中从来没有"选择"过，不习惯有不同的声音出来。德国体育记者说："德国的右翼政党可能比大多数其他欧洲'右翼'还要保守一些，而那些极端右翼组织，在德国可能是极少数人，平时生活中根本就看不到。在德国执政的，基本上都是保守的党派，右翼党派几乎从来没有当过权。"不过他说，"不管谁当权都差不多，政客总是政客，老百姓还是老百姓。"他对德国的政治并不满意。

我问："那么你认为欧洲哪个国家是最民主的？"

他想了想，说："记不清英语那个词怎么说，就是瑞士的那种体制。瑞士有很多政党，可是没有一个能成为议会多数，瑞士的国家元首权力很小，一旦有事，瑞士就来个全民公投，全体人民做决定。”

我说：“那什么事能让瑞士举行全民公投呢？”

他说：“差不多所有事。”

我说：“这很费事和费钱吧。”

他说：“可能瑞士人每次凑够了四五件事一块儿投。”

我想了想说：“这样的结果有可能最后什么事都做不了。”

“的确如此，”他说，“最后大多数事情都被瑞士人否决了。”

因为他当过很多年的财经记者，我也向他请教了这方面的问题，加上之前从各个沙发客那里得到的一些说法，我觉得欧美现在遇到的经济危机的本质是：欧美人花了太多的钱，享受了太多，所以突然一下子钱不够用了。这和1929年的世界经济危机绝对不同。他认同我的看法。“从简入奢易，从奢入简难”，我把这个中国老话的意思说给他，他说：“现在欧洲的情况就是这样，比如说希腊，一下子要削减开支，舒服惯了的老百姓就不干了。”

说回德国的政治，我之前没有意识到一个关于政治选举的问题，即：如果四年后新政府上台，前政府的政策是不是都要推倒重来？这不是比我们的某些朝令夕改更可怕？但显然这种事情并没有发生。他说：“有一年德国的社会主义政党当选，就把德国的很多东西弄免费了，比如很多博物馆之类的，后来下台后，后面的执政党也并没有终止这个政策，而是认账，继续推行（可能也有不想得罪老百姓的意思）。”

他说：“在德国，‘社会主义’只意味着一件事，就是免费。”

所以我说：“德国是欧洲最‘社会主义’的国家。”

他说：“是的。”然后说他来中国前，想着这个老牌社会主义国家，一定是什么都免费了——他做出一个振臂欢呼的样子和一个儿童般兴奋的表情。结果来了后发现，没有一样是免费的。尤其是景点的门票，简直贵得让他觉得离谱。他原来以为至少对中国人免费，可是事实是根本不。如他所言，德国的很多博物馆免费，收费的最多五六欧元，中国则动辄一百元人民币。这里面也许也有一个错觉——他觉得在德国一张门票相当于当地简单的一顿饭，在中国则相当于当地十顿饭，因此就觉得中国的门票贵得不可接受。特别是，德国所有的自然景观，山水森林国家公园全部免费，中国则更贵，两三百元是常事。

他问我："中国人怎么受得了这么贵的门票？"

我说："我也不知道，很多人一生只去一次，只能买票了。再有一些中国人会花一个多月的工资买一个iPhone，或半个月的工资买一双耐克鞋，我也不理解这样的行为。"

他说："是啊是啊，在北京看见好多人拿iPhone。"

他问我："中国改革前'社会主义'是什么样的？"

我说："的确有很多东西免费，或者说很便宜，比如小孩上学、看病、分房，不过消费品少而且极贵，那时候买一个21寸的彩电要两年的工资，买一辆从德国进口的捷达要两百年的工资。"

他笑了。

"不过这两年的确也有一些中国的博物馆向公众免费开放的，这也是实情。"

经过一番心理斗争后，他还是放弃了门票一百一十元的兵马俑，去了免费的博物馆参观。

又说回车。我说："全世界都说德国车好。"他说："日本和韩国车也不错的。"我心想估计他就开的日韩车。一问，果然开的是韩国车，还就是中国街上经常能见到的那款"现代"跑车。他说他喜欢跑车，可是两万欧元的预算，只能买韩国跑车了。我说："中国人一有了钱，第一件事就是买一辆德国的名牌车，近几年德国名牌车在中国街头频频撞人，名声可不好。”

他笑着表示理解，说：“在德国，开‘宝马’的人名声也不好，人们觉得那些人很粗鲁。”他自己呢，其实平时也不太开车，上班更多的时候骑自行车，倒更快。公寓的停车位一个月三十欧元（够便宜）。估计这两天来中国，看到中国人开车让他吓得够呛。他特别强调的是在公交车进站的时候，有些轿车很快地从公共汽车旁边开过去，这在德国是绝对不允许的，在德国一旦公共汽车进站停靠，旁边过路的其他车只能以极慢的速度开过，因为有可能有行人要从公共汽车前过马路。中国的司机根本不管这一套，从公共汽车旁边飞驰而过，这要是在德国，就有可能把过马路的人撞死。我说中国人也不会那么天真，看都不看，就直接过马路。我自己尤其对中国人的摁喇叭深恶痛绝，他说他几乎从来没按过喇叭，德国人只有在旁边的车即将出现危险时才摁喇叭（和前文中加拿大教师讲的一样）。德国高速公路诚然有不少路段不限速，但一般人也都是用一百三十公里的时速来开。他说：“有一次在你家这儿门前等公共汽车时，看到一个女人好半天也没有把车起步开走，熄了好几次火，中国人的开车技术不太好。”谈到考驾照的情况，我说我当年学车的经历，他问我：“拿到驾照前一共开了多少时间？”

我算了算，说：“大概加起来也就八个小时吧。”

“八个小时！”他惊呼。

我知道他不是佩服我天赋过人。我说：“我们的考试连一半的科目都没有进行到，考官就让通过了。驾校都跟考官做好了工作，要保证学员们通过。”

“嘿嘿。”他会心地笑了。

第二天早上出门前，我又简单跟他聊了几句，他说他极喜欢旅游，我就问他旅游有没有改变他什么。他意味深长地说："改变了很多。"我说："我很想知道，我们晚上回来再接着聊。"

我们约的时间是晚上六点半，那个时间天已经全黑了。说真话，我想他说不定有可能在电视上的表刚跳到六点半的时候敲门。结果是晚了十分钟。他兴高采烈地回来，进门先说"对不起，我晚了"。他说："我本来应该准时到的，可是车不好坐。"

我说："德国人都会准时到分钟吗？"

他说："是的是的，准时到一分钟，男人晚五分钟，女孩晚十五分钟还可以。男人晚十分钟就'巨大'了。"

我说："这么说，你还真是一个德国人。"

他笑着说："从这一点来说，我是一个真正的德国人。"

我等他到小屋收拾完毕，过来头一句话就问："从哪些点来说，你不是真正的德国人？"

他有点意外的表情，不过还是合作地回答了。他说："我不像传统的德国人那么勤劳，和其他人的想法也不太一样，倒有点像现在的年轻人。"

他有时候说话的时候嘟着嘴，颇有点受了委屈的样子，或者说是一种坏笑的样子，和到我这儿来的英美人相比，相当不成熟，不像英美人那样总要处于上风或是掌握局面。不过，我可不是说"不成熟"是坏事情。忘了什么时候看过的文章，说德国人其实很幽默，但是是一种古怪的幽默感。我跟他讨论这一点，他说："是的，德国人的幽默跟美国的幽默不一样。"

我说："德国人的幽默里有时好像有一种残忍的东西，比如嘲笑残疾人，包括格林童话里也有很多血腥古怪的东西。"——用孔子的话说就是“怪力乱神”。他露出那种坏笑的样子，说是的。

德语远比英语复杂，并且有助于哲学表达，所以德国才出了那么多哲学家。我问他：“德国人在欧洲是不是比较爱忧虑的民族呢？”

他认同这个说法，说：“德国人就是想得多。”

我说：“相比之下，美国人要快乐多了。”

他也承认。他说：“有一些电影在美国和德国是两个版本，美国的是一个大团圆的结尾，德国的是一个悲剧的结尾。德国人更喜欢悲剧。”

“以我自己的观点来说，我认为德国相较英美是更传统的国家，甚至气质上有一点接近东方，在这里不像英美那么强调超越集体的个人价值和存在。”他继续说，“圣诞节，所有人都会回父母家，跟中国人一样。与中国不同，德国是父母给孩子钱，因为德国老年人比年轻人有钱。父母每年都给我和弟弟一人准备一个金币，大概值一千欧元左右，到现在已经攒了十几枚了。

我问：“你把金币放到公寓里？”

他笑着说：“不，金币放在父母家的保险柜里。”——原来只是先过过眼瘾。

但是在父母家住了三天后，父母也催他们回了。“父母也享受他们的个人空间？”我问。他说是的。德国人一有钱，就在乡下买房过田园生活，和中国人的进城才算幸福完全相反。他父母根本不会到汉堡去当“城里人”，没那个概念。

我说：“老年人老了后没法照顾自己怎么办？”

他说：“可以请人来照顾，或住养老院，总之是不会和子女一块住。”

我那两天刚看过美国的《The Help》，电影背景是60年代的美国小镇，女儿把妈妈送进养老院，妈妈快气疯了，认为那是一种侮辱。我说："在中国，观念上认为把父母送进养老院是不好的行为。"

他很有信心地说："再过五十年你再看。"我相信他。

他之前的那个美国博士沙发客说过，德国人不谈爱国主义，不在家门口挂国旗。我想要跟他证实。他说："在德国，'爱国主义'是被认为没受过教育的人干的事。德国人不谈'爱国主义'。"

我说："过节也不在门口挂国旗？"

他说："是的，没人挂国旗。"

我说："对于一个国家来说，这不是有点可悲？"

他想了想，说："'可悲'说重了，也不是那样的。"

这样的话题，他还是有些不情愿多说。我不知道德国人到底在表层意识和潜意识里到底怎么看待20世纪上半叶德国的行为，我也不想跟他过多讨论这类问题，所以只是有限地问问。下面是一些他的描述。

"好莱坞拍的对德战争片在德国也放，年轻人认为那是过去的德国，跟现在没太大关系。德国发动二战之初是想夺回之前被划走的领土。犹太人过去都很有钱，可是跟当地人关系不好，有时也不遵守当地的法律。"

好，点到为止。我说："德国和日本能成为联盟，是因为德国和日本有共同点，都是单一民族国家，人民容易达成统一意见，并且被一个人带着走。要是像美国那样多民族多元的国家，就不容易出现这种情况了。"

他说："的确是这样的。"

我们还谈到德国私人拥有土地的情况，也可以佐证德国为什么不如英美那么个人主义。德国私人当然可以拥有土地，但他说你不可以在你的土地周围建围栏，即使一片森林是属于你的，其他人也可以自由出入，并且地表下的矿产属于国家，你无权开采。所以在自己的土地下找到矿产对土地主不是什么好事。这个就和英美不同了，我们都知道美国的私有土地你不可以轻易进入，而地下发现的矿产也属于土地所有者。中国人没有私有土地的概念，也无法体会只要踏在自己土地之上便无人可以伤害的绝对安全感。如前所说，美国人在跟人交往中往往要唱主角，他们不习惯委屈自己，也不会把自己陷入“拘束”这个社交困境中去，即使进入困境也要自己爬出来，不待他人伸出援手。也就是说，一切全凭自己，好也罢，坏也罢。所以，美国人的行为就显出一种非常自然且坦坦荡荡的“成熟”来。

还是说回德国记者。谈了一会儿后，我续上了他早上出门的那个话题：“周游世界改变了你什么？”

他说：“我在旅游的时候看到很多非常非常美的事物。”

“比如说？”我问。

他想了想，说：“比如印尼的火山。”继续，“我费了很大的劲走上去，那景象真是太美了。那时候我感到了一种纯粹的幸福。”似乎一想起来还有些陶醉的样子。

我说：“就像有些人在宗教中体会到的那样，感觉自己被提升到一个新的高度？”他说是的，尽管他不信教。我不知有多少人感受过他说的这种“纯粹的幸福”，在17、18世纪的西方小说中，经常有这种概念，人物一下子开悟了，感受到一种神圣的东西，这往往是与信上帝连在一起，在这之前，人处于蒙昧状态。我跟他讨论，我认为上帝就是这种绝对的真善美代表物，人只有体会到这种超越一切的绝对真善美，才会感到真正的幸福，哪怕只有很短的时间，也许就会觉得不虚此生。而自然，也可以使人获得这种体验，所以中世纪之后的西方文学是从对自然的崇拜和赞美开始的。

他也是一名文学爱好者，很喜欢村上春树，几乎看过村上春树的所有作品。村上春树的书在德国非常畅销，我想这也能表明日本人和德国人在心灵上有共通之处。他自己则正在筹划写一本以20世纪50年代为背景的德国人游亚洲的小说。我说："这可不容易，如果你写古代的小说，人们不熟悉，倒可以自由发挥，50年代，人们对它还比较熟悉，一不小心就搞错了。"他说是啊，所以他用了很长时间去研究。

我问他："你最想在哪个国家生活？"

他说是马来西亚。第一是因为暖和，再有是吃得好，人民也友善，几乎人人都会说英语。然后新加坡也很好，尽管新加坡的管制很厉害，条条框框很多。接下去我们谈到一个有趣的话题：有些国家很富，但是是独裁国家，比如当年的利比亚。新加坡的富裕，可能也与李光耀的专制分不开，那么富而专制，对于人民到底是不是好事？一个独裁者，如果能带领人民致富，到底是不是一个好人？我贡献出了我近来的一个心得，我说："我认为判断一个独裁者是不是好的独裁者，判断人民是不是享受独裁的好处，有一条可资借鉴的标准，就是看他和他的人民有没有美感，能不能创造出美的东西来，比如美的艺术和建筑。新加坡有美感，利比亚缺乏美感，高下立现。"

他说："是啊，比如印尼的绝大多数雕塑都很丑。"

我说："拥有美感，可以证明一个人接受了'普遍人性'，并且拥有心灵上的自由。"

他表示同意。

听沙发客们说了这么多中国啤酒的不好，我终于有机会品尝一下原汁原味的外国啤酒了。他在路上从捷克买了几罐啤酒，不远万里背到我这儿，真是难得。金黄色的高筒易拉罐，送给我两罐，说价格是每罐两欧元。我说我们一起喝，他说不，那是给我的礼物，自己又跑到小房子从包里拿出另一罐啤酒来，不同的牌子，价格差不多。我看这罐上写着酒精度是4%，比我们的5%还低一点。打开一喝，酒精度差不多，但味道的确重很多，更苦，不错。

边喝边吃，又终结了一个“流言”。

我说：“听说中国留学生在德国一做饭，油烟能让房东老太太发疯，德国人做饭没有油烟，家里都没有抽油烟机，对不对？”

他说：“这仅仅是一个‘流言’。”原来德国人比较大的厨房一般都有抽油烟机，他自己的厨房小，所以没装。不过他自己的确不太用油炒东西，他喜欢吃意大利面，做好了之后就直接从瓶里倒一点橄榄油在里面，不加热。我说：“中国人是什么都要给炒了，菜一遇到高温的油，水蒸气就能把许多油给带出来，不过，用油炒过的东西的确好吃一点。”

还证实了另一个“流言”，德国人的确更爱吃猪肉，但原因是因为牛肉太贵。我说：“这两年中国的物价涨得很快，尤其是食物，四五年前牛肉泡馍是五块钱，现在是十四五块，几乎是过去的三倍，我都不太吃了。”

他说：“德国的物价没有太大变化，房价也是热点地方涨，冷的地方落，平均值大概没变。但是从外国进口的东西涨价了许多，比如，从瑞士进口的东西。”

补充一个前面说过的关于汽车的情况。我看过文章说美国人几乎都开自动挡车，他说：“德国人却差不多全是手动挡，女人也是，很少开自动挡的。”看来，德国人还是对动手操控机器有兴趣。他说他也很喜欢动手，家里东西坏了全是自己修。我说：“德国人以手工好著名。”他说：“现在的手工也越来越差了，人们不像过去那么吃苦耐劳。比较辛苦和脏累差的工作全是外国移民来干的。虽然有的德国人认为移民太多了，但德国人却非常想要中国和印度的IT技术人员移民，不过因为德语难学，中国和印度的IT人员去的很少。”

我问：“那德国为什么不培养自己的计算机技术人员呢？如果有这个需求的话？”

他说：“德国人不愿意学这个，因为干其他的钱也不少。”

我说：“计算机也是好工作啊，是白领啊！”

他说：“德国人嫌这个太辛苦。”

原来如此，看来对德国人来说，程序员跟我们的民工差不多。

电视里放体育新闻，这是他的专业，他说：“我们通讯社只报道比赛，球员八卦绯闻从来不报，那是小报的工作范围。”

我说：“我们现在的报纸，这两类新闻全在体育版上。”正看着，刘翔出来。我心里一动，问他：“你从他的脸上能看出什么？”

他开着玩笑说：“他是一个运动员，是田径的，很被关注……”

我说：“我是指你从他的表情上能看出来什么？”

他开始思索：“我想不起来那个英语单词了……”沉思了好一会，问我，“如果你被人抢劫了，你是什么？”

我知道他想说什么了，告诉他这个词：“受害者。”

“是的，是的，受害者！就是这个词。”他大声说着。

我十分意外，十分惊异。刘翔那惯常挤眉弄眼笑的样子，让我猜测他可能会说“言不由衷”“滑头”一类的词，结果他说出来一个“受害者”，看来也许我们都习惯了中国人脸上的表情，熟视无睹，不知是因为他善于看透本质，还是因为感觉新鲜，对这种表情有着本能的未受干扰的判断。反正我是没看出来刘翔有“受害者”的样子，但是“言不由衷”正是“受害者”的表层呈现。我挑起大拇指，夸他有观察力。他笑着说：“看这位运动员的样子是在被迫干自己不喜欢的事。”我说：“这是我们的‘民族英雄’。”

我问他柏林墙拆除的时候去看了没有，他说他当时只有十六岁，现在后悔当时没去看，因为那是一件大事情。我问：“现在还能从外表上分清东德和西德人吗？”

他说：“很难了。当然了，说话还是有所不同，但德国各地的方言本来差别就很大。东德有很多老企业衰落了，西德也有行业的衰落，政府就对工人进行再就业培训，让他们掌握新的技能。”

我说：“中国的不少老企业破产后，工人就只能去开出租，摆地摊。”

他肯定地说：“德国没有这种现象。”

英语在德国也越来越流行，大多数德国中学生现在都能说流利的英语，这种语言的入侵让一些德国人不安，呼吁要保护自己的母语。至少目前对于他来说，英语是重要的工具，沙发旅行全靠英语，IT的新玩意大都是美国人发明的，享受人家胜利果实的同时，就得进入人家的游戏规则。

本来不想提二战了，可是他走的时候，还是忍不住问：“希特勒当年的头衔是什么？”

他边整理行李边说：“是元首。”

我说：“你是一个心肠很好的德国人，如果你是元首，你一定不会发动战争。”他笑着说他只是一个普通的德国人。

后来我们还用邮件联系过几次，他说他在晚上坐船过的三峡，两边当然是什么也没看见。最后去到海南时，气候终于变得暖和起来了，于是他在那里过了一个中国新年。回到德国后，他最大的感受就是一下子从“资本主义回到社会主义了”。他说中国是他旅行过的六十几个国家中最奇怪的，跟“预期”差别最大的一个。

我想，看来世界还是很不了解中国的。不过，又有几个中国人，真正了解中国呢?

比利时：
挣黑钱的“啃老族”

我接待的第一个沙发客就是比利时人，那是一个非常友善、好交往的老小伙，但当时交谈的并不是很多，对比利时的了解也没有多少。直到一对比利时男女青年上门，才算又进一步了解了这个欧洲最北的拉丁语国家。

他们来的时候是晚上十点多了，坐机场大巴线路没错，可是还是坐过了头，电话里我以为他们已到了我楼下，结果下去不见，又打了一通电话，我在冷飕飕的户外站了快半个小时，影影绰绰地看到远处有两个背着大包的身影过来了，一看就不是中国人的身材。

小伙子个子很高，身高有一米九左右，大长腿，脸上白白净净的，模样很像中国的洋笑星“大山”，也是那么亲切、和颜悦色，很阳光。女孩也很白，娇小。

他们都是二十五六岁，小伙子是一名刚参加工作两年的建筑师。他自己从比利时出发，先是游历了俄罗斯，然后在北京与女孩会合，他们准备在中国玩一个月时间，然后女孩自己回比利时，小伙子还要继续在中国再转一个月。

他在俄罗斯的旅游，是乘坐火车走著名的横穿西伯利亚的铁路，从莫斯科一直坐到海参崴，然后又向回坐，从北向南纵穿蒙古，进入中国。真是一次“伟大”的旅行。

说实话，我对“西伯利亚”这几个字的印象并不坏，虽说那是过去流放犯人的地方，可同时我想那里也应该有壮观的自然景象，没有过多受到人类工业化影响的纯正自然。

小伙子看我有兴趣，便从他的包里拿出一本“Lonely Planet”出的《横穿西伯利亚铁路》，指着地图给我介绍那线路，十几个俄国城市的名字他说得极其流利，毕竟也亲身在那地方待过，印象一定强烈得多，也熟悉得多。我自己要是不查，连海参崴的俄国名“符拉迪沃斯托克”都记不住。

他说西伯利亚很美，壮观的大片森林和平原，人们也很友善。一路上建筑风格是变化的，有欧洲式的，有苏联时代的，有蒙古式的，也有很新的现代建筑。他给我看相机上的照片，我看到他照的火车，车身是银色的，涂着红色的线条，每节车厢顶上一个细细的烟囱还冒着黑烟。我有点意外，那车为什么不是绿黄色的，就像中国的绿皮车一样？因为绿皮车本身就是苏联的款式。他说车厢应该还是原来的，但颜色有可能换了。列车是靠内燃机车拉动，车顶的一个个烟囱连着为旅客供应热水的小煤炉。他说，车上的外国旅游者并不多，主要还是当地的乘客。不好的地方是西伯利亚的俄国人不太有保护环境的意识，在环境优美的森林边上扔了一地的垃圾，很多当地乘客也是把垃圾随手从火车车窗扔出去。

时间已晚，我们聊了一会儿，女孩看上去很累了，我说：“你们还是先睡觉吧，明天再聊。”女孩欣慰地说：“谢谢你。”看来真累了。

按照我们说好的，他们第二天一早七点多自己出门，并没有叫我。我起床后，小房间的门半开着，我看到他们并没有用我的被子，两个睡袋并排挤在床上，从遗迹大概可以看出两人窝着睡着的样子。我想那不会太舒服，不过也是一种甜蜜吧。《横穿西伯利亚铁路》那本书放在桌子上，我想看，但也不好动，等他们晚上回来再说吧。

结果快凌晨一点了才回来，夜里十点多的时候来一个短信，说是碰上了几个人，可能要晚一点回来。

总算回来了，直说对不起。说是碰到了几个意大利人，一起吃饭聊天，就晚了。大概聊了聊当天的旅游，他们说："兵马俑真贵，不过挺有意思。"过了会儿，小伙子说想用我的电脑给下一个目的地成都发"沙发申请"，我说没问题，给他打开了电脑。他坐在电脑前折腾，时不时插几句话。我就主要跟女孩聊。

女孩很白，两道纤细的弯眉，眼睛是淡灰蓝色的，有时候看起来有点茫然，气质很内敛，说话声音也细细的。我绝对不会把她认成是美国人的。她说："比利时北部说荷兰语，南部说法语，还有极小的一部分人说德语。"

我问："比利时有国王是吧？"

她说："是的。"

我说："那国王在给人民讲话的时候说什么语言呢？"

她说："三种语言都会用到。平时的生活设施，比如公共汽车上，一般是荷兰语和法语两种。各种报纸和电视频道也是各自的语言，井水不犯河水。"

我说："如果一个比利时的作家用一种语言，比如法语写作，他怎么成为全国性的作家呢？"

她说："他会更希望成为法语世界的著名作家，而不是比利时的。"

"哦，是这样。"

女孩说："比利时人没有太强的国家概念，因为不同的比利时人差别很大，比利时政治也因此非常复杂。"

"比利时人有特别的地方吗？"我问。

女孩想了想，说想不出来。

他们两人之间说法语，这个我还是能听得出来，可他们又是典型的北欧人的模样。我问："比利时人说法语，那比利时能算是一个拉丁国家吗？"

女孩说："如果从这个意义上来说，比利时可以算是拉丁国家，因为我们说的也是拉丁语。不过我们和真正的拉丁国家也不太一样吧。"

我问："有什么不一样呢？"

她说："尽管心也好，可从外表上看比利时人可能有点冷漠吧。"——全世界都知道拉丁民族热情奔放，肢体语言丰富。但是说拉丁民族不好的地方，就是有时候自由散漫，不重承诺。比利时正好可以说是位于欧洲拉丁和北方国家之间的过渡。鲁迅先生说过"北人南相"或"南人北相"的人一般比较成功，因为兼具了两种人的优点。比利时人也是这样的吗？从他们俩遇见意大利人聊得那么投机来看，也许身体里还真是流着一些拉丁民族的血液。

慢慢地，我们说到了生活。女孩说她在布鲁塞尔做女招待，平时为了省钱还住在父母家里（这在比利时并不常见），还蹭父母的"柴油"轿车开（欧洲开柴油轿车的人不少，噪音据她说也不是太大），吃饭不交钱——这是比利时的"啃老族"。说到她的工作，她有点不好意思地说："挣的是'黑钱'。"

我不解，问："是指小费吗？"

她说："不是的，比如我的工资应该是每小时八欧元，然后老板得给政府另外交八欧元，作为税以及社保教育医疗之类的。但是老板可以给我开每小时十欧元，而向政府隐瞒，一分钱都不交。”——哦，原来是非法用工啊。她说：“现在这样做的比利时人越来越多，但是一旦被发现，老板和打工者都会被处以巨额罚款，所以这么做还是挺危险的。”她自己也不想老这么做下去，因为这样将来到她退休的时候也会影响退休金的数额。这情形，在电影里是非法移民干得比较多，想不到欧洲人自己也有这现象。我问：“这是跟移民们学的吗？”

女孩还是不好意思地说：“好像倒是移民们跟本地人学的……”

我们继续谈了谈福利，女孩说，她现在处于失业状态——我想“失业”“女招待”这样的字眼在欧洲人和中国人心目中的意味是有所区别的，大家都应该知道这一点——她每月可以从政府领七百欧元，但这个数额会逐月减少，因为还是希望你尽快找到工作。我突然想到，问她：“领福利的时候不让出国旅游吧？”我估计这话多少不中听，不过还是想多了解一点，心里希望她别介意。

女孩说：“是不能出国旅游。不过也有每年二十天的假，可以自由干自己的事。”她出国前就到领钱的那地方问过，所以也不是违规。不过我很好奇：“他们是如何知道你有没有在比利时待着，努力找工作呢？又有谁知道你出国去玩了？”

她说：“那个部门会定期给你寄一些表格要你填，并且人要去报到。”——哦，原来是这样控制。不过，以欧洲失业救济金的数额，拿到第三世界国家旅行还真是绰绰有余。

女孩本来是学文化管理的，她说她喜欢做艺术品展览这样的活动。——不知有几个中国的“女招待”有这样的机会。

我说：“你可以靠你男朋友挣的钱生活，建筑师挣钱多啊——”指指在电脑前敲字儿的“大山”。

女孩说：“他不是我男朋友。”

我惊异了，说：“那你们一起旅行，睡一张床上？”我想起了小屋里那窝在一起的两个睡袋。

“大山”笑着从电脑后面露出头来，说：“我们只是朋友。”

我问女孩：“那你会告诉你男朋友吗？”

女孩笑着说：“我没有男朋友。”

我马上把目标转向“大山”，问：“你会告诉你女朋友吗？”

他一摊手：“我没有女朋友。”

我说：“如果有的话？”

他说：“应该会吧，她会理解我的。”

我不禁问他们：“经过这样一起旅行后，你们的关系会发生什么变化吗？”

女孩微笑：“不会。”

被女孩一口pass掉，我都有点替“大山”惋惜，他本人一点不介意的样子。我说：“这种事情在中国很难想象。”

他说：“这样的事情在老一代比利时人看来也是难以想象的，但在年轻人中间倒不少见，尤其是一起出去露营的时候。我们俩只把彼此当兄妹看待。”

我说：“在中国，兄妹之间在成年后也绝不会在一张床上睡觉，中国古代理论上除了夫妻，任何成年男女之间不会有任何身体接触。”——当然现在的中国也不是古代了，但传统还是延续下来了。我说：“你们这样的行为，在中国就算是‘坐怀不乱’的圣人了。”——当然英语没这个词，只能说个大概意思。

“大山”用完了电脑，他们两人又要去那小床上挤着睡去了。我对他说：“能不能看一下你那本《横穿西伯利亚铁路》？”他马上给我拿过来，然后微笑着道了晚安。

第二天他们起得晚多了，十点多出门后，我在维基百科上看了看比利时的资料。比利时的名字来源于罗马帝国统治时期，现在的比利时是很多欧洲机构的总部所在地，比利时还是传统上“欧洲的战场”，很多巨大惨烈的战役发生在这里——本来它就是欧洲各种势力的中间地带。（后来女孩告诉我她家就离滑铁卢不远，每年还有从各国来的人们在这里举行古装模拟战斗玩。）比利时也是欧洲传统的一个移民国家，欧洲其他国家的人爱往这儿跑。本来是以荷兰语为主，后来法国渐渐占了上风，有趣的是首都布鲁塞尔在北边，属于荷兰语区，后来法语区的人也从南方来首都定居，这些人非富即贵（本来法语在过去的欧洲也是上流社会的语言），带动着大众，因此渐渐地把布鲁塞尔变成了一个讲法语为主的地方——形成了一个语言上的“孤岛”。这就好比如果中国珠江三角洲的有钱人越来越多都去北京，北京人见面从一口“京片子”变成广东“白话”，在中国的北方方言区独树一帜。布鲁塞尔人通常都会说荷兰语和法语。荷兰语和法语的高下之争持续了很多年——但是到现在似乎不太重要了，因为人人都开始讲英语，过去因为对彼此语言熟练程度不同造成的优势和劣势，逐渐不成为问题了。——这是一种新的语言的入侵。

多语言国家人的生活状态，我们可能很难想象。

中午吃过了饭，我就靠在被子上看这本标价20.99美元的《横穿西伯利亚铁路》，书中记载西伯利亚铁路在1916年最后完成，从彼得堡到海参崴全长9288公里，如果不下火车的话，可以在一周内跑完，但如果沿途各个城市下来看看，就得要一个月时间。西伯利亚铁路的修建，是和沙皇扩张的野心、俄国现代化的进程、工业革命的技术成就、无数劳工的血汗和性命以及修建负责人坚强的个人意志联系在一起的。可以称为现代世界的伟大工程。后来中国境内的“南满铁路”，也是“横穿西伯利亚铁路”的一部分。印象比较深的是说1934年，在大连和伪满洲国首都“盛京”之间跑的“亚洲快车”，速度就可以达到134公里/小时，是当时世界上时速最快的火车。还有一个情节比较有意思，说是当时贝加尔湖边全是高山，极难施工，这一段只好用渡轮运火车，后来俄国为了日俄战争运送物资之紧急需要，在冬天冰冻的湖面上铺铁轨，可是第一次试验，火车就压破了冰面，沉到水下去了。

从莫斯科到海参崴，现在的票价是16000卢布，大概合4000元人民币。乘坐还算舒服，平均时速60公里左右，乘务员多是女性，和中国的火车女服务员一样，有时候会对乘客大吼大叫。我看到书上的贝加尔湖的照片，因为了解了它的数据，更觉壮观之极——贝加尔湖最深处有1620米，储存了地球上1/5的非冰态的淡水，比北美五大湖加起来的淡水量都大，更是达到俄罗斯总淡水储量的百分之八十。贝加尔湖畔的农村，跟中国东北农村的景象差不多，木头房子，每家用木栏围出一个院子，真不知道在那个地方生活是什么感受，也许感觉彻底地被世界抛弃了。

也许也不是。书里有的文章写到，坐火车在西伯利亚铁路旅行，有时候觉得一切还都是几十年前的样子——除了当地年轻乘客们在火车上用黑莓手机发短信，牧场上骑着马的牧民彼此之间不再大喊，而是对着脸边的手机轻声细语。贝加尔湖边，应该也是这样吧。

辛辛苦苦地看了一个下午，总算是把前面讲总体情况的部分看完了。他们晚上十点的火车，八点刚过就回来了，两人兴致很高，笑容比前一天更灿烂一些。“大山”说话语速很快，精力充沛，双目有神，表情中有一种儿童般的单纯。我让他们赶紧去收拾行李吧。自己又坐下再多看一点。过了一会儿“大山”过来了，说他们收拾得差不多了。我这才把书合上递给他，想着他还可以放到背包的最上面。“大山”接过书，坐在桌子边，从口袋里摸出一支圆珠笔就在扉页上“唰唰”地写开了。我有一种预感，对他说：“你不会是要把书留下吧？”他真沉得住气，写完了好几十个字，潇洒地签上名，递给我，才微笑着说：“现在它是你的了。”我说：“你不想把这个带回国，更好地记住在西伯利亚的旅行吗？”他指指脑袋，说：“都在这里面了。”我还能说什么呢，只能真心地感谢他了。他说非常感谢我接待他们，书就算是一个小礼物吧，希望有一天我也能去西伯利亚看看，这东西也许对我有用。

也许以后对我真的有用。

告别的时候，女孩握完手，又有点像是有法国贴面礼的倾向，不过还是停在半路，微笑而别了。

在这里顺便介绍一下Lonely Planet这书。

Lonely Planet（《孤独的星球》）是一本尽人皆知的介绍世界自助游的书。这套书几乎关于每个国家或地区都有一本，而每年都要有所更新，以保证其实用性，而且每一本还有好多种不同语言的版本。我曾经很想买一本《Lonely Planet中国》作为国内旅行之用，因为我相信它比其他关于中国自助游的书更翔实、可靠。可结果到国内书店去找了找，却没有。

生活就是如此，失望之余也会夹杂惊喜。得益于那些沙发客，我总算逮到机会可以好好看看这本书。这也算是我在接待沙发客过程中的一些意外收获。这本书文字清晰明了，对很多事情的点评也是恰到好处，一不小心，你会以为这就是一个传说中的“中国通”，有时甚至会认为外国人比我们自己更了解中国。

在这本书里不会有某某外国大学的教授说“下一个世纪是中国

的世纪”，也不会有什么“中国文化在世界各地广受追捧”之类的呓语。平实是它的一大特色。不仅对外国人，对中国人而言它也是一个很好地了解自己国家形象的窗口。

除了旅游之外，它也会谈到一些中国社会的常见问题，同时还会指导外国人该如何应对这些文化上的差异。比如谈到中国高收入的白领，它清楚地指出白领承受着很大的生存压力。推荐关于中国的“十部电影”，里面除了《英雄》，其他主要是一些第六代第七代的小成本片子。关于中国历史，尤其是当代史这些稍显沉重的内容，作者的编写也依然不失自己的写作风格，让人有耳目一新的感受。

当然也有一些事情并不是那么回事。比如在中国的酒席上，“如果有人给你夹菜一定要吃，如果吃不了就埋到米饭里”。中国人固然有爱给人布菜这个习惯，但老外也不至于非执行不可。还有比如说，“如果你要给自己倒茶，一定要给邻座的人也倒上”。这倒是没错，我自己都做不到这个。其实，中国人更愿意执行老外的行为准则，在我眼中，现在的中国不是那种有严格礼仪讲究的国度。

里面的内容很多，或多或少有一些“不中听”的，但我相信这也不失为另一面反照我们自身的“镜子”。

美国：读家庭学校一样能参加高考、获奖学金

一个来自烟台的二十五岁美国小伙子给我描述了一幅美国小镇生活的美好画面，在此我希望能把我感受到的意境充分地传递出来。

他是美国俄克拉荷马州人，现在在山东烟台的一所大学教英语。他的照片看上去有点纨绔子弟的样子，到欧洲旅游，照片上笑得很享受、很开心。但是见到本人有些反差，他看上去应该是实际年龄减去十岁，很像一个中学生，个子也不高，娃娃脸。他脸型有一点亚洲人的样子，他白天出去玩的时候提着一个旧的布购物袋，穿的衣服也风尘仆仆，晚上回来站在外面等我一起去吃饭的时候，估计没有人会注意到这是一个外国人。聊天的时候，他有时候还有点拘谨（这可真不是美国人应该有的样子），不过，说到开心的时候，他的笑让我认识到，这的确是一个美国式的笑，一种毫无保留的、发自内心的快乐。

他之所以会呈现出上面的形态，也许，你看完我对他的描述就会明了，因为他是一个美国的——小镇青年。

二十六个小时的火车硬座让他见到我时显得疲惫不堪，表情有点苦涩，进了屋后，暖和了一会儿，才像半干的叶子吸足了水一样，舒展开了。他背的东西不多，包外面还带着一个小吉他，他告诉我说那

叫“乌克丽丽”，是一种夏威夷乐器。其实就是缩小版的吉他，只有四根弦。我看这老外旅行在外也不改闲情逸致，除了书以外，还不嫌累赘地带一些自己平时玩的东西。他说他其实也正在学。

他在烟台教了两年的英语，2012年就准备回国了，所以趁着寒假出来玩一下。不过他回国也不是为了挣钱，而是参加了一个志愿者组织，去到美国的一些落后地区教孩子们。这听上去像支援非洲，我问：“美国也有这样的地方？”他说：“有的，美国也有些地方的教育条件很差，并且那里的人们也没有重视教育的意识。”

我问：“那是有工资的吗？”

他说：“有。”

他家在美国中部的俄克拉荷马州，他说一般人们知道俄克拉荷马有三个事情，一是好些年前有一次炸弹爆炸，二是龙卷风，三是NBA的俄克拉荷马雷霆队。这三个我都知道，而且我还看过一个美国老电影，印象非常深，戏里面的主角说自己是俄克拉荷马人，我想他自己也没看过。

他家所在的一个小镇，名叫Stillwater，翻译过来说好听点是“静水”，说不好听是“死水”。这个小镇相当于我们的“大学城”，全城有四五万居民，俄克拉荷马州立大学和其他好几所大学都在这儿，学生人数可能比居民都多，一到寒暑假城里就空空荡荡的了，居民们也主要以为学校服务为主。我们坐下喝了点热水，他说他有一个大家庭，然后从包里拿过来两张打印出来的照片给我看，说这是他全家。

这是一种典型的美国式照片。背景是整洁精致的洋房，坐在草地上的全家七八个人全都笑得十分开心，那种笑里一点杂质都没有，没有一个人有想要收敛的意思。这种照片直接加上框就可以当广告用了，很漂亮。他给我介绍，他有几个兄弟，几个妹妹，他父母还收养了两个非洲小孩。很有意思的是，在前一张上，两个黑人小孩是那种非洲黑人式的皱眉紧张的苦脸，四年后，白人孩子们都长高壮实了许多，黑人小孩也变成了美国黑人式的放松和自信的笑脸。

对这个我很感兴趣，问他："你们家已经有这么多小孩了，父母为什么还要收养非洲孩子呢？"

他说："也许是觉得孩子好玩吧，我父母知道非洲有些孩子很可怜，就想收养几个。"

我问："你们兄弟姐妹都同意吗？"

他说："同意的，当时我们开家庭会议，父母告诉我们如果有一个孩子不愿意就不收养，结果我们每个人都愿意。"（我每次想到这个场景还是觉得有一种感动。）

我说："从照片上看，这两个黑人孩子变化很大。"

他说："是啊，他们刚来的时候很害怕别人的爱，躲着人。后来就适应了。"他说这两个黑人孩子的母亲死了，父亲也不知去向，事实上就是他和他妈去利比里亚把这两个孩子接回来的。我知道他们家都信教，就问："是宗教的原因，还是出于慈善？"

他说："也许都有吧，不过，我们都觉得家里再多两个兄弟也很好玩。"

我说："看来你父母都是很善良的人。"

他笑着说："是的，他们都是很和蔼的。"

从一些美国电影里我看到美国家庭兄弟姐妹间总是打打闹闹的，有时还争宠排挤，看来现实情况并不总是那样，这就是中部小镇的生活吗？

他给我介绍，他们家离城里大概有两英里路，住在一所大房子里，占地七英亩，屋后有一片树林，甚至有属于他们的一个小湖。当年买下这所房子的时候，可能花了不到十万美元。他们家有一个比较特殊的情况，就是他们的孩子都是home-school，就是说孩子们都不去学校，父母就在家里自己教。说到这个我更感兴趣了，因为这在中国是不可思议的情形。首先，高考怎么办呢？

他说："美国的高考只考两门课：英语和数学。我爸爸本身是一个教师，母亲能教数学，但很多时候孩子们是自己学习的。"他参加了高考，成绩不坏，还拿到了奖学金。

"那么不跟其他孩子一起学习，会不会失去与人交流的能力呢？"

他说："我们倒真的不像其他孩子那样有那么多的朋友，可是也不少，所以从社会性来说，我们也不比别的孩子差多少。"

我问："当你到了上大学的时候，有没有觉得与别人不太一样？"

他说："好像也没多少区别。"

我马上又自己补充说："本来每一个美国人都是与众不同的。"

他笑着说："是啊。"

这样的"家庭学校"是不是为了省钱呢？不过我马上又把自己否定了，我说："美国的学校应该都是免费的吧？"

他说："是，学校里课本都是免费的，在家学习的话父母反倒要自己掏钱买这些书。"

我追问："那这么做最初的原因是什么呢，是不是父母觉得学校里的教育有什么不好的地方？"

他说："可能是父母觉得自己教孩子会让孩子对某些特定方面有更丰富的学习。"

"可是，在学校毕竟有老师管着，小孩不会放任自流，学得也能努力一点吧？"

对于这个问题，他说:“我们的‘家庭学校’也有管理，母亲也有要求的。”

他又补充说:“‘家庭学校’在美国不多，但也不是很少见，如果一个人说他是‘家庭学校’出身的，一般人都知道是怎么回事，并且在一些地方还有‘家庭学校’的组织，不同的父母相互补充，教的课能更丰富一些。首先是‘家庭学校’在俄克拉荷马州并不违法，政府对父母的教学资质也没有要求，在有些州可能对父母的资格有些规定，并且要求孩子定期参加考试，确保‘家庭学校’真的是在教孩子。因为的确也有些人是什么也不教的。”

我想，“家庭学校”在美国之所以有可能存在，首先在于美国的高考只考英语和数学，如果像中国一样科目众多，把学生考个七荤八素，这个也是一般家庭应付不了的。从这一点来说，包括美国的学校教育在内，学生在中学阶段学习的东西会少一点，会有更多的时间去玩，发展兴趣，塑造人格，以致学科知识可能会不如中国学生这么多。比如我跟他谈到一些地理知识，一些天气知识，他好像也不是很清楚，我估计他父母没怎么教他地理课。不过，这个到了大学完全可以补上。他说美国的大学可以任意选专业，任意换专业，据他所知，中国的大学，想要换专业是不容易的。确实如此。

说到这里，一个很重要的问题就出来了，我说:“主要是你母亲教你们对吧，母亲也不上班，全家七八口人，只有父亲一人工作养活一大家子人，这在中国不可思议啊。”

他想了半天，好像以前这对他从来不是一个问题。他说:“我父亲是一名普通的语文教师，有一段时间确实做了一份兼职，帮一个公司修吸尘器之类的电器，可是也再没有其他收入了。”

我没问他父亲年收入多少，估计也就是五万美元吧，可是，竟养了这么多人。他说他家的确也不是有钱人，兄弟姐妹们穿的衣服都是买二手的，平时生活也很节俭，很少去外面吃饭，连当初买房的钱都是问姥姥借的。当然了，吃饭从来不是问题，而且他们兄弟们后来上大学，都拿到了奖学金，也打工挣钱，所以基本上不用家里钱了。

我想，一年三十多万人民币，在中国应该是能养不少人，这是一个相对币值和绝对币值的问题。可是，如果在中国拿月薪五千元，也不少了吧，敢做养好几个孩子的梦吗？这只能说明一个问题，美国的普通人，比中国的普通人，收入高得多得多。

他有一个兄弟读完中学以后，就不想再学习了，也不考大学，就直接工作。在美国考大学太容易了，基本上只要你想上就能上，所以，上不上大学不是能力问题，只是选择问题。我看他们家的照片，每个兄弟都笑得一样开心，找不出那个只上了中学的家伙。

要说他们家在美国是不怎么富裕的家庭吧，可他爸爸还经常打高尔夫球。他们兄弟跟着去的时候，就在草丛里（是指所谓“球道”以外的部分）捡那些别人打飞的不要的球。最后居然攒了两千多个！这是值钱的，他们也准备卖掉，但平时有空就在自家的草地上打着玩，有时候打完也不捡，家门口的草地上就留了不少球。有一天，他们看见一个开车的人把车停在路边，明显看到了这些球，四顾无人，偷偷摸摸，跑过来捡起几个球装在兜里，马上就开车跑了。后来的几天，那人又每天路过这儿，又偷偷捡几个球。他们决定捉弄一下此人。兄弟们在一个球上钻了一个洞，连上一条透明的鱼线，线的另一头埋在地里绑结实了。这一次，那个男人又来偷球了，拾了几个以后还真中招了，捡起了这个连着线的球，转身开溜，可是跑了几步，那球就从兜里被拽了出来。男人闹了一个大红脸，以后就再也没有来偷他们的球了。

他站起来给我模仿那个男人尴尬跑步的样子，似乎还沉浸在那平淡小镇生活中难得一见的好笑场景中。说到这个是因为我问他："美国小镇的房子也不装防盗网或者铁栏杆，平时治安真这么好吗？"他给我举了上面这个例子，说这是他听到或见过的唯一一次偷窃。平时他妈妈离开家的时候，基本上连门都不锁！他说美国小镇偷窃少也许有这个原因：人们知道，乡村人家一般都有枪，因为很多人爱打猎。他家倒是没有。

我说："听说小镇的人见到陌生人也会微笑。"

他说："平时路上的人很少，大多数人之间也都认识，见了面都会打招呼，开车而过也会在车内挥手致意。至于陌生人，"他想了想说，"应该会吧。"

"在这种情况下，人们会不会特别相信别人呢？"我问。

他说："是的。"

我说："这样会不会使人变得有点'naive'呢？"说"天真"也好，"幼稚"也好，"淳朴"也好，都是这个词，反正是一种特别相信别人的状态，正如他脸上呈现出来的样子。

他认真地想了想，点头同意我的判断。

他们那地方没有高山，只有一些小丘陵，河和湖倒不少的。他有一个兄弟特别爱捉鱼，捉那种鲇鱼，英语叫catfish，就是"猫鱼"，因为这鱼嘴边有几根猫胡子一样的长须。我看过不少美国捉鲇鱼的电视，捉的方式很特别，是人钻到水里，用手当诱饵，伸手进岸边或大石头底下的洞里，等鲇鱼一咬你的手就把鱼整个儿拽出来。鲇鱼通常长得很大，有几十斤重，一张大嘴，能把你的拳头吞进去。可是鲇鱼又没什么牙齿，吃东西全靠吞，所以不会造成什么伤害。因此捕鲇鱼是看上去危险、刺激，但实际上比较搞笑的事情。虽说没什么危险，但吓人是有一些的，他说他就不敢这样捉。他兄弟特别喜欢，每年春天鲇鱼产卵的时候老去捉。捉过最大的有一米多长，也吃过几条，不过他们捉鱼纯为娱乐，大多数都是捉了即放，或者送给旁边钓鱼的大人。我们都听说过美国捕鱼要有执照，管理很严。他说是的，不过好像也并没有对鲇鱼有什么法规，可能因为这种鱼太多了吧。

有一次逮到了大鱼，看见鱼在地上乱跳很痛苦，小孩子们想结束鱼的生命，听说用木棍敲鱼头后面可以打晕鱼，可是敲了好几下也不管用，不知谁拿来一把小刀，想把鱼头割下来，也割不断，最后还是用锯子把鱼头锯下来的，场面弄得乱七八糟。他说看到鱼这样的惨相，他们后来再也没有杀过鱼。

他说他那个爱捉鱼的兄弟是一个特别疯狂的人，特别喜欢动物，什么动物都敢动。有一次他们在邻居家的池塘边玩，一条无毒的大蛇扭着身子从水面游过，他兄弟从高处紧跑几步，腾空而起，落在蛇身上，从水里钻出来后，把蛇举过头顶，高兴地叫着“我抓住它了！我抓住它了！”

真是自由奔放的美国小镇青年。

从照片上看，他的几个弟弟都比他要高大强壮，他说他有一个弟弟篮球打得很好，曾经参加当地的一所高中（他们都有短期在学校上学的经历）的篮球队，打进了一个俄克拉荷马州私立中学之间比赛的决赛，对手球队中就有现在如日中天的NBA洛杉矶快船队球员格里芬，当时格里芬已经是全美高中生最佳球员，而他弟弟的平均每场得分还要高于格里芬。他弟弟身高只有一米八，居然能轻松扣篮，这在美国白人里也是不常见的。因此，去年他弟弟来烟台看他时，在学校里打球，扣篮惊艳全场，没过一会儿所有场地上打球的人都被吸引过来了。

不过，后来这个弟弟并未把打篮球作为终生职业，而是在大学里学了地理和艺术，因为觉得要是成为职业球员就要整天打球，也够无聊的。而学地理的原因是想去非洲给穷人找水。

我们聊天的时候电视开着，我问他看不看电视，他说不太看，小时候家里也没电视，所以电视从来不是他生活的一部分。

游泳几乎每个美国人都会的。他们就经常到河里游泳，从小瀑布的顶上往深潭里跳。河水不深，也不是很清，发黄，有时候他们整天在河里玩。这让我想起了我自己，我小时候也经常去河里玩，黄黄的水，也不是很深，过膝吧，下过大雨就成了巨浪滔滔了。后来还去水库里游泳，逐渐地从紧张发抖到可以轻松地游上千米，后来坐火车路过衡阳的时候，还兴之所至把行李存在火车站，找出泳裤横渡了湘江。不过，我小时候游泳的水库现在已经污染发臭了，大多数河流也都如此吧。

我还是对美国小镇的生活有不少疑问。众所周知，“美国梦”是建立在“一所大房子”基础上的。可是这房子通常远离人口集中区域，那怎么解决电线、上下水问题？他说，他们家的电线是从电线杆下来后从地面入户。上水是接的小镇的自来水，如果比较远的人家应该是自己打井了。至于下水嘛，他也知道是有一个大桶作为“化粪池”埋在地里，到时候会有人来清理。不过，他们家的这个大桶可能十年才清了一次，还是因为有一次马桶不太通了，他们认为可能是化粪池满了，可是跟以前的房主联系不上，也真不知道这个化粪池是在哪埋着，后来全家人找了好些天才找到。所以他印象很深是十年才清了一次。我在电视上见过那大桶，也就是一个小锅炉那么大。他还是想了半天，笑着说还真不知道怎么弄的，他打算回去问问他妈再告诉我。

直到最近，我看了一本很有趣的书，就是关于美国郊区独立房子的开发的，非常翔实，几乎让我弄清了有关的所有问题。原来这“化粪池”跟沼气池不一样，化粪池是不密封的，不产气，经过发酵后基本上没有污染物的水就排进土壤里，所以化粪池是不用存多少水的，只存固体废物。一个家庭的化粪池用上十年不掏是完全有可能的。但是这化粪池因为泄露得很多，在美国也引起了很多的环境问题。现在大约有四分之一的美国家庭依靠化粪池解决下水问题。

既要负责“家庭学校”的教学工作，又要做全职的家庭主妇，他母亲的任务可不轻。他也说了，他爸爸不太做家务。不过平时每个孩子都要做自己房间的清洁整理，公共房间也由每个孩子轮流收拾，饭后洗碗也是孩子的事。我说：“这么看来其实你母亲的工作也不是很多。”

他说：“是的。小孩们干这些都是分内的事，没有报酬，但如果想要零花钱或者买什么玩具，父母就会安排我们做一些额外的活，比如割草之类的，估计也是父母找一个给我们钱的借口。”

我问他：“有时父母会不会惩罚孩子们呢？”

他说：“有时候会打屁股，但打之前都会告诉孩子，因为你犯了什么错，我要打你了，并且通常打得也不重。所以，这体罚的作用主要是让孩子记住。”

我说：“会罚不让你们吃饭吗？”

他笑了，说：“从来没有。”

人们通常认为美国小镇比较保守，或者说是排外。他说他打工的时候就是跟墨西哥移民一起干活，那里面有合法移民，也有非法的。有些美国白人恨墨西哥移民抢走了自己的饭碗，他自己倒没有这种想法，他只是觉得移民很辛苦，挣的所有钱都寄回家去，因为语言不通，所以平时交流不多，但他说大多数合法和非法移民都是很好的人。他家里信教，小时候跟着父母信，但他说到了大学才感觉到这个信仰是真正属于自己的了。

我请他吃西瓜子，瓜子壳上也就是有点盐，也没什么营养，他吃完，把几个手指挨个放进嘴里嘬，美国人好像从小就这习惯，不管吃完什么都舔手指头。这让他更显出“naive”的样子。美国人的面相都有很“naive”的一面，我感觉连海湾和阿富汗地区的美军，整天面对生死考验，面相看上去也很单纯善良，不像有些国家的军人那样阴狠。真不知道他们是怎么把这两者结合起来的。我问他：“有人说美国并没有真的登上过月球，诸如此类的‘流言’你相信不相信？”

他笑着说：“当然相信美国真的登上了月球。我身边的绝大多数美国人对此也是毫不怀疑的，但也有人整天怀疑一切，比如我在烟台那所大学里的一个美国同事。”

这个美国小镇青年全家福的照片给我留下了深刻印象，特别是那两个非洲黑人小朋友四年后的巨大转变。我不知道在这四年里到底发生了什么，但一定是一些很美妙的事情。我最开始之所以没记住他家有几个孩子，是因为他一会儿说他小时候有兄弟四人，妹妹一个，后面又说一共是七个兄弟姊妹，后来想一想，原来他已经把两个黑人弟弟习惯性地认为是亲兄弟了。

以一个美国小镇普通教师，可以供养七口人，还能远赴非洲将善心惠及黑人孤儿，其收入和德行，都令我自叹不如。我想，我们的国家现在把大量金钱投入非洲某些国家，还不如把这些钱投给国内自己的人民，先提高人民的财和德，等人民有了余裕之后，自己去非洲收养孤儿吧。

美国：
每个人都要对自己负责

偏远地区，长年苦作的人往往笨嘴拙舌，口才的好坏往往和成长过程中接受到的信息量大小，以及心灵不受拘束的程度成正比。

这次来的美国人，大学硕士毕业，女性。所以，她的口才好到让人吃惊的程度也是不奇怪的了。

美国“女孩”（她的自称）31岁，在南京教大学生以及外企的中方雇员，趁着冬天放假出来旅游。她说她是一个非常“社会”（social）的人，来我这儿旅游的短短几天时间，还见了好几个新认识的朋友，分别在不同的几个人家里住沙发，分配到我这儿只有一天时间，我问她为什么不干脆在一个人那儿一直住下去，她说前面那几人只能接待她一两天。我看她对这种每天认识新人的生活很适应，一点不觉得有什么麻烦。

要说她是一个说话机器也不为过，语速快，反应迅速，滔滔不绝。她的表情和身体语言都很丰富，十分活泼，对你的话反应也很灵敏，你稍稍讲一点有趣的事，中国人一般无动于衷，她却像汽油见火星一样反应剧烈，爆发一个热情的笑。跟她说话真也是一种享受，因为她就像一个摩擦极低的装置，你轻轻一推，她就能自己运行好远的距离，问一答十，这让你很轻松。她的一个好处是，不管讲什么都包含充分的论据，这让她的每一句话都显得相当可信。而且不管跑题多远，最后还是能绕回来——跟很多中国人聊天，往往最后是找不回初衷来的，双方都忘了一开始讲的什么了，谈话只演变成一个拼命要证明“我比你强”的争吵。

说起前两天在我这儿住的那美国同胞，俄克拉荷马州男孩，她笑着说：“俄克拉荷马州真的没什么可看的，一般美国人根本不会想去那里。”她自己是科罗拉多州的，两州相邻，她也从来没去过俄克拉荷马州。

我说：“那男孩说他们出门都不锁房门的。”

她说：“小镇的人就是这样的，小镇人会对陌生人微笑，可是大城市人一般不会。”她在纽约上的大学，说纽约人外表上很冷漠，但是接触了以后也很热情。纽约的犯罪率真的很高，有些区域非常危险。

我说：“中国人绝大多数窗户外面都装防盗网，电视里看到纽约的楼房好像也没见装啊。”

她说：“那是电视，防盗网在纽约很常见。”

她自己在中国丢过钱包，可是她说中国的犯罪也止于此，不会对人有什么暴力侵犯，所以她觉得中国很安全。可是在纽约就不会只是要你的钱这么简单了。

但是中国也有很多事困扰她。她最初租了一个“外国人一般都租”的“国际公寓”，租金高于普通房子两倍以上。时间不长就搬了出来，跟几个学艺术的中国学生住在一起。学艺术的学生明显家里很有钱，出手阔绰，可是不爱收拾屋子，这点让她无法适应，她希望至少在公共部分——客厅、厨房、卫生间保持干净，可是没人管，她还提出来干脆雇个钟点工来，几个人分摊费用，每人只出一点点钱，但是这个提议遭到了有钱的中国学生的拒绝。于是，根本就没有人管这些公共部分的卫生了。更让她受不了的是，有人在客厅抽烟，弄得她的屋子也满是烟味，她提出了好几次抗议，抽烟的人倒是答应得挺好，可是还是接着抽，好像觉得这根本不是什么大事一样。于是，她只好搬走了。

她说："中国好像到处都有人抽烟，根本无法躲开。"

我说："我想美国人碰到这种人都会直接上去表明自己的态度吧？"

她说："我通常不会，因为还是有些担心对方有什么不好的反应。我在纽约租的公寓如果碰到这种事也是能不说就不说。"

这还真是跟我想的不一样，我想因为有警察和法律的严格保护，美国人绝不会害怕表达自己的不满，但是看来现实中也不全是那样。她说道："这里面涉及一个'勇敢'的问题。"

来中国的外国人都爱"抱怨"倒是真的，她说："我在南京的外国朋友，就总是抱怨中国怎么怎么不好，甚至抱怨中国人会讲英语的人太少，连高级健身俱乐部的接线员都不会说英语，但我认为这根本不是中国人的问题。所以，我会以更耐心的方式处理这些问题。"

我问："是来中国以后变得更有耐心的吗？"

她笑着承认了。她说："中国的事情跟我或大多数外国人想象中的有很大的区别……"

美国是极讲个人主义的国家（自从我跟那个瑞典博士生谈过后，不敢说美国是"最"了），起码比德国讲个人主义（参考那位德国记者所讲的）。美国女孩说："有的德国人去了美国后，立马开公司创业，说要是在德国开公司的话，周围每个人都会说你不行的。但美国是一个极其会鼓励人的国家，每个人对其他人的想法，都会予以鼓励。在美国的幼儿园和小学里，老师会给你发一张纸，让你把你将来想做什么样的人画下来，不管想法有多不切实际，都会得到老师的赞许。”

我问：“就算是一些疯狂的想法，老师也会支持吗？”

她说：“是的。”

我说：“老师面对这些想法通常会怎么说呢？”

她说：“一般的说法是，‘你的想法很好，如果你努力，一定会实现的’。”

我说：“这会不会是一种‘不负责任’的行为，因为如果你的想法真的‘不切实际’根本没可能实现呢？”

她说：“可是谁真的能判定你的想法‘不切实际’呢？”

我一下子意识到，我实际上又陷入了中国式的“大人总比孩子聪明”的前提去了。其实美国式的不分青红皂白的鼓励法，是建立在“每个人都不能干涉别人，哪怕对方是个小孩”的社会共识基础上的，这里面也的确有一些“不负责任”，因为实际上心里想的是“不管你梦想有多大，那是你自己的事，你去实现就是了，跟我有什么关系？”因此，这也造就了，每一个美国人必须自己对自己负责，没有太多的人会替你作决定。所以，美国人从小就显得很成熟，什么事都是自己做。这又回到最初的那个话题上了，我问美国女孩：“是不是觉得中国学生不如美国学生成熟？”

她说：“我在南京干的第一份工作是帮一些中学生申请美国大学，当问到他们去美国想学什么的时候，这些学生说的最多就是‘我爸让我……我们老师说……’曾经跟我合住的那些艺术专业的学生，显然也从来没有自己动手解决问题的习惯。”

我问她：“能不能想起来小时候听到过几回别人对你说‘不’？”

她笑着想了半天，也想不起来真的有几次。她本科毕业回家跟爸爸说她想学“国际关系”的硕士专业，她爸爸也只是问“学那个能找到工作吗”，看她想学，也就再不说什么了。

我说：“中国的学生是听着老师和父母说‘不’长大的，每天不听个几百回不算完。”我想，经过这一道道“不”的绊马索，绝大多数中国人不被摔得头晕眼花，锐气全失才怪呢，剩下几个还有点创造力的只能算是超人了。我问她：“你想想，美国人对别人的鼓励是真正发自内心的呢，还只是一种礼貌？”

她想了想说：“发自内心的成分还是很大的。”

我不知道这位美国女孩有多少与众不同的创造力，但从她强大的口才和敏捷的思维看，她的自尊心和个人意志在成长过程中没有受到多少伤害和阻滞。

她是一个素食者，既不是出于宗教原因，也不是觉得吃肉不健康，或认为不能杀动物。而是因为上中学的时候，看到有一个同学素食，觉得酷，就跟着学，干脆后来就再也不吃肉了。但她的活力和红润的肤色说明，光吃蔬菜也许不一定就会营养不良。跟其他美国人不同，她爱喝热水，我说：“是因为不吃肉的原因吗？”她说：“不是，是因为到了中国老喝茶所以习惯喝热水了。”

波兰：
丛林社会，穷人得不到任何尊重

之前对那对波兰沙发客颇有微词，是因为他们未打招呼就出门不归，后来还来过一对波兰年轻男女朋友，想不到进门五分钟又抱歉地离开了，因为那张单人床太小，而他们前一晚坐火车整夜未睡，所以想找个地方好好睡一觉。在其他沙发客身上从未出现这种情况，这让我对波兰人产生了一些成见，觉得只有内心不坚定的人才轻易改变决定，不重然诺。说也怪，东欧国家只有波兰人向我申请沙发旅游，而且还不少，从没有见过其他东欧人的申请。这不，最近又有一对波兰人要来，女的四十一岁，男的跟她差不多，看上去很壮实，我多少还是想了解波兰的情况，再有也想把前面两次接待波兰人未果的事情做完，就答应了。

这一次波兰人总算是没有弃我而去，但是他们也没有太多机会第一时间看到那张小床，因为那位美国女孩还在睡觉。本来我想波兰人来得晚点的话，美国女孩也就离开了，可是他们早上八点就到了。我正睡着，电话响了，里面是一个中国女孩的声音：“有两个外国人……”看来两位波兰人是富有经验的，借路人的电话，并请代为描述情况——既能说清楚地点，又连电话费都省了。我跑下去，见到了两位。

说实话，五十米以外，我就能断定，这一定不是西欧或美国人，因为衣服有点不合时宜，挺旧挺土的样子。我上去打招呼，握手，女的满面笑容，不过是有点过头的笑容，人挺沧桑。男的很壮，个子不高，圆头圆脑，胸和肩都极厚，可是几乎毫无表情，淡蓝色的眼睛深深地藏在眼窝里，跟天气一样冷。差不多从这个时候开始，我就想，啊，三天快过去吧。

到了住处，我说那个美国女孩还在睡觉，让他们先休息一下。因为看他们实在有点累了，说是前一晚火车上座位都没有，只好找了个地方凑合着坐了一夜，我让他们干脆在我的床上先睡一会儿，我自己上会儿网。男的躺下，过了一会儿发出了轻微的鼾声，可是这位大姐躺了一会儿好像是实在没法睡，就起来了。

波兰大姐是很容易焦虑的那种类型，好像总是很担心什么，她的英语不错，说自己在波兰北方的一个海滨城市教幼儿园和小学英语，蛮流利的。他们都是标准的白人，大姐金黄头发，脸上皱纹挺多，看着显老。她从口袋里拿出皱皱巴巴的好几片纸，上面写了好多字，她让我把我住的地方在地图上给她标出来，然后是中国银行的位置（他们要去换人民币）以及坐车的地点。每一件事，她都要问好几遍，生怕搞错了。大姐说话很不放松，有点过于热情和活跃，但看得出那热情和活跃很浅，容易消失。

男的睡了大概一个多小时，大姐硬把他给叫了起来，对我抱歉地说，一开始不应该让他睡觉的。

小屋里的美国女孩也起床了，两位波兰人出去的时候，美国女孩打开门，背后是明亮的阳光衬着，得体地，简直说是高贵地展现着待客之礼，笑着打招呼，说抱歉占了他们的床。当时波兰大姐已经出门，小哥只是草草地淡淡地说了句“很高兴见到你”就跑出去了。

同为白种人，区别就是这么大。

晚上我做好饭正要吃，他们回来了，敲门声极轻微，我起先听到几下，没反应过来，快一分钟后才又响起来，我赶紧拉开门，想不到这轻微的敲门声是如此壮实的小哥发出的，小哥先进来，手里提着两张大饼——馕。大姐也进来，还是满脸笑着说了好多话，说是他们一天都没怎么吃东西，累坏了之类的。我想只能跟他们一起吃饭了，就把菜盛过去，米饭也分成三份，说没想到你们会回来一起吃饭，饭不一定够。

他们连说谢谢。我把饭菜都摆好了，大姐坐在床边，拿着她那几张旧纸和地图让我给她介绍，有好几条信息都是上午她问过的。我笑着说：“还是先吃饭吧，那些事儿我们吃完饭我再告诉你。”两位都是素食者，我对小哥开玩笑说：“你这么强壮，还是只吃素？”他也微微笑了。还好我的菜也没什么肉，他们吃了一点，也就不太吃了，还是相当局促。

菜还剩了不少，米饭倒是都吃完了，接着又拿起那馕开始吃，又给我撕了一块，看来那就是他们的晚餐，或者说整个一天的饭。

他们给我带来了礼物，这让我产生了不少好感。是一瓶酒，像红酒一样，但是用塑料瓶装的。小哥说这是一种波兰伏特加，上面标的酒精度是三十六度。我打开瓶盖给大家都倒上，那液体挺黏稠的，喝上去有点像咳嗽糖浆，甜甜的，酒味重，还有点杏仁味。大姐说那是用樱桃做的。我发现小哥也没喝过这酒，拿过去看了半天，也说不出个子丑寅卯。我还要给他们倒一点，被拒绝了，说那是给我的礼物——这反应和中国人是一样的。

大姐说想用用我的电脑查查火车时刻，以及给下一个沙发主人发请求，我给她打开了电脑。随后跟他们聊了聊。小哥的年龄看着比大姐小不少，皮肤挺细嫩，脸红扑扑的，他一回来就脱成短袖，光脚穿着拖鞋，内热十足。他的英语不行，只可以简单说几句，本人倒是在波兰卖外语图书的，以前是一个油漆工。他说他喜欢足球，也看NBA，音乐是他的生命，最喜欢的是牙买加的那种“雷鬼”音乐。他剃着短发，脑后却编出几个黑人式的小辫，我问他：“为什么留这个发型？”

他说：“是为了‘自由’。”

“为什么是为了自由呢？”

“因为从前波兰管得严，不让穿奇装异服，街上警察都会管。”

我问：“如果从前留这个发型，警察见了会怎么办？”

他比了一个用剪刀剪去的动作。我笑了，说：“中国从前也这样。”不过我有点不解，“波兰开放也二十多年了，你也老大不小了，现在还这么叛逆追求自由啊？”

他说：“我原来留头顶鸡冠样的朋克发型。”——我明白了，现在已经是收敛多了。

大姐还是那样局促，网出了问题，也不好意思问我。有时候小哥英语不灵了，她就补充几句，比如波兰的平均工资大概每月三千元人民币，有些人喜欢现在的波兰，有些人不喜欢，但回答得都很草率，有时候也问我一两句话，都是可有可无的客气话。总之聊天没聊到什么东西。小哥也总是颇为严肃的样子，我理解那是拘谨。

总算是过去了一天。

第二天我的心情着实不佳。下午打字没有及时保存，突然死机，几百字就丢了，重写比新写更累人。这天是正月十五，如果两个波兰人不来的话，我晚上会出去找个地方躲开那些放鞭炮的。结果只好忍受着满世界疯狂的鞭炮声和呛人硝烟，心里恨着这种“放炮的自由”对“不放炮的自由”的剥夺。

大姐早上出门前把昨天问过的又问了一遍，每每都要问多少钱，问有没有最便宜的，好像多花一毛钱都不愿意，我觉得这样的旅行真让人气馁。大姐在桌上留下了一张旧纸，上面请人用中文写着“我们要便宜的饭，不要肉鸡蛋”之类的。果然，晚上他们回来了，我打开门，小哥手里还是提着两张馕。

估计我的态度也不能算热情，两位好像更局促了一些。大姐让我开了机，继续在电脑前鼓捣着，小哥也更沉默了，我干脆只看电视了，不太说话。大姐还是时时问我一些客套话，我觉得也没什么意思，就敷衍地回答，只是看电视。大姐早上出门的时候说晚上回来想听听我弹吉他，我说我弹得不好，这会儿她又说起——何必呢，你在网上发申请，也不是真想听，本身这个时候外面正放着鞭炮，也听不清。我又说我弹得很不好，拒绝了。

总算是熬到他们弄完，过去睡觉去了，外面的鞭炮声也小了，我才算有点放松了，上床好好看电视。

一种隐隐的歉意其实从一开始就出现了。

理智上我认识到，波兰人和西欧、美国人有很大区别，虽说都是白种人，但不具有那些白种人的风度、见识，不优雅，不大方，没有那种发自内心的自信、快乐和纯真，因此生活经验几乎没有可供中国人借鉴的地方。究其原因，波兰和中国有很多共同之处，因为那是一个不保护个人的社会，个人被压缩得渺小，自己也觉得自己无足轻重起来。因此，相处之间，也感觉不到什么有趣的东西。

可是，道义上还是觉得对不住大姐和小哥，我越来越清楚地认识到，我对他们的感受就只有三个字：“穷亲戚”。中国人对穷亲戚有一种天然的抗拒，因为从中正可以看到自己的影子，仿佛跟穷亲戚扯上关系，立马暴露出自己的泥腿一样。

但是，总有一些穷亲戚或穷朋友，不管你对他们多么冷淡，他们还是对你一往情深，没有保留地关切，每每这时，总是期望能有一种力量出来帮助自己战胜势利之心……我们都极力追求平等和自由，但是还真的做不到博爱。从这一点来说，我相信很多西方人比我们强，因为有了巨大的内心力量，他们不会在意对方穷困与否，只是自己尽心付出。究其原因还是先得有自我的强大。

第三天，情况好多了，也许是他们今天就要离开的原因吧。我觉得不是那么太难相处了。

小哥虽愣却无恶相，大姐也许是真的活泼，而不是做作。大姐还是把她那几张旧纸片翻出来，让我给她把前两天写上去的东西又写了一遍。钱还是她最关心的主题，一定要找到最便宜的才踏实，嘴上说得最多的一个词就是“贵”，这贵那贵，基本上收钱的景点他们都不会进去。卧铺根本不在他们的考虑之内，哪怕换车，只要花最少的钱。她听说青岛不错，我给她在网上查了半天，算了算最便宜的车票也要多花上百块钱，她一听马上决定不去了。之后他们要在徐州转一次车，会呆上十二个小时，她还非要再找一个沙发客，说是想有人带着他们转一转。那天沙发网出了些问题，试了好多次都登不上。我说：“你就自己去当地转转不行吗？”她说：“我们在中国很容易迷路，最好能有人带着。”她还说了好些理由，我总觉得完全无必要。她每问我一个东西，接着就会问我多少钱，我想最多也就是差一两块钱的事，没必要这么仔细吧。总之那天早上还是那样紧张兮兮地问了不少事，她自己也觉得不好意思，说太麻烦我了。但这时我倒不带成见了，也能耐心地回答。并且坦然对他们说：“你们出门旅游没必要这么精细，至少要留出一些钱来防备作为余量吧，还是以开心为主。”

大姐又说了一通，总之是他们没多少钱，所以一定要把每一件事都算计好。他们吃素是因为不愿意杀害任何动物，我说：“你们旅游的时候不用那么限制自己吧，那很不方便的。”

她说：“如果你有信仰，在出门旅游的时候会改变信仰吗？”

我想倒也是这么个理。他们出门旅游的地方可不少，俄罗斯、土耳其以及欧洲、地中海、北非等国家和地区。就是这么一位爱紧张的大姐，却偏偏这么喜欢旅游。

话说开了，气氛也融洽了不少。大姐开始认真地说说她的生活。波兰现在是欧盟成员，却没有使用欧元。波兰的贫富差距也很大，穷人是真穷，要按地域分现在是东穷西富。政体变化后，现在波兰人有了一定程度的自由，出国旅游方便了，到欧洲其他地方去不要签证，他们喜欢这个。他们以前住在城里的一个老房子里，后来政府说在这里住了一定时间的人能以低价买下此房（这应该就是私有化过程吧）。结果他们就意外地几乎白捡了一处公寓房，更幸运的是，该公寓立马迅速升值，他们得以卖掉那房子在郊区买了一块地，自己盖了一处七十平米大小的独立房子。刚盖好，这块地也升值了，他们就幸运地拥有了一处价值不菲的房产。很多波兰人因为付不出买房的月供，被赶上街头，无家可归，他们倒没有这个担心。

波兰很多工厂关门了，工人们找不到事做。农民的日子也不好过。不知从哪里进口来的低价劣质的农产品——普通波兰人只吃得起这个——让小农手工生产的产品没有了销路，她有一个农村亲戚现在过得就非常差。虽然农民们生产的是有机农作物，可是波兰人自己吃得起的不多，想出口到西欧又拿不到昂贵的“绿色食品”认证标签。我说他们可以组织起来啊——话虽如此，可是实际情况都不是那么容易解决的。她也说不容易，我说你到世界各地旅游，可以把一些新观念带回去啊，或者也可以成为这样的组织者。——这只是开玩笑的意思了，她也笑了。她说她也没那个打算，只是喜欢旅游，其他事也没想那么多。关于汽油，波兰汽油每升十二元人民币左右，和西欧同价，但波兰没有什么收费站。我问："波兰有钱人是不是对穷人很坏？"

她说："是的，穷人一点尊重都得不到，波兰现在是'丛林'。"

能有"丛林社会"的概念，我想大姐的程度应该不止于教幼儿园和小学。

中国和波兰真是何其相似，强者风光，弱者惨淡，普通老百姓生活不易，物质上的困窘带来精神上的萎缩。西欧和北美已经解决了人如何不在"丛林社会"生活的问题，难道我们还必须要把这一课也补上吗？

我给大姐说中国和波兰时用了"我们"这个词，以示我们有共同的处境。

大姐说："我们的一些朋友说'你们经常出国玩，一定很有钱吧'，其实我们这样旅游花不了多少钱，在很多地方都是搭顺风车，或者住在自带的帐篷里。"

大姐坦言了波兰普通人生活的困窘，我对大姐的精打细算，也不觉得那么难以接受了。他们虽然穿得不起眼，可是也都很干净。看大姐的笑容，也越来越觉得出自真心。她再次让我弹弹吉他，我笑着答应了。弹了一首练过无数遍仍有点生涩的曲子，蒙蒙外行也不错。再伴奏着哼了哼《喀秋莎》，果然他们都知道这曲子。他们说："虽然俄国历史上对波兰不好，可俄国人民很好。"他们都称赞我弹得不错。——自然是没有美国人夸人那么热烈让人舒服了。大姐来了兴致，拿过照相机，给我们合影，我想我在相片里的样子看上去应该还是很好客的。

差不多把一个上午又坐过去了，大姐早上请我烧开水，用自带的咖啡粉冲了一杯，临走的时候把剩下的足有一斤多的半包留给了我，我看他们这么节省，实在不好意思占有他们的东西，可是推让了几次，大姐说她并没有喝咖啡的习惯，硬是留给了我。

又背上包了，在门口我们告别。这时大姐又显露出那种“对你一往情深地没有保留地关切”的样子，热情地问我：“你会想念我们吗？”我想我是真心地说：“会的。”

“到时候到波兰来一定找我们啊！”大姐说。

我说：“等我有了钱就去。”

她笑了，说：“不要那么多钱也可以去的，到时候一定好好招待你。”我也相信她说的是真心话，大姐在本质上是个热诚的人。我们稍稍拥抱一下。强壮的波兰小哥还是不怎么笑，我想，回到波兰，跟自己的伙伴在一起，肆意地说波兰话，到热闹的球场去看当地比赛时，小哥也许才会有激情的一面吧。应该是的。

我想如果我是他们，做得肯定还不如他们，比他们更局促。我希望他们没有太多受到冷遇的感受吧，也希望他们既然选择了沙发旅游，就应该有足够坚强的意志，把路上诸多不如意不放在心上。不过这些也许都是我自己的中国式假想，也许他们自己，根本没有谈论节省就感到丢面子的心态。希望他们在中国真的看到了让他们觉得不虚此行的美景。

意大利：

老百姓可以否决政府出台的新政

看足球的时候，很容易分清意大利和英国球队，因为意大利人留长头发的太多了。也许是意大利人觉得留长发帅气，能增加一点性感。英超球员短发剪得整整齐齐，好像踢完球换上西服个个都是职业经理人似的。

所以，大老远地看见一个高个儿老外，留着长头发，长瓜条脸，稍微发暗的皮肤，我心想应该就是一个意大利人吧。不过这一次是一个香港女孩要来，说她和一个老外男朋友一起，但没说是哪个国家的。我看她的经历，前一段到意大利转了一圈，再加上上述外形特点，觉得她男朋友为意大利人应该不会错，一问，果然。

意大利男人近四十岁的样子，普普通通的一个人，好像很能融合进中国的环境似的。虽说也不太笑，可是也很放松，英语不错，对你的话也有积极的反应。香港女孩也很普通，还不如我们街上的一些女孩时尚，不过总有一种跟她们不同的气质，细想想，可能是能沉得下气吧。她普通话不行，说得很慢，倒有一点儿童似的幼稚，但是总能把意思说清楚，不会轻易放弃表达观点。我不懂粤语，相互之间倒是说英语多一点。

虽说住了三天，可是刚到的第一天，几乎就把能聊的聊完了，来意大利人还是头一次，我也想亲身见识一下意大利人，这次倒是个好机会。说实话见到意大利人，我对于英语中的“social”一词才有了更深入的体会。英美人说“social”，就是要让交往对象极舒服，谦词恭维话不停地说，拼尽全力要给对方留下一个好印象，表明自己是积极、有力的，因此跟英美人交往会很舒服，可是有时候多少有点“努”的感觉。这应了前面那个俄罗斯小妞评价美国人的话：“不想笑还非要笑，为什么不真实一点？”有人说英美社会在道德上是高度利他主义，此言信矣。

这位意大利人不想笑绝不会装笑，他很放松，说的话听上去都是发自内心的，虽说“谢谢”“对不起”之类的礼貌用语也有，也会开开玩笑，可是比英美人少得多，没有英美人那种跟你谈话简直是百年一遇的样子。所以用英美的标准，他的“social”程度也就低得多。不过，总体上仍是无障碍的沟通，很可信的感觉。

我首先弄清了一个长久以来困扰我的问题：为什么意大利人的名字，不是“诺”就是“尼”结尾，也就是说都以“o”“i”这两个字母结尾。意大利人给我解释了半天，我才明白，意大利人的姓，很多来自以前的职业或事物。“o”在意大利语是表示单数，“i”表示复数，他说意大利著名的姓“维第奇”，原意是医生，以“i”结尾，只是表示多个医生而已——原来如此。还从他这儿知道了意大利语只有21个字母，没有J、K、W、X、Y，用姜昆老师的话就是英语26个字母给打了个8折。

其实意大利语本来就以元音结尾为多，加上又没有那上面5个辅音字母，所以意大利语唱歌合适，因为口型老是张着的，我把这个说给意大利人，他表示同意。

这位意大利老兄说他是个环保主义者，他的原则是，少消费，能省则省，不吃肉，不看电视，少坐车，尽量骑自行车——他倒也是有这个少消费的条件，因为他在家给人做翻译，自由职业者。他是佛罗伦萨人，他说他们那儿有小型消费者组织，相当于我们的消费合作社，集体买东西，把小生产商，如小榨油商、小农场主叫到城里来，直接从他们那儿买，价格比超市里便宜30%左右，品质也不错。这种组织都是自发的，要缴纳一些费用用于必要的开支，组织者一般也是无偿的，尽义务或有兴趣而已。他说他很高兴意大利还有很多这样的小生产者。

他觉得自己很幸福，因为自己跟家人、朋友保持着紧密的联系。他说："这种家庭内的联系也有助于降低生活成本，比如我兄弟做生意没钱的时候可以找我借，省得去银行还要付利息；我自己没有洗衣机，要洗衣服的时候就跑到妈妈家里去用洗衣机。"——以美国和中国现在的观念，这多少有一点"啃老"。

我顺便问问他前面听法国人说的法国红酒一瓶只要两欧元的事，意大利老兄说："我自己有时候直接从小酿酒老板买，用大桶装，一升有的只要一欧元。"

我实在不明白红酒之乡的红酒为什么这么便宜，我们楼底下有时候有人卖自酿的葡萄酒，也要二三十块钱一升。就算两公斤葡萄出一升酒，难道意大利的葡萄两公斤还不到一欧元？他也没解释明白，但说到可能前一年酿多了，酿酒人会低价处理。可能也是这个原因吧。

他也是一个对政治很感兴趣的人，经常参加一些政治活动，如反对政府的一项法令或是组织人联名提出一项倡议，意大利有很多这种小团体。意大利有一个情况，政府出台了一项新政，如果有足够多的老百姓不满，组织起来投票，就可以把新政否决掉。由于老百姓的力量很大，很多新政最后都被废止了，因此，事情总是维持原状。我们谈到意大利前总理贝卢斯科尼，我说："一个有这么多丑闻在身，还花天酒地的人居然当了那么长时间的总理。"

他说："其实贝卢斯科尼并不是因为桃色丑闻而下台的，而是因为受到了欧洲经济危机的牵连。"——意大利人认为政治家私生活跟政治没关系，贝卢斯科尼本来就是单身，有随便交女朋友的权利。当然了，一旦证明有召妓事实发生，就是另一回事了。

意大利人和英美人的观念还真不一样。

这位意大利老兄并不羡慕欧美更富一些的国家，他说："没有一种制度是完美的。以美国来说，看病很贵，你不买保险就看不起病，意大利是全民免费医疗。"并且他说，"地球上人类社会的制度，从古至今没有太大变化，总是富人、有权的人占统治地位，老百姓还不如过去有力量。"——这话一定让为人类的民主、平等、自由奋斗了几个世纪并认为取得巨大成功的西方国家的人汗颜了。

我说："现在你可以批评总统，过去你敢批评国王吗？"

他说："实际上过去更容易赶走国王，因为过去国王的力量也不大，老百姓聚集起来，拿着手里的农具就可以把国王驱逐了，现在可不行了，现在有时候意大利连示威游行都不让。"

说到这些的时候，我突然意识到一个问题，他是意大利人，说的首先是切身的感受。他认为意大利现在和过去差别不大，要么是几百年来意大利从无进步，要么是几百年前意大利已相当进步！没错啊，这时一个词在我的脑袋里逐渐成形了——自治。意大利有城邦自治的传统，古希腊和古罗马是欧洲民主的起源，佛罗伦萨几百年前就实行民主选举了。所以，他说现在和过去没区别，是因为他们早已享有过民主。过去驱逐城邦的国王或者贵族是经常发生的事。我把这个话说给他听，他点头笑着赞同。自治意味着地区差异和沟通不畅，沟通不畅又会导致小农经济，所以意大利这么多小生产者和消费合作社还能存在。也可想而知，意大利并没有全球性面对大众消费者的大品牌，但是精工细作的小作坊式生产却很发达，法拉利造得的确好，但一年能卖几辆呢？

不过，我没有资格去褒贬意大利人的生活方式，只是我觉得英美文化更开放进取一点。我开玩笑地说："汽车、电脑、互联网都不是意大利人发明的，意大利人也没有登上月球。"

他笑了，说："的确如此。"然后他说，"现在欧洲南部的失业率很高。"

我说："如果每个人都不消费，那永远不会有足够的工作让人们去做。"

他说："是的，但那种消费文化会产生很大的浪费。"

香港女孩一笑起来很甜，也聊了一些香港的事情，比如香港看病有公立和私立医院，前者有政府补贴，所以便宜一半左右，但老是人很多。香港的房太贵了，她自己可能永远也买不起。我问："以香港的房价在美国都可以买豪宅，为什么香港人还要挤在那儿？"

她说："很多香港人就是喜欢香港，哪怕房价贵也不离开。"——原来如此。她自己在香港南边的一个小岛上租房住，每天上班坐半个小时船，一个小时地铁，月薪一万多港币，也不算高，遇到风暴就可名正言顺地赖在家……

意大利人高个儿、瘦脸，高鼻子深眼窝，我感觉像一只自满自足、与世无争的鹤，不管外界如何纷扰，他自迈着长腿，悠然独行。

他们早上出门都是自己出去，即使我没有睡着而是醒了也等他们出去再起床，省得打招呼麻烦。嘿嘿。

第四天早上一阵洗澡整理东西的动静后，他们出门了。我起床到外间，看见一张纸放在桌上，上写“我们改变计划了，决定今天离开，不想打扰你，所以就没叫醒你。非常感谢几天的款待，多保重……”后面是我也认不出来的签名。

到小房间一看，收拾得干干净净，已经人去屋空。我想这倒也不错，干脆利落，省得婆婆妈妈地道别，晚上也可以轻松看电视了。本来还想在网上给他们留言，再道个别，后来想想也算了吧。一面之缘，兴尽而已，互不相欠，与其彼此牵挂，不如走自己的路，相忘于江湖……

韩国：为了寻找幸福感和生活的意义

一个韩国女孩，骑自行车周游中国，一天居然骑了一百三十公里。我不及也。我上中学的时候也曾经骑车独游省内，感觉一天骑一百公里已经筋疲力尽。不过那时候的车子是“28全钢”，重量很大，也没有变速，最受不了的是车座偏硬，几天骑下来屁股磨泡。韩国女孩的这辆车很轻，因为我们楼底下车棚不对外，我不得不帮她把车子扛上六楼，倒是一点不用费力。到屋里才看出还是一辆中国出的捷安特，她后来说是在韩国买的二手车，花了两千多元人民币。

她说她准备一直向南骑到云南，进入东南亚，然后坐车去印度，和在那儿做义工的朋友见面，然后投奔澳大利亚，车子也托运过去。在澳大利亚打工挣点钱后再去南美洲，我看她趁着精力旺盛会一直骑下去，只要车子不丢的话。

欧美女性通常是一身旅行打扮，看不出多少时尚。中国现在很多年轻人的时尚都是“韩系”，所以从这个韩国女孩身上倒是看出几分亲切来，她脑后的头发染成暗金色，洗过澡后盘在头顶，脸圆圆的，有一件米其林轮胎人式的羽绒服——中国也正流行着。不同的是眉毛修得粗粗的很有质感，这在中国女孩身上就很少见了。

做饭的时候因为离得近，看得亲切，她的双眼皮边缘有一排小针眼，就随便问她韩国女孩整容是不是很普遍，我想这应该不算是冒犯的问题。她笑着说："是啊是啊，几乎每个女孩都做，很多男孩也做。"

我就顺道问她："你是不是也做过眼睛？"

她说："是啊，也做过的。"

我说："那贵吗？"

她说："当时高中毕业，美容院给刚刚高考完的女生优惠，没花多少钱。"

"是问家里要的钱吗？"

她说："是自己打工挣的。"

她在首尔的一家牙科诊所工作，是一名洁牙师。收入也不错，工作的时候还自己买辆小车开着。自从2011年辞职到欧洲沙发游了一圈后，玩心大起，回来也不再工作，而是打算继续游下去。筹备了一个多月后，就开始了中国的独自骑行，而这之前她几乎从来没骑过自行车。她在自己沙发客网站的介绍里说，她骑车是为了寻找"幸福感和生活的意义"——境界还真是不低。单身骑车远游的中国人有的是，不过像她这样娇滴滴的女孩还真是少见。我也许只是她"伟大旅行"中的一个过客，很遗憾也不能像偏远地区的古老哲人一样带给她多少感悟。

她来中国骑车的事一开始没敢跟她妈说，到了中国后才发邮件讲了。她的朋友们都说她疯了，中国有多危险多危险。当然了，事实证明中国也没那么可怕。她说中国人一听说她是韩国人，对她都很好，很热情，她觉得也许是中国人喜欢看韩剧的原因吧。

大约谈了谈韩国的情况。她说韩国现在的传统也越来越淡。圣诞、元旦、农历新年，分别都有三天假，也就是说他们也过中国的春节，不同的是不放鞭炮。平时年轻人人手一个智能手机，坐车都是低头看手机，不闻身外事。“过年”的时候，原先是小孩子要到老人家里，现在去的也少了，很多年轻人都是趁放假出去旅行。老年韩国人有的恨金正日，金正日去世的时候很高兴。可是年轻人没感觉，也不太关心。我说：“听说韩国人也恨日本人？”

她说：“不恨啊，我就很喜欢日本。”

我又问：“听说韩国人都开国产车，不买日本车？”

她说：“不是啊，街上进口车很多的，买国产车主要是因为便宜。”

有趣的是，她对于韩国的地名及大多专有名词，都是只闻其音，不知其义。我在网上大致看了看韩语的历史，韩文是一种记音文字，15世纪才创立，之前借用汉语记音。由于深受汉语影响。很多名词都是从汉语里来的，所以现在韩语里有很多词的发音和汉语十分接近。二战以后，南北韩同时进行“去汉语化”，只使用韩文。所以现在的年轻人几乎都不认识汉字了，除了自己的名字。我以前就很疑惑，因为看到韩国的地名人名，都是特定的汉字来写的，完全不是英文地名式简单音译，过去也没有深究过韩语和汉语的确切关系。现在大约有点明白了。我在纸上写“釜山”“仁川”“汉城”这些地名，女孩说她看不懂，她嘴里说着这三个地名，和汉语发音很接近，可是她说根本不知道这地名有什么意义。甚至对于自己的名字，她也不是很知道其意义，而我们中国人却是看得清清楚楚的。

这还真是有点奇怪啊，难道韩国人就生活在这样一种朦胧的语言当中？当然了，我对韩语也不甚了解，也不知道实际情况到底如何。

有一个时间电视频道放到我们地方的官方台上，一个女播音员在那儿报新闻。女孩看到笑了，我心领神会，对她说："有点像朝鲜电视台的播音员？"她笑着说是的。说到现在南北韩的语言距离越来越大，年轻人基本上不太听得懂朝鲜的话了。

和欧美女性相比，韩国女孩到底女性化一点。第一天来的时候脸黑红，好像晒太阳太多已经变不回来的样子，可是第二天打电脑的时候，又粉白细嫩了。也不是很主动，很享受你给她忙这忙那，就像前面那个在韩国待过的加拿大小伙子说的那样，韩国女性还是很东方化的。她在我这儿住了两个晚上，算是让自己休息一天。我给她做了三顿饭，每次都说很好吃，很多"谢谢"。

她说到她的母亲，是在高尔夫球场当球童。我初听有点意外，后来想了想，好像有些亚洲国家有中年妇女当球童的习惯，大概是一个戴着大斗笠包着头巾，胳膊上套着袖套的形象。她说韩国都是女人当球童的。但就是这个球童，供养着他们一家四口，两个女儿一个儿子。她家在首尔郊区，普通的公寓房，大概三十万人民币左右。

说到她去年在欧洲的沙发游，最古怪的一次经历是在法国搭顺风车，一辆车停下来，她上车，发现法国司机老伯伯下身居然什么都没穿！我说："没穿长裤？"

她说："不，什么都没穿！"她笑个不停。

我问她："当时害怕吗？"

她说："不，只是觉得好玩，当时车开得还不快，我拉开车门跳出去逃了。"她说，"我不怕陌生人，甚至更喜欢跟陌生人交流。"她的笑也很放松，有一种完全投入和享受的表情，不像我们有些中国人笑得收敛而警惕。为什么中国人喜欢看韩剧日剧呢，我想是因为里面的女演员能发出一种甜得能融化人的笑，没有一丝苦涩的成分。

她用我的电脑看了好几次卫星图，她下面要去的方向，不管是南还是西，都要穿越上百公里的秦岭地带，山的褶皱密密麻麻，她直吐舌头。我问：“你有可能放弃吗？”她说：“一定不会放弃的，我一定要骑到越南。”

当然了，这话是谁都会这样说的，后面的“不放弃”目前还只是一种可能性——但我希望她梦想成真，不要对自己和世界失望。

早上要走了，我又帮她把车子扛到楼下，她甜蜜地笑着跟我告别了。气温还是很低，但已经不那么刺骨了。我上楼时看她推车出去的背影，想着她还有好几千公里的路要苦蹬，不禁也有些怜香惜玉。回去盖上被子再睡一会儿，心里合计如果是我，其实也不算太痛苦，因为只要一上路就好了，一寸寸看到的陌生新鲜的前路也许会让人觉得更安全，自我设定一个很遥远但可一点点完成的目标，也会给人带来这一阶段的宁静。

英国&德国：
西欧各国的腐败程度几乎可以忽略不计

之前那个意大利人认为世界上没有一种制度是完美的——当然这也是大实话了。他说到著名的以保护私人财产闻名的英国，“其实还不如意大利”，因为意大利的土地是永久产权，而英国的土地都属于王室，个人只有99年使用权，到了年限还要再买一次。

这话一定是有误了，因为当一对英国和德国男女朋友来的时候，我专门把这一条向英国小伙子求证，他说：“有99年一说不假，可是到了99年头上，也不用交钱，只要再去登记一下办个手续，就可以继续拥有下一个99年。倒是遗产税高得吓人，把老屋传给子女，要交30%的税给政府。也有人通过各种办法避税的，好的时候只用交15%～20%。但没有人能逃得过挨这一刀。”

两位称得上是金童玉女，长得很漂亮。女孩高个，五官端正，笑起来很甜，但又颇有点大将风度杀伐之气，爱掌控局面，只是皮肤有点干黄。小伙子是利物浦人，女孩自称来自德国南方一个很小的村庄，在利物浦上研究生。她现在仍住在那小村子的妈妈跟我们中国的妈妈们不一样，很“潮”，跟她用skype聊天，开车出门还用手机上网，时时保持联系。

他们口里的“谢谢”“对不起”跟其他沙发客相比，只多不少。我忍不住问：“你们在家里也说这么多客套词吗？比如你在自己家人面前打了个喷嚏，也会说‘对不起’？”

他们笑着说：“在自己家人面前就不了，但这不是到了别人家里吗，就说得多一点。”

不过，有些已经成为他们的本能反应，比如说错一个词或者打一个嗝就立即带出一个“对不起”，显然平时也有这习惯。

英国小伙子有点像一个探险家，精干、灵活，虽说可能也是因为他晒得很黑，给我留下了这一印象，但更主要的是他有一种专注的气质，外界不能轻易左右，跟你说话的时候大眼睛直勾勾地盯着人，似乎每一句话都是心血的结晶，并且关乎世界的存亡。他也笑，但不随便笑，也不拘束，感觉他在那里，自成境界，无人可犯。我想要是有人想组织一个探险队，老板一看到这人就会想，这就是我想要的人。

日本人有一种“圆熟”的概念，就是说人的想法和行为之间没有“一根头发丝”的间隔，想到就去做——这是不容易的，我们受到自我的约束太多，大多数时间都是受到自己内心的牵绊。我看这英国“探险家”身上就有一点“圆熟”的感觉。当然了，也许里面也有我自己理想化的成分。

他们两个从澳大利亚出发，一路经过东南亚、中国，最后从西亚进入欧洲，回到德国。——英国探险家打算上德国“倒插门”了。他们这一路极省钱，从不坐飞机，甚至连火车硬卧都不买。因为到上海实在买不到硬座，只好买了两张软卧，算是大大超支了一把。问我哪里有洗衣店，出门过了会儿又拎着装衣服的包回来了，说是太贵了，留到上海找个便宜的地方洗吧。虽然自己极省，但他们的旅行同时还兼为一个儿童慈善机构筹款。他们有自己的小网站，在网站上有着慈善机构的链接，鼓励人们看了他们的旅行记录后去捐款。

正好是个机会问问英德人之不同。

我问女孩："你在利物浦大街上，不说话的时候有没有人能认出来你是德国人？"她说认不出来。补充一下，女孩的英语当然很好，但还是有德国口音。探险家说："欧洲北部的人都差不多，我自己在德国也没人看得出我是英国人。德国人有着'冷面'的名声，可是其实内里也是很热情的。"

我问："你们两个之间有没有什么文化上的'冲突'？"这个词可能用得重了一点。

探险家说："没有，我们两个性格挺像的。"不过，他说到"德国曾经两次破产"（两次世界大战）时，女孩就反驳他了，看来这还是有损面子。但是探险家也说到德国人是很厉害的，很短的时间就成为强国，德国人很勤劳，制造业很发达——表情上看也不是为了讨好女孩而说，纯就事论事。

女孩自己说到了希特勒，我也跟着说几句。我说："希特勒既打西欧，又打苏联，逼得本来的敌国之间都联盟了，这没道理啊！"

女孩说："谁知道，希特勒是很疯狂的人。"探险家说他带着一本书，拿过来，是本《第一圈》[①]，是写斯大林的。他说："斯大林唯一欣赏的人就是希特勒。"

我问："为什么？"

他说："因为希特勒直性子，说什么就干什么。"我们笑了，此君在这方面还真是赤诚君子。探险家说："斯大林谁都不信任，他认为解

---

① 索尔仁尼琴作品，1970年获诺贝尔奖，题目意思是斯大林最亲近的"一圈"人。

决猜疑的唯一办法就是——杀。”

女孩说她不是很信教，探险家说他完全不信教，他是无神论者，不相信任何超自然的东西。但这在利物浦并不常见，他父母大概是当地少见的不信教的人。他对当代的西方政治也颇为怀疑，尽管他认为和其他国家比，西欧各国政府的腐败几乎可以忽略不计，但仍有相当“高层次”的问题。比如，英国跟着美国出兵中东，他认为完全是出于利益和“腐败”，打伊拉克当然是为了石油了。我说：“那阿富汗没有石油啊？”

他说：“阿富汗有价值巨大的矿产资源，就是稀土，现在手机和电脑里都要用到一点稀土（主要用来生产强磁铁和显示屏）。”之前那位美国老警察说阿富汗是个“屎窝子”，完全没有经济价值——你更愿意相信谁呢？

我说：“既然英国人民不愿意自己出兵中东，那为什么政府还会决定出兵呢？英国不是民主国家吗？政府应该代表人民的意志啊。”

旁边女孩还帮腔，看着自己的男朋友说：“这是一个好问题。”探险家想着，说：“英国政府受到一些大利益集团的左右，出兵对这些利益集团有好处。”

我问他：“你愿意成为一名政治家吗？”

他坚决地摇摇头：“不。”

“为什么呢？”我问。

他说：“政治家太累，要在不想笑的时候笑，要跟自己不喜欢的人打交道，压力太大，并且——收入也不高，有什么好处呢？”

我说：“可以有权力啊。”

他说：“权力也很受限制的，很不自由。”

人民对政治家的切身感受胜过千言万语，它是欧洲民主政治的直观写照。

又说回德国和英国的不同。他们认为德国在某些方面做得比英国好，比如德国是免费教育和医疗，高福利，上大学都是免费的。女孩说："这样可以让穷人也有机会。英国信仰'自由市场'，更'资本主义化'一点，这两年更是削减福利，大学的学费成倍增加。想法也是鼓励竞争，希望人人都能自强。"——美国也是这个理念。高福利和自由市场这两者孰优孰劣呢？

我对他们说："你们想过没有为什么你们之间是说英语而不是德语？"

探险家说："是因为我不会说德语。"

我问他："有没有觉得两人之间说英语，有一种文化上的优势感呢？"

他说："我倒是觉得不如我女朋友，因为她会说两种语言而我只会说英语。"

"还有，为什么英语成为世界语言？"

他回答说："因为英语最简单吧。"问了半天，反正是没得出我想要的结论。

我证实了一下，原来不光德国，英国和欧洲国家的人绝大多数只开手动挡车。探险家说美国人和澳大利亚人爱开自动挡是因为他们"懒"。欧洲人很享受手动挡的乐趣。我问："你看到街上有一辆很贵的车是什么感受？"

探险家说："只是觉得开车的人想告诉大家'我有钱'，这是一个很爱显摆的人。在伦敦街头经常能看到法拉利开过，也不光是在伦敦的外国富豪们开，英国自己也有不少这样的人。而德国有钱人宁可买一辆非常非常贵，可是外表看上去跟普通车没什么区别的车。"

我问：“开法拉利的人能吸引到女孩吗？”

女孩说：“是有些女孩为之吸引，可主要是教育程度不高的，受过良好教育的女孩不会欣赏那种夸张的行为。”

探险家说：“我不羡慕开法拉利的人，我只想买一辆小车开开，因为省油！”

女孩笑着说：“他是因为没有法拉利才这么说。”我们都笑了。

但是有一点，他们说得很肯定：哪怕你开的是法拉利，见到行人也是得让行人先过，并且万一撞了人也是依法处置，没跑！我看，这样普通民众确实也没有理由去那么眼热法拉利了，你开你的法拉利，其奈我何？

两人是“两杆大烟枪”，抽了好多“万宝路”烟，说就是在中国买的。老外来中国，爱抽烟的算是到了天堂了，早先那个加拿大哲学教师也极爱抽，就买中国本地五六块钱的烟。因为欧美的烟卖得太贵了，一般是七八美元，到中国可算能敞开抽了。探险家抽烟的时候要去卫生间，我说没事就在屋里抽吧。给老外点烟，他们会说谢谢，但不会像中国人一样用手拢着火表示敬意。

他们来到中国城市，最大的感受就是“巨大”。下了长途汽车就看到高层住宅楼群，坐公共汽车走了好长时间，还在楼群里，到处都是高楼。德国、英国城市的高层楼房一般只有很少几个，都集中在CBD地区，主要是商用。所以稍稍走远一点回头望，就可以看见一个完整的城市轮廓（所谓天际线），可是在中国，永远都处在高楼中，城市轮廓是看不到的。这一点我自己也深有体会。欧美城市，其实高层楼房并不多，而且集中，大多数人是生活在低房子里。“中国毕竟人口多，”我说，“纽约的高层楼房也多啊。”他们都去过纽约，说："不不，纽约的高层楼房不多。"

现在中国各个城市的面貌，几乎已经被高层住宅楼房这种丑陋的东西破坏了。

两人来的这几天我正在看图书馆借的《天工开物》，探险家回来看到我桌上放的《天工开物》，问这是什么书，我说："是中国古代的百科全书。"他礼貌地翻了翻，看了看里面的画儿，赞赏了一番，说："中国古代比欧洲领先多了。"

我说："中国文明虽然较早，比欧洲早经过一些阶段，但最终没能达到欧洲的高度。欧洲人或者说英国人，喜欢分析事物，找到东西的本质。"

探险家说："是的。"

我说："最伟大的科学家牛顿，下来是爱因斯坦，"——一指那女孩，"是德国人。"然后又一指探险家，说，"下一个又是英国人，霍金。"我能看出小伙子也是很自豪的样子，他说："牛顿真是一个天才！他有时为了做实验用针往自己眼睛里扎。"说着做了一个姿势，接着又说，"对了，我们还有达尔文。"

说点题外话。我看《天工开物》书中大多数生产实践可行，当然，有一些原理的解释是有误的。但是所有可行的技术也都是停留在知其然不知其所以然的层面，大多是靠着大量时间积累成的生产工艺，但是没有进一步对事物本质的探究和分析。有人说中国明朝科技仍是领先世界，《天工开物》完成于1637年，同时代欧洲的科技发展到什么程度了呢？牛顿发明万有引力定律是在1687年。当时欧洲人对世界的认识已经如此高深，几乎到了令上帝都无处容身的程度。

大家也都知道，中国古代不重视科学，聪明人都去考科举当官去了。我想皇权本身的性质，就决定了它是反科学的。因为皇权的第一任务是保全自己，不是保全人民。皇权说自己是“天的代表”，世界的秘密透露出来得越少，皇权越可以保有这个谎言与自己的神秘性。

英国对世界的贡献很大。一个牛顿就不知道给英国人的性格里带来多少自豪的基因。

墨西哥：
谜一样的国度

一个墨西哥女孩说要来，我也很想了解美国和墨西哥的差别。以前看过文章说，美墨边境，其实人种都差不多，都是说西班牙语的居多，可是美国这边整整齐齐，一到墨西哥那边就乱七八糟，可见人真是差别很大的。

墨西哥女孩长得黑，英语也不错，不过很不放松的样子，我原来期待墨西哥人有拉丁人的热情奔放，可是看来也不全是那样的。她从北京去太原，本来想在太原待几天。但比预定日期早几天就有一个电话给我打过来，是一个底气十足的中国女孩的声音，说这个墨西哥女孩要来我这儿，在火车站请她帮忙买票，我问她为什么要提前来，中国女孩说此外国人在火车站见到很多拥上来卖东西的人，还被推推搡搡，觉得害怕，就不想在太原待了。

第二天墨西哥女孩来了。一个人，个子不高，小巧，挺紧张的样子，一握手，冰凉。我带她回去，她背着一个不大的包。到屋里放下包，请她喝点热水，大概聊了几句。她是学法律的，在美国学习过半年，英语当然很好，不过也没什么美国音。我问她知道不知道什么西班牙语，我正好有一个问题要问她，就是“上帝”在西班牙语里怎么是“Dios”？我原来以为全世界都把上帝叫God。她说：“不是的，西班牙语的‘Dios’就是指神，也是指各种神，上帝是一个神，他儿子的名字叫耶稣。”我突然意识到，英语的“God”也是指各种神，比如风神雨神树神，只不过如果不加“the”，单独一个“God”，就是最高的神，也就是上帝了。其实这和我们中国也是一样的，汉语《圣经》里提到上帝就是一个“神”字，“神”有好多种，上帝当然也是一个神，只是基督教认为他是“万神之神”。算是弄清了一个语言学的小问题。

她问我中国人信什么教，她听说中国有佛教、道教，也有基督教。我说：“现在中国人只信一种教——钱”。她笑了笑，说：“墨西哥也差不多。”

细问之下，原来她都没有离开太原火车站，一看到如此乱相，加上天色已晚，她怕找不到青年旅舍，就干脆直接买票离开太原了。我说其实也没那么危险，只是一些想卖东西给你的人。外国旅游者已经证明，在中国有丢钱包的危险，却没有被人绑架、劫持的危险。我说：“墨西哥有些地方也很危险吧，中国应该是好多了。”

她说：“我倒不觉得墨西哥有多危险。”——看来不管多么名声在外，本地人都适应了，只是一到外地，凭空会增加新的不安感。

印第安人和印度人是一个词，Indian。因为当年西班牙人航行到美洲以为到了印度，把美洲人叫“印度人”。也不知道为什么后来没改，而是一直这么叫下来了——也许是觉得没必要改了，因为两种人还真是很像的。我眼前的这个墨西哥女孩，说她刚从新德里来，准保大多数人也会相信，的的确确很像印度人。黑黑的皮肤，眼睛本身已经很大了，不知道是自然的还是有意画的，两个大黑眼圈，黑眼睛。手指倒是挺长，纤细而白，是中国相书里说的富贵相：“女子手要柴”。

喝了点水，她问能不能用我的电脑，用skype给家里打电话。我说可以可以，就给她打开电脑。她在那折腾了半天，最后还是没打成。原来她的skype账户里没有余额了，要充钱，可是她的信用卡操作了几次都不成功，我说可能是墨西哥的卡在中国用不成。她问我：“哪里有卖手机卡的？”

我说：“那个你买了也没用，要开通国际长途你还得存一千块保证金。”

她说：“有一种卡，上面有账号和密码的，这个有卖吗？”

我说：“这是IP卡，这个的确可以打国际长途，前几年我还买过不少，但是这几年可能不太能买得着了。”

她有点焦急的样子，看来是非要打这个电话不可，说是给她妈打。

我问：“你来中国旅游，你妈知道吗？”

她说：“知道的，可我还是很想跟母亲亲自打个电话说说话。”

我想，经历了旅行中的一点点不安，让这种想跟亲人说话的愿望更强烈了，可能她并不是需要她妈安心，只是想听到母亲的声音让自己安心。

她不好意思地说：“我在墨西哥的时候，每天跟妈妈打一个多小时的电话。”

“每天？”我问。

她说：“是的。”马上又为自己解释说，“我知道这有点让人难以相信，可是我们就是那样的。”

如此亲密的母女关系，多少能解释她到目前为止的种种行为，为什么那么容易感到害怕。

我问她：“你和你妈住在一起吗？”

她说："并没有住在一起。"

我想有一个问题可能不算是太礼貌，但觉得应该也不是太过分，就问她了："你母亲是一个单亲妈妈吗？"

她眨了眨又大又黑的眼睛，回答："是的，我妈好多年前离婚了。"——猜中了。

希望她不要感到太唐突就好。

我说："你到市中心的邮局去吧，那儿一定有可以打国际长途的电话，或者IP卡。"她详细问了地方和去的公交车，我们又聊了几句，她就出去了。

我看到她把一本很厚的如空心砖的书取出来放到床上，门开着，我过去一看，是一本畅销书的样子，西班牙文的，像是讲凶杀和爱情的故事。

此前很多沙发客提到，在中国几乎没有见过人读书。墨西哥女孩旅行都带书，不禁让我产生几分钦佩。

不过，对墨西哥的了解差不多就到此为止了。下午，女孩回来前，可能买了一个手机卡吧，给我打电话确认我在，然后说她马上就回来。见面后说她在街上碰到了一个朋友，她们已经订了当天的旅馆，要过去一起住了。我说："你们可以来一起在我这儿住。"

她说："好的，但是今天的钱已经付了，明天会来吧。"并且说，"虽然只有一张床，可是我们中的一个可以睡地上。"然后背上包，跟我道别了。

我想，很有可能她第二天也不会来了。果然。

美墨边界的两边，是大相迥异的两个世界，不知道这个墨西哥女孩是不是他们的一个典型，她的行为方式，能不能给美墨区别这一复杂主题多少增加一些参考呢？你说呢？

葡萄牙：

民主政治的特点，争论多而行动少

今年的春天有点倒春寒，暖气停了以后，突然又冷了几天。我前面写到德国人也穿秋裤，不过和中国人比起来，大概是不穿的人更多。因此我有点想效仿老外，暖气一结束，也穿了单裤。虽说有点凉，其实也完全可以承受。就在这几天，一个葡萄牙人来了，我把他带回来，听着他在小房间里打开背包折腾。走过去一看，他正手忙脚乱地往腿上套“秋裤”，连说太冷了，太冷了。我心想，这入乡随俗也太快了吧。

葡萄牙小伙是典型的葡萄牙人。卷毛头，稍黑的皮肤，刮得干干净净的络腮胡子，眉毛又浓又长，老是笑眯眯的，态度很和蔼又很有活力，说话很快，一说起来就停不下来，好像是热量比较大，他坐过的椅子我一坐下就感觉热乎乎的。总之很想把他和“橡胶”这种热带植物联系起来。

他也是在进行环球旅行，不过背的包并不大，身上也没多少尘土，在北京住在一个葡萄牙朋友的家里，到我这儿才算是第一次住到中国沙发主人的家里。

他二十六岁，大学的专业是工程，后来也曾在父亲开的小公司里做过一段时间，为了这一次环球旅行也攒了好长时间的钱。他从葡萄牙出发，穿越欧亚大陆，然后到东南亚，接着再去南美兜一圈，准备花上一年时间。我问他这一趟整个的预算是多少，他说是五六千欧元吧。这可真不是个大数，我看大多数中国人也拿得出这么多钱，困难的是签证和心力。说到签证，他说葡萄牙人在外国比较好拿签证，因为本身就是与世无争的国家，跟大多数国家没有矛盾，而欧洲最好拿签证的是比利时人，到处都受欢迎。

他的时间和钱都已花费过半，我问他："到目前为止最有意思的旅行是哪一段？"

他兴高采烈地说："伊朗。伊朗人对人太好了，一听说我是外国人，就拉着我到家里吃喝，非常热情，商店老板跟我聊了好长时间都舍不得让我走。"

我说："伊朗太封闭了吧，越是封闭国家的人越想了解外界的情况。"

他说："是的。"

有时候在电视上听到一些西班牙语，似乎每个人都说得快得像打机关枪一样，感觉西班牙语或者说拉丁语应该很难学。他说一个葡萄牙人和一个西班牙人之间，不用学，就可以完全听懂对方的话。他自己在西班牙待了一周就可以让当地人觉得他是西班牙人，只不过有点口音而已。而经过简单学习，他也很容易地学会了意大利语，和法语稍微不同一点，可是对他来说也不算难。"英语是世界上最简单的语言。"他说。看来，除了亚洲，他在世界上旅行基本上不会碰到语言问题。

他带着一本书，叫《第一个地球村》，是英国人写的关于曾经的葡萄牙帝国的林林总总。我在他住的三天里也翻了翻，说到英国人的下午茶习惯还是葡萄牙人带去的，日语的“谢谢”甚至是来自葡萄牙语。葡萄牙在海外曾经有很多殖民地，这个大家都知道了，现在葡萄牙人也是遍布世界各地，他说世界上第二大葡语城市是巴黎，有将近一百万人之多。葡萄牙人曾经是航海专家，我说：“发现美洲的哥伦布好像是葡萄牙人吧。”

他说：“哥伦布是意大利人，不过现在也有争论说他是葡萄牙人，哥伦布是在葡萄牙学到的航海技能，但他是为西班牙国王航海的。”

我说：“另一个著名的航海家达伽马是葡萄牙人吧？”

他说：“这个是的。”

我说：“连‘美国’都是用葡萄牙人的名字命名的。”

他没法把这个荣誉据为己有，笑着说：“亚美利加是意大利人。”他在印度旅行的时候，发现孟买附近的一个小城，很多建筑完全是葡萄牙式的，简直让他以为自己又回到了祖国，当地人有一些完全看不懂的古籍，以为是天书，他一看，居然是葡萄牙文的。

葡萄牙曾经是全球性的大帝国，他似乎也很乐于沉浸在对美好过去的憧憬之中，随身携带《第一个地球村》这本书，与其说被沙发主人们偶然发现，还不如说他主动展示给人看。不过，直到20世纪70年代，葡萄牙和西班牙才成为民主国家，是西欧国家里最晚的。我说：“英国大概在17世纪就民主化了。”

他说：“是的，那时国王就没什么权利了。”

一个是四十多年，一个是四百多年，这差距是够大的。我问他：“葡萄牙人典型的性格是什么？”

他说：“外人都说葡萄牙人有点懒（看来这一评价举世公认，连葡萄牙人自己都知道），但葡萄牙人其实是不想浪费时间。”

他举例说：“有一个笑话。一个德国人、一个法国人和一个葡萄牙人分别做一项产品，都只有两周时间。德国人是从第一天开始就去做东西；法国人是第一周设计，第二周开始做；葡萄牙人是前十天一直在玩，最后三四天才开足马力，一挥而就。”——我倒是有心想知道这笑话的作者是哪国人。

他还说：“在旅行途中跟其他几个人搭顺风车，车坏了，别人都在那儿修车，不会修的也上去帮忙，起码做个姿态。我是在旁边舒舒服服地喝完咖啡，才上去看看情况，有个比利时人就说，‘这就是你们葡萄牙人。’”我们都笑了。这让我想起一个美国的二战电影，一帮美国兵开着坦克去抢德国一家银行的黄金，坦克坏了，所有人都在撅着屁股修，一个人支了个躺椅晒太阳，人家气得半死问他怎么不来帮忙，他说反正他也不会修。——不知道此角色有没有葡萄牙血统。

以他自己来说，比较喜欢随意散漫的生活，旅行也是这样。哪个地方喜欢了，就多呆几天，像在印度一住就是半个月，他发沙发申请一般都是前两天才发，要他提前发也的确难为他，因为他往往不知道自己下一个要去的地方是哪。我接到的沙发申请，欧洲北边国家的人和美国人一般都提前很长时间发申请，到了日子准来，火车时刻也是一点不差，真不知道他们是怎么做到那么精确的。我自己倒是比较接近葡萄牙人的旅行方式，也是无计划型的。

葡萄牙的生活节奏的确比较慢，我说：“感觉葡萄牙好像是一个特别适合生活的地方。”

他说：“是的，葡萄牙人少，全国才一千万人，只是中国一个城市的人口。大多是老房子，很多时候都很安静。”他来中国，感觉到处都是人，基本上没有清静的地方。南欧国家人早上开始工作比较晚，晚上活动也多，给我印象最深的一次是西班牙有一场足球是当地时间半夜十二点开场的。这当然是极端了，但晚上十点开始的比赛很常见。他自己睡觉倒是不太晚，也就十二点左右吧，他说也许是因为天气热，所以晚上的活动多一点。

葡萄牙是西欧的低收入国家，但既然是欧盟国家，也不会差到哪去。他说："一般葡萄牙人的月收入在一千欧元左右，失业救济也差不多有这么多。有些人就不工作，靠救济生活。当然，如果你自己主动辞职创业，就领不到什么救济，必须要有公司的辞退文件才行。有人做假文件去骗，也比较好骗。然而，现在葡萄牙的情况'非常非常糟糕'。葡萄牙现在很多人找不到工作，人们不得不到外国去，因此葡萄牙的精英人群大多都出国了。"

我说："危机到底是怎么发生的呢？是不是因为人们消费了太多以至超出自己的承受能力？"

他说："是啊，有些人去买名车名表，贷款买好房子，突然发现自己付不出钱来了，弄到快破产。现在很多年轻人不得不回父母家住，我自己也是住在父母家的。"

我问："那你在家吃饭给父母钱吗？"

他说："如果是很长时间就要考虑了，但是短时间不用。"他说到一个概念，我觉得颇有道理，就是"自我的终端市场"——实际上就是"内需"吧。因为葡萄牙太小，没有足够的终端市场，对外国的依赖度就很大，向巴西、印度这样有着庞大人口的国家就有"终端市场"，所以就能发展起来，中国也是这样的。——中国的内需大吗？你认为呢？

关于中国，他有一个惊人的想象，因为现在世界上到处都是中国人，不管是工作的还是旅游的，他说这都是中国政府派出去的，到某一个时刻，一按按钮，所有的国家都被中国人接管。——玩笑归玩笑，多少反映出西方人对中国的一种担心。

他虽是学工程的，可是社会学知识也很丰富，不管问什么都能说得头头是道，好像没有什么可以难住他的，说到地中海地区的历史，罗马帝国、阿拉伯对葡萄牙、西班牙的控制和影响，给我一讲，还真有点提纲挈领的意思。我问他："你有没有心思从政？"

他说："不会的，因为政治家在葡萄牙人眼里的形象很坏，嘴里没实话。不管换了谁当政，都差不多。"他给我举了一个极为形象的例子："这就像朝天上扔花炮，第一个人扔上去，没响；第二个人捡起来扔得更高，还是没响。"

我说："他们总在争论是吧？"

他说："没错没错，就是这样，老是争来争去，没有行动。"——争论多而行动少，这正是我从沙发客们口中了解到的，关于民主政治的一个特点。

但是，他也是很想有一番作为的样子，说起时弊来慷慨激昂，好像恨不得一夜之间就让葡萄牙换一番景象。按照他的说法，葡萄牙现在问题太多，有点积重难返的意思，非要动一个大手术不可。我说："如果你成为葡萄牙的领导人，你会做什么？三件事。"

他也没多想，似乎成竹在胸，说："第一是教育。"

我说："怎么弄？"

他说："要加大对教育的投入。"

我说："葡萄牙的教育是免费的吧？"

他说："免费是没错，但有某些地方投入得不够。在孩子小的时候应该区别教育，让一些天才的小孩子发展自己的才能。而在中学分科太早，到了大学你想转科都不行，因为你发现很多课你没学过。"

"嗯，这是第一，那第二呢？"我问。

他说："第二是把现在的体制完全打破。"这个想法也真够大胆的，我不知道他理想中的社会是什么样子的。

他说："现在的体制浪费太大，并且不平等，而且现在欧美的体制没有一个是好的。"——我多少从这话里感到了一种对"计划经济"的向往。

"第三是要让人们醒过来。现在人们都是沉睡着，不关心身边的世界，不知道世界上还有那么多不同的事物和生活方式，也不关心自己的问题究竟出在哪，就是那么每天按部就班地上班下班，吃饭睡觉。我希望人们都觉醒过来，观察和思考。"——这个有点悬了，也不好办，我觉得没有任何一个国家的总统有这个本事。

他说他的这次环球旅行，正是抱着这样的目的，去了解世界，在他眼中"多样性"和"不同"是最有价值的东西，而现在人们并没有认识到它们的价值。这个我同意。

我看他也许还梦想着一个葡萄牙帝国的重新崛起——老帝国的人大多都有这样的梦吧。他到处追寻葡萄牙帝国的踪迹，为他在孟买的发现而惊奇，因为现在很多葡萄牙人根本就不知道印度也曾经是葡萄牙帝国的一部分。不过，老帝国的人也都有点言论大于行为的风范，他在我这儿三天，有两个白天基本就是在睡觉。——这个跟我也差不多，我有时候出去旅游，把一早上也睡过去了。他说他第一天晚起是因为坐火车硬座累了，第二次是因为头一天晚上睡得晚。我问他干什么呢，他说用笔记本看电影了。真是够有闲情逸致的。

有一件事，我想也许是葡萄牙人的性格使然。他在网上看到一个女孩也给他的沙发申请回消息了，说是可以一起出去转，他很高兴，问我："你说我给她打电话好吗？"我说："好啊，当然没问题。"过了一会儿他又问，我还是回答："好啊。"又过了一会儿，第三次问我："我给她打电话好吧？"我只能再一次说："当然，没问题啊。"

他说："我能用一下你的电话吗？"我才意识到，他第一次就是在问我要电话，马上把电话递给他。他的手机没有装中国卡，所以他给我打电话都是借路人的，我一开始没有想到这一点。这不知道是不是典型的葡萄牙人说话的方式，我觉得要是英美人，要借我电话第一次就直说了。

他在那儿打电话，柔情蜜意的样子。拉丁人的相貌真有很甜蜜的一面，眼睛都会说话。我们出去吃饭的时候，他拿起两根筷子，在那儿搓了搓。我问他这是干什么，他说是在北京学会的，还问我这是不是中国人吃饭前的礼节。我说："不是一次性筷子就不要搓了。"

我跟他聊男女交往的话题。我说："听说拉丁人都很浪漫，是吗？"

他笑着说："拉丁人是有这种名声。"

我说："在葡萄牙，如果一个漂亮女孩走过去，你会跟她主动搭讪吗？"

他说："一般情况下，会的。"

我说："如果在中国，这女孩就会觉得对方是坏人，并且感到不安和耻辱。"

他说："这种文化差异一定存在的啊。葡萄牙人男女之间即使有了性关系，也可能还是一般朋友，双方都觉得只是各自得到一些快乐而已。"

我说："要是中国，女孩'给出自己'的条件就是要结婚，否则，想也别想。"当然现在中国的情况也不尽然全是这样了。

他问："为什么呢？"

我说："可能是中国大多女性从性中并没有得到乐趣，只认为是一种奉献和义务，所以不认为自己从这事情中也有所得。"

我问他："如果一个女孩原来谈过很多男朋友，你还会和她结婚吗？"

他说："会的，只要她在某些方面吸引我。"

"你真不在乎她的以前？"我问。

他说："是啊。"

他说："中国女孩很漂亮，因为这种脸型在欧洲少见。"

我说："因为中国女孩容易害羞，这会增加她的神秘感，进而带来美感。"

他笑着说："的确如此。"

总之他是一个很亲近的葡萄牙人，总是很热情，很多话，他在我这儿的时候，每天还关心欧洲足球的情况，因为葡萄牙球队本菲卡打进了欧冠八分之一决赛。当他专心看网上体育新闻的时候你问他一句话，他似乎没听见，过了半晌，又会抬起头来说："对不起，你刚才说的是什么？"或者直接接上刚才的话茬说，显然你说的话他一句也没落下，这还真是屡试不爽。他就这么一路兴高采烈地走来，还要继续走向另外半个地球。

美国：美国人会质疑政府的一切行为

来我这儿的沙发客，基本上都是住两三天，时间最长的有两个人，一个是前面说到的那个澳大利亚华裔女孩，住了快十天。另一个是一个美国人，也有快十天。这老兄住了这么长时间，大多著名的旅游景点居然都不去，就是在街上走来走去，拍照片，待的时间最长的是回民街，问他为什么喜欢那里，他说那儿有生活气息。这下我有点明白了，为什么来西安的老外，偏偏都要去回民区转悠。

美国人大概是最讲公平的，我们互相请客吃了两次简单的饭，算是扯平，我做了一顿饭，他用啤酒报答。后来他回来的时候短信问一下：想喝啤酒吗？我想就别客气了，当老外问你想不想要什么的时候，他们是真心的，就说“好，谢谢”。最后几天也不问我了，回来就带两瓶啤酒。喝着啤酒聊天，吃着我买的卤花生。

这个美国人三十九岁，有着美国人的放松、微笑、大方，也有与典型美国人不同的地方，就是思虑颇多的样子。他其实是俄罗斯移民，在他7岁的时候，父母带着他到了美国，能说俄罗斯语，当然了，现在他已经是完全的美国人了。他说到俄罗斯的时候，发现自己跟俄国人的思维大都截然相反。但他应该也是美国人中的异类了，他没成家，在纽约生活过很长时间，平时美国人问他是哪人时，他就说是纽约人。他云游世界已经好些年时间了，偶尔回到美国，也是在纽约借住朋友的地方。但他每月却需要为自己四十多个箱子的书支付五十美元给美国的“self storage”之类的提供寄存服务的地方。“每个月五十美元，”他说，“真贵。”

因为聊得多，所以杂七杂八的信息也得到了很多，不过我想有一个主题，就是“究竟什么是幸福”，也许可以概括我们所有的谈话。如果你耐烦的话，不妨跟我一起，听听这个美国人的故事。

他个子很高，超过一米九，身材比较瘦，两条大长腿。脸形很有几分像国人热捧的《肖申克的救赎》里的男主角蒂姆·罗宾斯。在重庆的时候，一位朋友把他介绍到冯小刚的《1942》剧组里，当了回群众演员，出演了一名英国军官，拍了两个晚上，冻得够呛，也没收到多少钱。

跟他聊天有一个好处，就是同时可以得到关于美国、俄罗斯、印度的不少真实而深入的观察，当然了，还有他视角下的中国。他曾在印度旅行了好几年时间。他说：“印度是一个很有趣、令人着迷的地方。”

“印度实在太有意思了，有些城市很现代，可是走出城市十几公里，你就能来到一千年前，不，差不多是三千年前。”——这种发现我觉得中国人倒不会太惊异。

“印度人的思维跟世界上其他地方人有很大的不同。”他说。

“有什么不同呢？”我问。

“印度很多人的思维是反逻辑的。这一点和中国就很不一样。”

“哦？”我洗耳恭听。

他说：“我有次在一家饭馆里吃饭，招待问我要喝什么，我说有茶吗？招待说，‘没有。咖啡？’我又问，‘你们有咖啡？’招待马上说，‘咖啡？没有。’”说完自己呵呵直笑，好像还沉浸在那个有趣的遭遇中。

我说：“是不是语言上的误会？招待顺口说错了话？”

他说：“我不认为是误会，但一直想不明白招待为什么那样说。”他又举了一个例子：“我住的一家旅馆洗脸水池很脏，我叫经理来清洁一下，经理来了一看，说‘我们已经清洁过了啊’。”

“这就是印度人的思维模式，”他说，“不看结果，只看过程。”我觉得，其中也有着生活标准的差异，中国类似这样的事其实也不少。他说：“有一次我的父母也到印度去玩，一家三口雇了一辆轿车。走到一个地方，司机不认识路，就问一个街上的人。结果是让那个人直接上来开车，司机自己跑到车后面，打开后备箱盖，就坐在那里面。”他笑着说，“当时我父母坐在后座上，再加一个人其实也完全坐得下啊。”

我问：“司机和那个人认识？”

他说：“不认识。”

我说：“印度人有四种等级是不是？”

他想了想说：“可能实际上都不止四种。”

我说：“‘低等级’的人可能不愿和‘高等级’的人接触，一个人坐在后备箱里也许更自在。”

他说：“这是很有可能的。”

写到这儿，我想还是应该给他起一个适当的称呼方便些，美国摄影师？他是一个很棒的摄影师，他自己的名片上就印着“摄影师”头衔，可是他并不以此为生，只是以此为乐，也不属于任何机构。叫他“美国摄影师”也有点冷冰冰的，还是叫他“纽约哥”吧。他热爱纽约，说起纽约时总有几分陶醉，说这是美国少数几个有趣的地方，只要你愿意，你永远可以在这里找到新奇的东西和人，他的旅行，是为了探寻与美国人不同的生活模式，不管多么古怪的东西，只要新鲜而真实，他都会为这些发现而心满意足——不知道这是不是也可以称为“纽约精神”。

再说回印度。

老小伙“纽约哥”说：“印度人是世界上少有的精神世界大于物质世界的人种，大多数人生活在宗教的心灵世界中。印度人的思维是——世界是不可改变的。你所做的任何事情都是注定的，试图改变是徒劳的。所以印度的劳苦阶级安分地做着他们每天的差事，从不妄想爬上上一阶层，甚至做事情的时候也只是做过就算完，不管结果如何。比如扫地的人，扫完后地面还是脏乱不堪，可这个他们不管。”

他说：“印度人有一种‘循环’的概念，就是人死后会再生，以另一个人或者某种形式出现，有躯体的人活着就是受罪。”

我问：“如果一个人自己结束自己的生命，能打破这个轮回吗？”

他说：“不能，因为一死就会马上进入下一轮回。只有修炼成功的人，才能解除轮回。”

我说：“那是进入‘天堂’了吗？”

他向空中扬了扬手说：“完全消失了，什么也没有。”

我说：“是完全的虚无了？”

他说：“是的。”

他给我看在印度拍的照片，真不错，专业级的，在喜马拉雅山区，一些朝圣者披着布条（印度教徒的装束），裸露着大面积的身体。纽约哥说：“那地方的气温在五摄氏度左右，还是很冷的，可是这些朝圣者好像根本感觉不到一样。他们大都有一头像是一辈子也没洗过的，又密又脏的头发，一绺一绺的，脸上有人抹着某种灰烬。”他有一组这种朝圣者的照片，晚上拍摄的，都是一个姿势，像木桩子一样站在那儿，眼睛呆呆地望着镜头，好像脸上所有的肌肉都已坏死，形似鬼魅，看上去其心思深不可测。

我问纽约哥：“你认为他们快乐，或者说幸福吗？”

纽约哥停下在13寸笔记本上点着的手指，看着我说：“快乐（幸福）不是他们关心的事情。”

我问纽约哥：“那你认为什么是幸福？”

他说：“幸福就是自己可以干自己喜欢的事。”——这个论调并不新鲜，我们且听他说。

他大学学的法律，后来当过相当长一段时间的律师。可是他越来越发现，自己所做的很多事都是毫无意义的。纽约哥说他做过的那些工作，完成后就几乎不存在了，也没有任何人会再提起。他曾经过着高端的生活，从纽约飞到一个地方，住五星级的酒店，别人把他招待得很好，打一场官司，又飞回来。很快他厌倦了，甚至对老板提出来，“我能不能只上半天班，拿半份薪水？”答案当然是不行。终于有一天，他选择了离开。

他云游世界，到过九十多个国家，近十年内，他绝大多数的时间都在路上，一年或者两年也会回一趟美国，看看父母和朋友。他很享受这样的生活，甚至停不下来，只觉得只要移动着，每天看到新鲜的世界，就能感到满足。这是一种什么状态呢？我想我们身边也有那些超级喜欢旅游的人，他们一定更明白纽约哥的心。我们在外面吃饭时他问我：“你觉得旅游的时候最高兴的是什么？”

我说：“不用做饭。还有就是觉得什么都是好的，因为陌生把坏的东西屏蔽掉了。”他笑了，点头称是。

像他这样旅游，一般美国人也难以想象，以为要花很多钱。实际上他一年的开销是八千美元左右，过得也还不错。当他回美国过海关的时候，海关女官员看他两年时间在海外旅游，就吃惊地问："你很有钱吧？"纽约哥喜欢摄影和历史，他每年也能在杂志上发表几十幅照片，主要还是在俄罗斯的杂志上，当然了稿费也没多少，他自己想出书，可是目的也不是为了挣钱，他不属于任何摄影师协会。实际上，他拍摄的题材本来在美国就是小众，就算出了书也不会有多少市场。他对历史非常热爱，喜欢所有古老的、"活着"的文化。因此，印度才能成为他的最爱。他也喜欢所有不同于美国的东西，不愿意看到世界上很多独具特色的文化正在消失。

其实，大多数中国人是没法理解他的行为的，一个人放着好好的白领不干，背着个死沉的大包，偏偏往那些落后的地方钻，对那些脏乱陈旧古怪的东西着迷，他追求的到底是什么呢？他自己也说他并不是一个典型的美国人。他说自己好像对一些不幸和悲剧更感兴趣。个人意志形成的原因，复杂到极点。我没有问他，但有时也想，这是不是跟他出生在俄罗斯有关呢？

但无疑，这是一种超越物质世界的精神追求，在我们说到精神生活的时候，他有一次好像是嘴快忘了收敛，说："中国人没有精神生活。"我没法反驳他，因为我觉得这差不多是事实。可到底什么是精神生活呢？是宗教吗？他自己也不信教。

我想，宗教实际是代表着人努力超越物质世界的理想，宗教可以使人们的精神追求具象化。你可以不信什么宗教，但如果能体会到独立于自然万物的个人存在，体会由纯粹的个人意识带来的满足，那你就是有精神生活的。

他早年间来过中国，这已经是第二或第三次了。纽约哥这次有趣，因为这是“不同的东西”。很多外国人都知道《道德经》的开头两句“道可道，非常道，名可名，非常名”，他拿出电子书，找出英文版的翻译给我看。我问他：“能跟中国的和尚、道士交流吗？”

他说：“有时可以借助旁人翻译，虽然交流并不深入，可是听到那种完全新鲜的东西从跟美国人完全不同精神状态的人口里说出，已让我觉得很有意思。”

他从华山回来，留下深刻印象的除了价格高昂的门票，还有就是这是中国的一座宗教圣山，可是绝大多数去爬山的中国人都不是冲着“圣”去的。我说：“现在中国的很多东西都商业化了，大多数的寺庙也是要收门票的。”

他说：“在其他地方，这是根本不可能的，比如印度，所有的宗教场所，都是不要门票的，因为这是人们日常生活的常态。还有就是，中国现在越来越多的城市已经失去自己的特色，大多数的东西都是新建的，而且几乎一模一样。”这是让他比较失望的地方。

纽约哥说印度是世界上唯一一个历史没有中断的地方，这里很多人的生活方式，跟几千年前没有任何区别——等一等，我很好奇，问他：“印度是世界上历史唯一没有中断的地方？”

他说：“是的。”

我说：“中国才是吧，四大文明古国文化唯一没有中断的是中国。”

我告诉他：“有些东西从来也没有改变过。”

他问：“是什么呢？”

我说：“中国人一贯重实际，讲适应，这才是中国文化从来没有改变的东西，甚至古代进入中国的外族统治者反而不得不因此改变自己。中国人的传统是集体大于个人，个人被压缩到极不重要的程度，这个也没怎么变过。”

他点头称是，说：“的确，这是东西方最大的区别。”

纽约哥说他在印度的时候，一次沙发旅行也没有，因为印度人爱跟外国人说话，每天他一出门，就有印度人上来跟他打招呼，说个不停，所以每天游玩结束都再也不想说话了，只想找个没人的地方休息。他说：“中国人就很不一样，不太爱跟外界交流，尤其是在尼泊尔的时候，我看到去旅游的中国人，只是用很好的相机拍照，可是不太走近当地人。”

我说：“是语言的关系？”

他说：“不是，我只感到在外国的中国人也不是很放松地融入当地的环境。”

我说：“中国人跟外国人接触的机会还是少，所以还不习惯吧。”

他说：“应该是这样。”

在中国旅游步步都要钱，纽约哥说他坐火车都要算好了，最好不要走回头路，因为火车票太贵了。“中国的火车票贵？”我问他，我一直以为中国的火车票极便宜。

他说：“跟印度比算贵的。比如从西安到北京这样的距离，印度的火车只要三十元人民币左右，还是卧铺，硬座就便宜到几乎忽略不计了，所以我在印度坐火车随便坐，连考虑都不考虑。”

我说：“就是那种车顶上都坐满了人的火车？”

他说：“那种情况也不常见了，通常也没那么多人，卧铺车厢与中国不同的是，走廊两边都有床，而不是像中国这样一边是板凳。”

但是他说，与印度相比，中国要有秩序得多，也干净得多，尤其是在城市里边，他很喜欢看早上人们集中晨练的场面，或者跳舞，或者打羽毛球，觉得很温馨，这在纽约根本见不到。我问：“不是说美国人都很热情吗？对陌生人都打招呼。”

他说：“在小城市可能是那样，可是在纽约这样的大城市就不同了。”

我问：“纽约人冷漠吗？”

他说：“也不能说冷漠，纽约人还是很爱跟人说话的，如果你跟一个陌生人说话开了个头，他会跟你一直说个没完。纽约人可能外表看上去有点拒绝人的样子。”

我说：“现在中国楼房里住着的人，邻居都互相不认识。”

他说：“我住在纽约的时候也几乎跟邻居没见过面，因为每个人都忙自己的。”

我问：“如果见了面，会打个招呼吗？”

他说：“那是会的。”

不知怎么说到了上海，我说：“上海人很骄傲，他们认为上海以外中国的所有地方都是乡下。”

纽约哥笑着说：“纽约人也是很骄傲的。我见过纽约人的一张‘世界地图’，欧洲、亚洲倒是有，可是美国版图上只有纽约和加州，其他地方都是空白。呵呵。”

一说起纽约，他的眼睛都亮起来了。我问他：“纽约到底危险不危险，晚上外出是不是很不安全？”

他说：“没有啊，我从来没感到危险过。”

我说：“电影上不是经常看纽约街头有枪战吗？”

他笑了，说：“那当然只是电影啊。纽约最好的地方是你永远可以发现新奇的东西，到很多外国移民的社区去，那里完全是一幅异域景象，只要你愿意，你可以遇到很多做着稀奇古怪事情的人。”

“但是纽约的生活成本实在是太高了，”他说，“一套五十平米的公寓，月租金达到三千美元，稍远一点地方的，至少也要一千美元，加上其他生活费用，一个月至少要两千美元才能在纽约活下去。”

我说：“美国的最低收入也差不多是一个月两千美元吧。”

他说：“是。所以说必须得有一个工作，像你这样不工作，”他指着我说，“还能干自己喜欢的事情，在纽约几乎是不可能，所以你很成功。”

我谢谢他的鼓励，有自知之明地说：“我离成功还差得很远。世界上有很多人都想去美国，可是美国的房价现在还是很低啊，为什么房价并没有炒起来，独立的房子才二三十万美元？”

他说：“在小城市是那样，可是纽约就不可能了。”

我说：“那外国人可以去买小城市的房子啊。”

他说：“可是，偏偏外国人都不爱去小城市。”——还真是这么个道理。

我们聊天的时候，电视上正好放一个纪录片，出现了纽约的景象。他兴致勃勃地指着画面给我介绍：中央公园非常大，东侧的房子最贵；下一个画面出现了几座旧楼，他很熟悉这一片区域，说这是在第几大道跟第几大道之间的区域，纽约有非常了不起的建筑，但是大多数的楼房跟中国现在的一样，也普普通通，不过这些高层楼房集合在一起，却形成非常惊人的景象，从纽约的一座小山上看去，可以把整个高楼区收于眼内，很壮观。

我想到之前那个没有解决的问题，就问他：“美国买房是永久产权，可如果一座公寓楼寿命到了，住在里面的买房人会怎么办，公寓的价值会不会消失？”

他好像也从来没遇到过这个问题，想了想说：“应该不会的，因为你购买的公寓包含土地的价值，即使到了使用寿命，后来不管谁要买这个楼拆了重盖，都还是要支付一个价格，而这个价格并不见得会比以前低多少。”

我说：“难道用了几十年的楼房，本身的使用价值不会减少？设备会老化的啊。”

他说：“纽约很多楼房也有快一百年历史了，可是还照样是好好的，也许再用个几百年也不成问题。”

我还是不甘心，说：“如果房子出现问题了呢？”

他说：“那有保险啊。”

我说：“中国的房子设计寿命也只有几十年，所以人们觉得旧房的价值不如新房，因此二手房价格低一点。”

他说：“在纽约，人们是不考虑新房旧房问题的，地段更重要，事实上二战前盖的房子在市场上反而更贵一点，因为房间层面比较高，工程质量也更好。”

哦，这个问题总算有了一个明确的答案，我想纽约楼市与中国楼市这些不同现象背后的原因，其一可能是永久产权，另一个就是建筑质量。

继续聊房子，我问：“平时这些物业谁管呢？”

纽约哥说：“会有一个‘委员会’来负责。”

“是房主们自己组成的？”

“是的。”

“他们拿报酬吗？”

“不拿，都是自愿的。”

我问：“如果没有人愿意做这个怎么办？”

他笑着说：“总有一些人愿意做的。如果只是一栋楼，事情也不多，只要雇一个看门、打扫卫生和维护的人就行了。”他住过的公寓里就有这么一个人住在地下室里。如果规模比较大，就交给物业公司来做。

我说："纽约有没有很大的楼盘，几十栋楼的规模？"

他说："有。"

我说："如果是那样，物业怎么办？"

他说："那开发商会负责。"

我说："如果业主不满意这个物业怎么办？"

他想了想说："你可以不买这里的房子啊。"

我继续把中国式麻烦的问题提给他："如果已经住进去了才发现不满，并且物业要提价，怎么办？"

估计从来没有这样的问题困扰过他，他只好给出了终极答案："实在不行你可以搬家啊。"

这当然不是一个好答案，他也无奈地笑着。不过，有损于公平交易的事，在美国可能不太容易发生。

我住的楼对面是个高层住宅楼，楼下有些车开来开去的时候经常乱按喇叭，很吵，我们聊天的时候也听到不少。我对纽约哥说："这个我就没办法，我报警，警察根本不管这种事。"

纽约哥说："美国警察是管这个的，而且如果你在自己家里的活动影响了邻居，人家可以报警，甚至不用报警，告诉业主委员会，委员会就会要求你停止，如果你不合作就会要求你搬家。"

"这么严重？"我问。

他说："是啊，每个人在搬进某个社区后都要遵守这个社区的规定，比如说社区规定每家不准在草坪外装栅栏，你就不能装，或者规定草长到一定高度你必须要剪，你如果不管，社区委员会就会找人替你剪，然后把账单寄到你家里去。"

我问："这是法律规定吗？"

他说："也不是法律了。"

我说："相当于合同？"

他点头说："完全正确。"

我问他小孩上学的问题："纽约有'择校'吗？家长会不会都奔着好学校去？如果在好学校附近买房，是不是就可以上这学校？"

他说："有'择校'的，不过不多。如果你在'好学校'附近买房或者租房，当然可以上这个学校。"

"什么，租房？我没听错吧？"我问他，"租房也可以？"

他说："当然了，总得让每一个小孩子都有学上啊。"

难道不是这个理吗？

这让我想到了之前那个美国博士说的，在美国，一个地址对个人的重要性，无论你是买的房还是租的，总之随意迁移对美国人根本不是难事，因为不管到哪，马上拥有与当地人几乎同样的权利。纽约哥说："要证明你是这一地址的住户，只要你拿着房屋的水电账单去就行了。"——真是简单，居委会街道看来没有存在的需要了。

再说说教育的问题，纽约哥说："纽约的确有好中学，也是公立的，那是面向全纽约招生，要想上的话，就得考。"

我问："为什么不是所有人都想上好中学然后考好大学呢？"

他说："上好大学也是有竞争的，也不容易，可是大多数美国人比较懒，不想费那个劲。再加上其他的大学也比较好上，美国的州立大学对于本州的学生也有优惠，学费一般是标准的一半左右。"

我问纽约哥："你有什么爱好吗？比如体育。"

他说："我不太喜欢运动，偶尔跑跑步，美国的国球棒球，我觉得无聊之极。"

我想到纽约有著名的演出场所，问他："去百老汇看表演吗？"

他说："我不太看音乐剧，有时候看看歌剧。"

我问："你去看歌剧要穿西装吗？"

他说："不用，就穿普通的衣服，比如牛仔裤就可以，也有些人比较正经，男的穿燕尾服，女的穿晚礼服。"

我问他："歌剧舞台是不用麦克风的是吧？"

他说："的确不用，但是一千多人的大厅，最后面的人都可以听清演唱。"

我想这就要看演出大厅的设计水平和演员的功力了。我问："纽约有很多博物馆，都是免费的吧？"

他说："纽约的博物馆大多都不免费，因为是私人的，不过票价也不高，一般是五美元、十美元。如果是政府办的，就会是免费的了，比如华盛顿的博物馆。"

"纽约堵车很厉害。"他说。

我说："那你是没见到北京的堵车，前两年严重的时候有堵五六个小时的，不少司机不得不用矿泉水瓶解决上厕所的问题。"

他说："是啊，纽约的堵车，是因为单行道和红灯太多，不过，车还是可以缓慢前进。"

我说："中国的堵车是彻底结成一个死结，一步也前进不了，起因大都是因为不遵守交通规则的人乱插队。"

他说："纽约大多数人没有车，我所认识的朋友几乎都没有车，因为用车成本太高了。实在要用车的时候，纽约有一种汽车租赁服务，一个小时二十美元，这种租赁公司门店很多，你用完了车可以就近归还到任何一个门店。"

我问："这种车可以开出纽约市吗？"

他想了想说："应该可以吧。"

不过我马上又意识到，说要开出纽约可以按正常的方式租车，价格应该便宜得多。他说："是的，一般按天租的是三四十美元一天。"

我看过文章说纽约的地铁司机挣得比大学教授都多，就问他是不是这么一回事。纽约哥说："地铁司机是一份好工作，一般人很难进入这个行业，可能有的教授收入是不如地铁司机，不过总体来说还是教授的收入更高。"

我问他："美国人不怎么挑工作吧？听说大学教授也会去干体力劳动，比如在餐馆打工之类的。"

他笑着说："我不认为教授会去餐馆打工，因为人们找工作首先也会找自己专业内的事。"

如前所说，美国的"居委会"完全是民间组织，自行活动，作为一个美国人，可能与政府打交道的机会很少。纽约哥说，纽约市有区级政府，再往下就没有了，他自己也几乎没有什么事要上政府办的。在上一届总统大选中，他投了奥巴马的票，因为奥巴马的竞选口号是"改变"，他认为美国的确也有很多事情到了急需改变的地步。可是，奥巴马当选之后，"改变"的并不多。我问他："美国民主党和共和党到底是不是一回事？"

他说："还是有很大区别的。共和党的信条是自由市场、充分竞争，政府对经济做得越少越好，完全不做最好；民主党强调政府的介入，机会均等，抑富扶穷。"

我问："可以说民主党是美国的左翼吗？"

他说："是这样的。与欧洲相比，美国没有全民免费医疗，也没有长时间的失业救助，可是美国也不是不管穷人。"纽约哥说，"在美国如果失业了，可以领六个月的救济金，之后就没有了。关于医疗，如果你很有钱，你可以买保险；如果你很穷，反而可以申请免费看病，倒是那些不上不下的人最尴尬，两头都占不上。如果你穷到一定程度，政府可以给你‘廉租房’，所以有些穷人的日子过得还比中低收入打工者轻松。”

“美国人对政府的态度是高度怀疑的，”纽约哥说，“人们会质疑政府的一切行为。前不久，《纽约时报》向公众道歉，说他们在2003年伊拉克战争的时候，没有履行好作为独立媒体的责任，过多地附和政府的决定。也就是说现在人们才认识到，伊拉克战争的前提‘大规模杀伤性武器’并不存在，伊拉克战争是不必要的。”

我问他：“当年美国政府欺骗了公众吗？那么美国到底为什么要打伊拉克战争呢？”

他说：“也不能说欺骗，当年美国政府可能自己也受了情报的误导，以为伊拉克真的就要把原子弹弄出来了，并且萨达姆支持基地组织，还有说小布什是为了给老布什报仇（据说萨达姆曾试图行刺过老布什），也有为了选举壮声势的原因，总之，是多重因素的作用，就稀里糊涂地打了这么一场战争。”——这是他的观点。

“那么，当时就没有美国人说美国打仗是为了石油吗？”我问。

他说：“当时并没有什么人说石油的事，‘国家安全’还是第一位的考虑因素。或者也可以说伊拉克战争实际上维护了海湾石油输出的稳定。很明显的事实是，不管战前还是战后，美国从伊拉克要石油都得掏钱买。”

我说：“那不是有人示威说‘不要为了石油打仗’吗？”

他说：“示威总得喊点什么吧。”

纽约哥又说：“政治家总是令人怀疑的。比如奥巴马和麦凯恩竞选的时候，就传出小道新闻，说奥巴马不是在美国领土出生的，他不是生于夏威夷，而是肯尼亚，因此他没有资格竞选总统。没有人知道这种消息是从哪里传出来的。后来辟了谣，奥巴马的出生证明曝了光。”

我说：“难道人们会相信这种谣言？”

他说：“如果你把一件事说得足够多，终究会影响到一些人。就算最后真相出来了，可总有一些人会相信前面的谣传。”

我说：“那这公开造谣不会影响麦凯恩的名誉？”

他说：“你拿这事去问麦凯恩，他会吃惊地问，‘真的吗？有这样的消息？’”

我问：“如果连你也知道，麦凯恩还不承认？”

他说：“因为没有确实的证据。”

我说：“但明显的，他是受益者啊。”

纽约哥说：“是啊，可还是没有证据。”

“再比如说小布什和克里，”他接着说，“当年是克里参加了越战，布什则没有，最后不知道怎么弄得，反过来了，媒体把克里说成是越战逃兵，小布什倒成了战斗英雄。虽然最后事实还是被澄清了，可还是有些人对谣言印象深刻。”

我说：“美国的媒体不都是独立的吗？怎么会随意发表没有证实的东西呢？”

他说：“美国的媒体太多了，你总能找到一些愿意发表某些东西的报纸或电视台。”

“但是，与怀疑政治家相比，在美国，人与人之间的信任多多了。”我说，“能不能说美国人的性格中有天真淳朴的一面呢？”

他说：“也不能说天真，但是美国人之间更相信一点儿，人们比较容易相信自己听到的话。”

我说：“现在中国人是越来越怀疑自己听到的一切了，人与人之间缺乏信任。”

他说：“这跟俄罗斯的情况一样，俄罗斯人之间也是疑心很重，但是比较相信政府的话。”他的父母到现在还是这样的，他自己老怀疑美国政府，可父母倾向于相信美国政府。

我问他：“美国人爱鼓励人啊，对别人的什么都说好。”

他说：“是的，这是美国人的习惯。可是实际上也往往停留在口头上，大多数美国人还是很现实的。比如我周游世界，很多人就会问我，‘你这么能生活吗？你还是最好找个跟别人一样的工作吧。’”

我说：“美国所有的电影都是鼓励人们要与众不同，要勇于去实现自己的梦想吗？”

他说：“那只是电影啊，并且电影里宣扬的往往是现实中缺乏的东西。”——这倒也是。很多人明明不赞同别人的行为，可是嘴上也不说，只是夸你真行，可是双方都知道彼此的心里怎么想的。

我想，这起码比当面直说你“不行”强啊。我问他：“美国电影电视里看到一些竞争的失败者往往表现得比成功者更有风度，更高兴的样子，比如奥斯卡奖落选的人看上去比得奖者还要更高兴似的。”

他笑着说：“这个是真的，这是美国文化里好的一面。失败者要有风度，要去祝贺成功者，因为如果你不这么做，人们反而会认为你真差劲，就会在你身后议论你。”

我说：“这么说美国人都是好演员了，在心里难受的时候能笑出来？”

他说：“也不能说是表演了，这应该已经成为一种习惯。”

我说：“也可以说美国人控制自己情绪的能力强？”

他笑着说：“这个谁也不敢下定论。”

纽约哥说他在印度曾有很长的时间跟一个日本女孩一起旅行。他发现有一段时间这个日本女孩很生气，可是一直不说为什么，直到最后才明白，原来他有时候自己没水了就直接喝日本女孩水瓶里的水，他认为这个根本不算什么。可是日本女孩心里很不高兴。他说："如果是美国人，一开始就会直说，那根本不是问题。"

我说："直说了不会怕朋友不高兴吗？"

他说："如果是好朋友，反而有什么都应该直说的。"

我问："说出这种话来，你不会感到心里难受？过后还能跟他做朋友？"

他说："不会的，我心里根本不会那样想，既然是朋友，就应该以诚相对。"

我说："要是中国人，就不会说，因为理论上应该对朋友百分之百的好，如果朋友喝了你的水，你就应该把水全部给他，自己再去默默地另买一瓶。然后希望对方自己能意识到这个问题。"

他笑了，说："这就是东方文化。"他在大学的时候，有一个日本同学，每天晚上到他的屋里来赞扬他有一本书如何如何好，最后那日本同学的同宿舍人告诉他，日本同学想借他的书看看。他对这种交流方式完全没有感觉，体验不出东方式的"言外之意"。

前一段时间，美国的几位外交官来中国出差，在小饭馆吃普普通通的饭，这在中国引起了不小的讨论，美国人也有所耳闻。谈到这个，纽约哥说："这在美国的确是有可能发生的事，你在纽约的小饭馆里，很有机会碰到参议员或者大企业的CEO，他们也的确仅仅是出来吃一顿饭而已。事实上，美国的有钱人往往有亲民的倾向，比如出现在公众场合的时候穿很便宜的衣服，很平易近人。"

我说："这会是一种表演吗？"

他说："不能说是表演，因为在美国的文化里如果你表现得高不可攀，人民就会唾弃你，有钱的人也怕这个。这种文化应该也是与基督教有关，因为基督教认为钱是罪恶的。”

我想起了基督教的一句话：有钱人要想进天堂，比骆驼穿过针眼还困难。追求财富并不是错的，财富会带来很多美好的东西，可是人类几乎是从一开始就认识到，金钱也会带来很多负面的东西。我想，金钱从理论上来说永远是身外之物，永远不属于你。只有个性、品德、智慧才能真正跟随你一生，甚至在你离开人世之后仍能存在。所以追求金钱绝不是人的最终目的，最终目的应该是追求自我的实现。我想，这也许是宗教这种人类生存智慧贬抑金钱的原因。

他说美国在很多方面都比欧洲要保守，也更宗教化一点，尽管他不信教。我跟他讨论这个话题，我说：“我有一个心得，前不久我到泰国去，看见泰国一家大小到寺庙里，都跪倒在神像面前，我突然明白了，如果全家都信仰一种宗教，无疑是减低了父亲在家庭中的权威，因为儿子看到父亲也服从和敬畏某种东西，会让他觉得有一种高于父亲且更权威的裁判。因此宗教会带来一种家庭内部的平等感。”

他琢磨了一下，说：“很有道理。”

我又接着告诉他：“中国的问题是关上门就是父母最大，在家里没有一种东西可以超越父母的权威，外界的言论和影响也很容易被父母阻隔在家庭之外，所以小孩子几乎没有什么机会在家庭中体会到平等感。”

纽约哥频频点头，说：“的确如此。”

我问纽约哥：“美国人认为自己有一种责任，要把美国的生活方式推广到全世界吗？”

他说：“是的，的确有人这么想的。”

我问：“你认为这样想的人是出于美国自身的利益考虑，还是真的想这么做？”

纽约哥笑着说：“我认为这些人的想法里有真诚的一面。”

我们聊天的时候，好多次只要我一说到中国的某种情况，他就会说“俄罗斯几乎完全一样”。我问他：“俄罗斯人民的生活比以前到底有没有提高？”

他说：“大多数人的生活没什么变化。”

“那么现在俄罗斯是一个自由的国家吗？不是看到报纸也能批评普京？”

他说：“报纸和网络的确放开了，可是俄罗斯的电视被严格控制着，电视上还是整天说好话的。现在俄罗斯的腐败实际上非常严重，与以前相比，普通人的政治自由并没有多少变化。你在街上看到俄罗斯人穿着跟西方国家没什么不同的衣服，建筑也越来越西化，可是一说话，就知道俄罗斯人跟以前没什么区别。”

“俄罗斯是一个既非欧洲也非亚洲的国家，”纽约哥说，“俄罗斯人到现在还在苦苦寻找到底什么才是‘俄罗斯’的民族内核。”

我说：“俄罗斯应该比中国更西化吧？”

他说：“这个当然是了。”

我说：“俄罗斯也出了很多伟大的科学家和文学家，你认为这个是因为西化还是因为俄罗斯本身是一个伟大的民族呢？”

他想了想说：“应该还是因为西化，因为这些创新和创造本身就是在西方的体系之内的。”

他出生于圣彼得堡，七岁的时候，父母带着他移民到了美国。我问他：“那个时候移民容易吗？”

他说：“那个时候拿到苏联的允许不容易，但是拿到美国的许可却很容易，现在是相反了，你要离开俄罗斯没人拦着你，可是美国的绿卡不好拿了。”他到美国的时候，当然是一句英语也不会说，他也没有上什么语言训练班，可是神奇的是，突然有一天，像开了窍，一下子获得了英语的能力，什么都能听懂了。我问他：“刚去美国的时候，有没有被别的同学欺负？”

他说：“调皮的小孩也有，有人嘲笑我的英语，可是大多数同学是很好的。”

纽约哥说话的态度很和蔼，也很耐心，脾气很好的样子，也印证了我说的“美国人善于控制自己情绪”的论点。只有一次脸上掠过一丝阴云，那是在我问到他：“这么长时间在外面旅行，累不累呢？会不会有时感到精疲力竭？”我觉得这问话一定是触动他了，一定让他想起某些难熬的时刻，他刚才还挺高的兴致似乎受了小小的打击，眼角和嘴角都有往下掉的趋势，他摘下眼镜擦着，说：“我百分之八十的时间都感到很放松，很舒服，可是，也的确有时感到很累。那样我就会在一个地方多停留一些时间，休整休整。”很快，他又恢复了风度。

我问他：“你最终会找一个人结婚，安顿下来吗？”

他笑着说：“应该会的，但是目前还没有发现合适的人。”他曾经跟女朋友共同生活过，但是为了毫无负担地“在路上”生活，他还是选择了离开。他说：“找一个有共同语言的伴侣并不容易。”

我说：“有的女孩没什么思想，可是单纯、天真无邪，不是也很美吗？也可以一起过日子啊。”

他说：“我就交往过‘天真无邪’的，一开始觉得好，一两年后就觉得她傻，什么都不知道，再也不想跟她说话……”我想，这也是有可能的。

他承认，一旦组织了家庭，他就再也没有机会过这种完全自由的生活，这种自由是会让人上瘾的，他现在就不能自拔。他就是喜欢看看到那些与世隔绝的、似乎不可理喻的世界上某些人的生存状态。比如南美洲某个被火山灰掩埋的小村庄，仍有几户人家在那废墟上生活着；印尼那个著名的人工采硫黄的矿坑，他就跑到底下去看，说那些工人很快乐，很和气；北非摩洛哥臭气熏天的大染场，也很让他流连忘返。我说："电视和杂志上不是也能看到这些景象？"

他说："那替代不了'直接经验'，这些地方只有你亲自去，才会感到那种震撼的力量。"至于这种异景能给他的精神带来什么样的愉悦，他似乎也说不明白，只是喜欢。

我说："你就不想做一点现实当中的事，比如，帮助俄罗斯有所改变？"

他说："不想。也许我是一个自私的人，我不想去改变别人。"

从我们看到的美国电影来看，家庭观念和爱，是大多数电影的主题，似乎只要有了这两者，人生也就有了幸福。从纽约哥的行为看，他是不认同这个价值观的，这世界上，明显有更深远更宏大的东西在吸引着他。

我们在谈到世界是客观的还是主观的时候，他认为是主观的，不同的人眼中的世界一定有很大的区别，而大多数人看不到，或者不愿意看到真相。他问我："你知道约翰·弥尔顿吗，就是《失乐园》的作者？"我说："我知道。"他引用了一句话送给我。当时没记住确切字句。后来查了一下，原话如下：

> The mind is it's own place,and in itself can make a heaven of hell,a hell of heaven.
>
> 心灵不依靠外界而存在，它可以让地狱成为天堂，天堂成为地狱。

在空啤酒瓶增加到十几个后，我有点越来越怀念我的自由生活。纽约哥也背上大包上路了，他的下一站是五台山，然后是哈尔滨，下来还有蒙古、哈萨克斯坦，乌兹别克斯坦……

送走了纽约哥，我想到，其实对于世界上其他绝大多数人而言，难道不也是“在路上”吗？我们生存中的种种努力，有几个是为了人生的终极意义？而人生的终极意义又是什么呢？——谁知道呢？

后记：

亲临其境，才能感受真实

送走了纽约哥，我想我接待沙发客的体验也可以告一段落了，应该是回到原来生活轨道上的时候了。

见识到的五六十位沙发客里，诚然没有一位是哪个城市的市长，哪个部落的酋长，都是普通人。沙发旅行是美国人发明的玩意，到后来发现还是美国人参与得最多。虽说沙发旅行是穷游，可也是以发达国家人为主，来的人以及写申请的数量的排名跟G8成员国的排位顺序差不多。偶尔有几位南美洲沙发客写来申请的，可是因为时间不巧没法接待。非洲呢，只接到过一位南非人和马达加斯加人的申请，也是时间不凑巧。非洲大陆其他地方的则一个申请也没有。日本也是一个特例，我一直非常想接待一个日本人，男女不论，对这个既熟悉又神秘的邻居多一点了解，可是，很长时间一个申请也没有——沙发旅游这种生活方式，看来日本人并不太喜欢。

接待了这些位西方旅游者，对外界的情况也只能说是一“窥”，有些情况，如果不是亲临其境，恐怕很难了解到其真实生存状况和心理状况。我认识到，沙发旅游毕竟是一个非常特殊的交往方式，所有处于其中的人，都会或多或少地“变形”——肯定会变得更美好一些，包括沙发主人也是。如我的文中所说，外国沙发客们都非常有礼貌，非常客气，我想这里面一定有放大的成分，在他们自己的生活中，一定不会说那么多的客套话。我相信，中国人到了别人家里借住，也一定会非常有礼貌，“谢谢”说个不停（不过，不管什么情况，中国人可能都不爱说“对不起”）。但是，我也发现，有些东西已经融进西方人的本能之中，一些出自本能的反应，或者说在完全没有压力下说出的话，还是有一定的真实性和参考价值。

当然，短短几天的旅行，并不表示沙发客们就可以对一种文化有多深入的了解，但是，有时候不经意的一瞥和仓促的第一印象，也许倒能道出许多我们习以为常，见怪不怪的事情的本质来。

文字这东西的局限性是很大的，我所见的，只是事实的局部；所写的，又只是所见的一鳞半爪；读者读到这“鳞爪”，可能又会为“我”所用，产生出迥异的联想。所以，眼睛看着A，心里想着B，嘴上说着C，听众以为是D，这不是我们的电视人才犯的错误，这是我们每一个人在信息传播中都会经历的过程。

我并不是说我写的都不值一信了——如果那样，任何信息传播都没法进行了。我只是说在我写这些文章的时候，有我的主观性。我是这么一个人，我关注这些事，我向沙发客问这么一些问题，而不是另一些，我想，沙发客们的真实生活，我远远没有有深度和广度的触及。同样，我可能也会犯一些错误，把观察到的一些无意义的东西，当成有意义的——我已经尽量避免犯这种错误了，如果能求证的，我一定会向沙发客们落实。而我在文中，也特别注意把论据和论证过程写充分了，使它至少可以从表面上看起来能够自圆其说。

但是我相信看到这些文章的人多少可以从中了解到一些东西，甚至看到我自己都未发觉的事实来。

中国人有几千年积累起来的处世哲学，可是现在我们却经常为一些小事而烦恼，我时常遇到很多中国人，内心力量弱到几乎随时处于情绪失控的边缘。西方人也并非每个人都幸福，也有很多人迷茫而正四处寻觅，但是整体说来，内心却拥有比我们更多的安妥和满足。有人说苦难会使人受到磨炼，我认为恰恰相反，是幸福让人强大。

似乎有必要再回到那个“发达”和“民主”的话题上。我姑妄言之，说发达国家的人更吝啬或挥霍都是不恰当的，他们和中国人一样，一千块钱一个月，每天也只能花三十三块。不同的地方是他们摒弃了一些不理性的炫耀式的花钱，他们不太以豪掷千金为荣，也不以节俭算计为耻。这跟民主也是有关系的，民主实际上是利益的分配方式，可是表现在心理层面，其实也是一种“攀比”。如果在一个群体中，有些人过得太好了，过得太差的人估计就有点难受了，因为人是活在与人的比较当中的。但这种比较，大概只在一定的范围内有效。如果有哪一个外星球，富裕程度是地球的一万倍，地球人估计也不会在乎，不会难受。同理，对于一个半个地球外的富裕国度，穷国的人们可能也不觉得难受。所以，这样的比较更容易出现在同一个城市，甚至一个朋友圈当中，因为只有这些亲近人的评价和眼神才能影响到你，也只有这一部分人，才是你所在意的。

绝对财富并不重要，关键的是比较财富。因此，在同一个国家内，同一种种族内，同一种文化内，保持财富相对平均，是人们过得舒服的主要办法。民主的作用，就是为了解决这个问题。16世纪英国开始的民主化，目的不是在那个时候就让英国人民人均收入达到“一万美元”，而是在那个条件下做到相对平均而已。

相对平均之后，我们不需要买一些根本用不着的东西来证明自己，以外国人呈现的消费状态来说是更理性。人与人都差不多了，自己的感受和给予别人的应激反应就少得多，不会那么浑身带刺，不会那么总处于崩溃边缘，脸上的笑会更自然更饱满一些。

世界上有快乐的富国，也有快乐的穷国，相对平均，是它们的共同点。

当然，民主的作用不止于此，民主实际上也是一种不干涉。从一个人具有独立性那一天开始，就让他/她由着性子长，个人意志充分伸展，能长多高长多高。只有体会到了自我意志的健全生长，才能意识到别人的自我意志也同样可贵和不可侵犯，才能建立起对别人的尊重。道德是建立在每一个人不能例外的前提下的，只要有一个人例外，道德体系立马崩溃。

接待沙发客是一个又一个循环的过程，沙发客们待的时间一长，难免觉得有些不便，临走那一刻，却往往有几分惜别。陌生人的相逢，形成几天心照不宣的“亲密”，分手时彼此可能也知道，此后只会相忘于江湖。

有些沙发客抱着体察民情的打算，爱说爱问。有些游玩太累，只想早点上床休息，对于这些朋友，我还拉着你们深夜长谈，给你们增添了一些辛苦，只希望你们只把它当成世界旅行中的一个插曲。我希望那些抱着善意来中国旅行的沙发客们，在东方找到对你们有意义的发现和宽慰，也希望看到这些文字的读者们，能从中发现一些愉悦或有趣，如果顺道还能由此而生出些许感触和思索，那真是我莫大的荣幸了。

陆人

2012年5月

《卑鄙的圣人：曹操》全国热卖中！

曹操去世1791年来，曹操本人最服气的曹操全传

一件件讲透，曹操收拾三国群雄的卑鄙、奸诈、狠毒计谋；

一页页浸透，曹操体恤天下众生的柔情、仁义、圣人情怀。

历史上的大奸大忠都差不多，只有曹操大不同！

曹操的计谋，奸诈程度往往将对手整得头昏脑涨、找不着北，卑鄙程度也屡屡突破道德底线，但他却是一个心怀天下、体恤众生的圣人；而且他还是一个柔情万丈、天才横溢的诗人；最后他还是一个敏感、自卑、内心孤独的普通男人。

公元189年秋，曹操逃避董卓追杀，躲到老友吕伯奢家。吕家人磨刀杀猪款待曹操，曹操却疑心他们要谋害自己，断然砍杀吕氏全家；逃出门正好遇到吕伯奢打酒归来，问他猪杀好没？曹操惊愕中将热情的吕伯奢一刀捅死。

公元194年，曹操攻打吕布，为激励士气，他火烧城门断绝后路，但一开战就中了埋伏，几乎全军覆没，赶紧仓皇回撤，穿过自己刚才点燃的熊熊大火，胡子烧焦了一半，正在残余人马垂头丧气的时候，满脸烟灰的曹操沉思半晌，突然下令立即夜袭吕布，因为他算到吕营刚刚得胜，此时必然松懈！果然得计。

公元220年3月15日，临终前，这个一代枭雄的遗言却如此温柔：老婆们要学会做鞋子来卖，挣钱养活自己，想改嫁的就改嫁，说完永远合上了他的眼睛。

翻开本书，您将了解中国历史上这个独一无二的家伙，进入曹操尘封了两千年的精彩内心世界。

《其实我们一直活在春秋战国》全国热卖中！

春秋的思想、战国的计谋，
至今依然深刻地影响着每一个中国人的思维方式和生活习惯。

公元前770年到公元前221年，在这段被后人称之为春秋战国的550年间，那些空前绝后的伟大人物和传世经典井喷似的涌现：

孔子述《论语》、孟子写《孟子》、老子写《道德经》、墨子写《墨子》、孙子写《孙子兵法》、鬼谷子写《鬼谷子》、韩非写《韩非子》……

百家争鸣奠定了中华文明的基石，四书五经铸造了后世中国人的价值观，春秋五霸开创了谋略计策的典范，战国七雄构建了现今中国版图的框架。

如今2000多年过去了，中国人的思维方式一直没有走出过那个时代圣人先贤们的思想边界，我们今天的生活习惯也与春秋战国丝丝相扣：见面点头打招呼，是周礼作揖的简化；端午节吃的粽子，战国的时候就已经包好；指导今日中国农耕安排的农历节气，同样始于春秋战国；甚至我们的姓氏，赵钱孙李周吴郑王……也来自于那个兵荒马乱的年代。

翻开本书，查看中国人思维方式的源头，时不时茅塞顿开，时不时眼前一亮。